Poetry Can Inspire:

An Anthology of Global Chinese-language Poetry in the Age of the COVID-19 Pandemic

疫情時代
全球華語詩歌

米家路 ── ● 主編

編委會
劉曉頤（臺灣詩群）、馮溢（中國大陸詩群）、宋子江（港澳詩群）
孫寬（新馬詩群）、星子安娜（加拿大華裔詩群）、桑梓蘭（美國華裔詩群）

子曰：詩，可以興，可以觀，可以群，可以怨。
孔子，《論語·陽貨第十七》

有何勝利可言？挺住意味著一切。
Wer spricht von Siegen? Überstehn ist alles.
Who talks of victory? To endure is all.
萊納·瑪利亞·里爾克，《安魂曲》之〈祭沃爾夫·卡爾克羅伊德伯爵〉

編委會主持人思／詩絮

於去年全球疫情延燒正盛、人心恐慌、盡可能避不出戶的時期，由衷感謝米家路教授辛苦總籌畫、總主召這場「詩可興：全球華語詩歌zoom朗誦會」；同等感謝所有參與者，我們一起讓人心振作，大舉發揮了「詩可興」的功能！在米教授的一一接洽之下，迅速決定好了華人各區的主持人，並由各區主持人邀請該地優秀詩人參與朗誦接力，動員幅度相當之大，凝聚力更令人驚嘆，原來，看似散居的華語詩人，竟可以透過Zoom的小小螢幕，迅速以如此高度的凝聚力集結在一起，且不辭辛勞，許多朗誦者4小時全程參與，舉辦得非常圓滿。

我們除了總籌畫這場朗誦會，更由於其意義非凡，有心把朗誦詩歌部分集結成書，讓花火不再只是剎那，而能夠留下恆久的回憶。身為臺灣主持人，我滿懷感恩，代臺灣參與詩人向所有參與詩人們致意。相信這本結集將以高品質的成果問世。

劉曉頤（詩人，臺灣詩群主持人）

在大疫流行的時代，詩仍可興嗎？詩人們用瘦長的手和無所不能的筆給出了答案。詩人們從未懼怕過，從未放棄過，從未停止過書寫。因此，這段歷史被研磨，撕碎，幻化，拼貼，銘記，反思，超越，不會被遺忘。於是，人們在悲傷、痛苦、哭泣和憤怒之後將不再手足無措，不再迷失方向，不再重蹈覆轍，不再回首往昔。災難過去之時，在世界的每一個角落裡，曾經被吞噬的心靈將低吟，懺悔，追念，述說，歸家，就如同這個時代裡蘊含著崇高和魔力的詩歌一樣，不停地、反復地吟唱。

馮溢（學者，詩人，中國大陸詩群主持人）

香港疫情波盪起伏，在策略和現實之間作鐘擺運動，在「你死我亡」和「共存而安」之間磋商，繼而漸漸趨於後者。是屈服，還是迎接，取決於角度。詩便處於角度與角度之間，使我們幸福，也使我們痛苦。詩一直陪伴著我們，猶如病毒，既使我們失去，也讓我們尋回。疫世，詩何為？詩知其之所為，而人思之惘然。

宋子江（詩人，香港詩群主持人）

在新冠病毒肆虐的2020年之春，我非常榮幸參加全球華人詩人詩歌朗誦會《詩可興》。

我是唯一認識所有小組成員的人，因此成為新加坡小組主持人。這場跨越全球的《詩可興》詩歌朗誦會非常成功圓滿，它凝聚了散落在世界各地的華人詩人，在疫情最嚴重的時刻，令每位詩人精神振奮。

最可喜可賀的是，新加坡小組無論資深詩人游以飄，還是新人娃娃、許利華、林然、慧梅和我，在疫情蔓延的兩年間，詩歌創作已成為我們生命的一部分，每位詩人都取得了傲人的收穫，並走出了屬於自己的創作道路。

雖然《詩可興》的特殊歷史價值，仍有待後人評判；然而，於疫情這樣一個特殊歷史時期，它在當時對詩人本身及讀者產生的意義及影響，都不可估量。

孫寬（詩人，新加坡詩群主持人）

疫情無情地強行給世界按下了暫停鍵，然而詩歌卻像雨後春筍從地球的每個角落冒出來，帶著溫情，懷著憐憫，托舉希望，也展開思辨。這裡摘取六位加拿大華語詩壇的詩人的作品，但願這些文字引導我們從紛繁的俗世中抽離出來，回到內心，回歸自然，在文字中找到慰藉和力量，在詩意中感受美好和光亮。

星子安娜（加拿大密西沙加市首屆桂冠詩人，加拿大詩群主持人）

提起筆來寫這幾個字的時候，新冠疫情早已邁入第三年，美國因感染新冠而病殁者已超過一百萬，而原本抗疫成績優異的中國，為圍堵Omicron在多地進行強力封控，開放遙遙無期。在歐洲，二月爆發的俄烏戰爭至今愈加血腥，不僅造成巨大的傷亡和數百萬人流離失所，也使全球經濟的復甦之路更加顛簸。我們的世界充滿了疾病、衝突、焦慮、苦難，然而在紛擾不堪的表象下，大多數人嚮往和平、自由、美善的初心不變。詩人以其敏銳的心靈燭照人類生存之困境與超越，以豐美的言辭安慰我們疲憊的身心。美國華裔詩群的作品呈現多種風格，有如寒冬解凍春日綻放的水仙、鬱金香、玉蘭、和杏李，姿態與神思各異。請讀者細細品味。

桑梓蘭（學者，詩人，美國詩群主持人）

代序：詩，一泓見證與救贖世界暗夜的泉源[1]

米家路

　　太初有言之時，便有了詩。詩把散居異地的人們召集起來，在自由的遊戲中傾心交談，使人們產生了溝通並彼此信賴。因此，詩是人類的母語，是話語崇高的原初表達。[2]而詩人則向被篝火映照的人群宣述他對無窮宇宙的理解和冥想。人們從此便洞悟了事物的意義，以莊嚴的虔誠，人類開始了進步。自人類的文明史開啟以來，詩人把從宇宙中獲得的最初的朦朧啟示以一種清楚可見的形式表達了出來，並把所捕捉的符號賦予了豐富的含義。所以在古希臘文裡，詩意味著創造，詩人就是創造者，詩性的智慧也就是創造性的智慧。詩人通過自我心靈的外化，用隱喻使物體充滿了生命，感覺和情欲，並造就了豐富的文化。[3]因此詩的意義終結為文化的意義，詩的創造性活動體現了文化的價值存在形態。詩是文化的居所。從本體論意義上講，詩的一切形式皆是人的存在和活動的方式，它表現了人的價值存在方式和審美特性。人正是通過文化的構築活動來超越俗定的現實，進行意義的追尋，從而確定人自身在歷史中的價值意義，最終在詩的世界中獲得審美的自由和人性的解放。

　　在古希臘，詩人一直被視為人的導師和至尊的先知。唯有他才能傾聽到神的聲音和傳達神的旨諭，他是人與神之間進行交流的仲介。他能用帶有美妙韻律的詩行引導人們遁出蒙昧混沌之境，所以柏拉圖認為高明的詩人才是他「理想國」中唯一的神的代言人。詩人由於獲得了神靈的幫助而作成了優美的詩歌，並在神靈的依附之下向芸芸眾生傳達神的召喚。因此，古代詩人兼有神的話語的詮釋者和預言人類未來命運的雙重職責。他靠為世界提供天啟的意義而加入了現實的世界，但又要從他啟明的意義之中脫離出來，在靜觀事序中為人類撐著進步的燈塔。他必須在文明的鼓聲中獨立存在，始終不知疲倦地提出問題，解答難題，創造比意義本身更為重要的意義。他得在詢問中回答，在回答中詢問。詩人在解答難題時，他也就解答了人對神的詢問，以他的本真的心靈調解了神與人之間的對立和猜疑。所以，赫爾德林相信詩是一種新的純真的洞悉觀念，「詩是一種超凡

---

[1] 原文寫於1988年北大比較所樂黛雲老師講授的《比較文學導論》研討班。雖是舊文，但所論詩的精神價值依然有效。本文原載《藝術廣角》1989年第6期

[2] 哈曼：《美學史》，Katherine Everett Gilbert and Helmer Kuhn編（NY：Dover Publications Inc, 1973），第313頁。

[3] 維柯：《新科學》，朱光潛譯（北京：人民文學出版社。1987年版），第180頁。

入聖的贈品」，[4]它是一種有力量的，超越歷史，超越普通言語方式和世俗意志的本真。

由於詩人表達了神的意志並調解了神與人的種種衝突，使神與人始終保持著和諧安寧的關係，所以詩人也是英雄。他永遠居住在變動的時間裡，把神的語言記錄下來，寫成書籍，使神的聲音能永遠流傳下去，讓那些不能聆聽神的聲音的普通人也能從此領受神的教誨。詩人的英雄品質包含在平常人所不能觀察到的日常事件裡隨處呈現出來的理想觀照之中，他僅僅具有預見的慧眼和火熱的心靈是不夠的，他還得擁有歌吟的聲音。在卡萊爾看來，偉大的詩人就是把對事物精妙的幻想變成音樂的人。他把洞悉到了的「事物深處的祕密，」用「一種無法言喻，深奧無比」的方式表達出來，使人們「在瞬間看到了這無限的核心」。[5]詩人所以是英雄，不僅因為他是宇宙「公開的祕密」的洞穿者，還在於他的誕生是編年史上最主要的事件，他是一個富有靈感的永恆的人———一個事物的命名者，因為他抒發靈感的能力和抓住靈性的能力是等同的。他把自然對他的啟發完美地表現在詩行之中，他毫不保留。愛默生認為世上只有三種人才能完成三位一體的崇高使命，即「行動者、思想者、預言者」。但在這三類人中，詩人是最偉大的人，其他的人只為他提供素材。他具有一個隱密的智慧的知性，通過象徵和生命勃發的力量來揭開宇宙最深的祕密。當他把所獲得的意義重新置入自然時，詩人便與文化完整地融為一體，成為文化永久的座標軸心。

自從天地漸漸啟明以後，詩人便不再是先知，預言家和英雄，也不再漂泊山川去歌唱。他黯然神傷，因為他正面臨一個分離的世界。人與神相分離，人與自然相分離，人與整個文明相分離。人從此失去了依持的信念而顯得毫無根基感。「一切都瓦解了／中心再也不能保持／只是一片混亂來到這個世界裡」（葉芝《第二次來臨》），這是詩人葉芝最憂傷的歌聲。他痛惜「天真的禮法」和「一切信念」的喪失，但他仍然堅信「世界之靈」一定會帶來救主的「第二次來臨」。這「世界之靈」就是人類最初的意義，把人類與神聚合在一起的由詩人創造的隱喻即神話。「由於神話的毀滅，詩被逐出她自然的理想故鄉，變成無家可歸」。[6]這種「無家可歸感」正是現代人精神困窘的具體表現，人類要想拯救自身，只得趨近神話，憑藉神話的力量。這是因為神話表達著一個民族或一種文化的「基本價值」，是被人類遺忘了的「個人童年經驗」和「種族記憶」。神話施展於人類願望的最高層次，是一個「總體隱喻的世界」。假如從科學和歷史上講，神話是虛構的、不真實的。

4　P. C. 霍埃：《批評的迴圈》，蘭金仁譯（瀋陽：遼寧人民出版社，1987年版），第128頁。
5　湯瑪斯・卡萊爾：《論英雄和英雄崇拜》（北京：中國國際廣播出版社，1988年版），第84頁。
6　尼采：《悲劇的誕生》，見《文學論集》第四輯，第254頁。

但在維柯的《新科學》中這一觀念已經發生了根本性的變化。維柯在考察了遠古流傳下來的神話之後，指出神話故事在起源時都是些真實而嚴肅的敘述，因為Mythos（神話故事）的意義本身就是「真實的敘述」。自此以後，「神話」像詩一樣是一種真理，或者是一種相當於真理的東西，[7]它是對歷史和科學的真理的補充。神話不但可以向現代人提供生活基本的價值和意義，而且還可以滿足人類最高層次的願望和彌合現代人分裂的精神世界。所以尼采斷言如果沒有神話，一切文化都會喪失其健康的天然的創造力，唯有神話可以把全部文化運動調整為一個統一體。然而，人類想重新連絡人與神之間被斬斷的紐帶，只有憑藉詩的仲介。用詩來補救神話的消失，使人類重返昔日和諧安寧的中心。詩與神話有著天然的連繫。當原初詩人使用隱喻賦予物體以生命時，神話即給予了詩以適當的表達形式。詩人為了最確切地表達他的經驗，正是求助於神話。榮格認為「神話是詩歌最合適的表現」，他從他的原始經驗中獲取創造力。這種經驗是深不可測的，因而就要求詩人以神的想像來充當形式，在深深的「黑暗中的鏡子裡」觀測到人類生命沸騰的「幻象」。[8]這種深不可測的「幻象」就是人類最初的普遍經驗。詩人可以深入到人類生命的源極，洞悉整個人類無意識的精神生活，向整個人類傳達他獲得的特殊意義和「一種內心深處的預感」，使人類得到「醫治和補救」的力量。所以「在最高最純的產品裡，詩也保持著與神話的連繫」。[9]

　　詩是神話的歸宿之地，詩人只有借助神話的原始意象才能賦予現代社會的「空心人」──以生存的意義並為現代生活設定一種價值觀念；才能使人類重新獲得歸屬感，根基感和神性感；才能使人類返回「一切都是秩序和美、華貴、平靜和感性」（波特萊爾）的家園。尼采正是從希臘的阿波羅和戴歐尼修斯的神話中發現了追求「人與自然和諧」的日神文化和追求狂歡和「智慧」的酒神文化，給衰落的西方文化注入了新的生機。瓦勒里的《水仙辭》表達了「宇宙和我們的自我合成一體」的人與神契合的境界。葉芝通過獅身人面的形象顯示了二十世紀人類神祕的恐懼和渴望拯救人類的「世界之靈」的第二次降生。在現代史詩《荒原》中，艾略特借用了西比爾的神話來表現現代人求生不能，求死不得的空虛生活，把尋找聖杯的傳說描寫成人類追蹤拯救的道路。由此可見，現代詩人正努力回歸神話，為這個世界尋找神性的意義和依持的信念來安頓人類動盪不安的心靈，在神與人的融合之中再次獲得生存的價值和信念。

　　尋找新的神性，這是一條幸福的道路，但也是一條以靈魂冒險的漫遊之路。

7　韋勒克：《文學理論》（北京：三聯書店，1984年版），第206頁。
8　榮格：《心理學與文學》，參見《西方古今文論選》，伍蠡甫編（上海：復旦大學出版社，1987年），第468頁。
9　凱西爾：《語言與神話》（NY：Dover Publications，1957），第92頁。

因為詩人不得不對他顯示給世界的意義和價值的可靠性和真實性負責，他必須得對人的存在，對循環往復的人類悲哀與苦難進行解說和闡述，否則他的努力是徒勞和虛假的。因此，詩就從神性的世界轉向了人自身存在的世界。「詩將不再調節行動，而將走在前面」。[10]詩人是一個具有超自然認識力的「通靈人」，一個現代世界的「盜火者」，給人的生存帶來新的希望。詩人表達神意，建造了一個神與人冥合的神性世界；而詩人關注人，則開闢了一個人的詩意化的審美境界。人用詩化的眼光去感悟事物，體驗人生，與自然保持親和的關係，把隱藏的美顯露出來，在心靈的敞亮中，超越功利和塵囂而獲得人的自由和本真。所以詩存在的本質也就映照出了人的存在狀態。海德格在看到世界已進入夜半之時就呼喚詩人的拯救力量，「詩，是存在的神思」。他號召現代墮落的人們進入到詩的仙境，在那裡去感受世界本性的豁然洞開。世界遁入迷茫一片，唯有創造性的詩人能使它敞亮。詩向人們啟示的原初意義就是人本身的價值和存在方式。「詩是人的一切活動中最純真的，這種純真是無利害的超脫」。[11]消除人與文明的對立，淨化人的塵俗靈魂；打破人與人之間的隔膜；昇華人的情感，昭示真善美的本質，這也是人存在於文化中的歷史的精神和價值的意義。

人類在創造文化的過程中產生了詩，而詩在人類的文化中築造了一個情感，人性和美的第二自然，人類以此在那裡得到安頓並獲取創造性的智慧。悉德尼在「為詩一辯」中指出詩可以創造出比自然更好的，更新的事物，形成一個比自然更豐富多彩的第二自然。席勒乾脆宣稱所有詩人都是自然或追蹤自然。莎士比亞也說「瞻視往古，遠觀未來」，詩人是捍衛人類天性的磐石。克萊夫・貝爾在探索藝術的有意味的形式時發現「重要的事情是無法證明的，我們只能去感覺和表現它們。這便是為什麼有重要的話要說的人傾向於寫詩，而不去做理論性的演說的緣故」。[12]詩是人的強烈情感的自然流露。詩人把個人對具體事物的內心體驗通過象徵的符號表達出來，並參與到人類生存的時空之中與文化構成一個有意義的整體。他並不「損害真實」，而是尋求「完美的真實」（塔索）。當人們傾心聆聽他的聲音時，他們也就感受和親臨到了詩人全部的內心祕密。「最理想完善的詩人就是能把整個心靈都呈現出來的人」（柯勒律治），因而經過詩人精神淨化過的人性具有最高的價值。人可以在那裡得到「最純淨，最昇華，而又最強烈的快樂」（愛倫・坡），並且在對美的徹悟觀照中抵達人的快樂的昇華和靈魂的激動。詩的這種有效性是在詩人對文化的整體作期待性的把握中完成的。所謂期待性就是詩人對他所觀照的文化敞開他寬大的心胸進行最大能量的吸收。他的

---

[10] 蘭波：《書信II》，參閱《法國研究》，第35頁。
[11] 海德格：《對荷爾德林詩的詮釋》，斯各特英譯本
[12] 克萊夫・貝爾：《藝術》（北京：中國文聯出版公司，1986年），第189頁。

「內視」敞開得越大，他的詩就越能產生震盪的效力；那麼他的詩也就越真實和具有更高的文化意義。詩的魅力不在表現，而在震盪。在於更改人們約定的感覺方式，激發起人們對新的意義的追求；喚醒人們從焦慮的圍困中成功脫身而最後獲得解救。

　　詩能使人類從精神的困境中獲救是在於詩始終關心整個文化和人類在歷史變動中的命運，表現人類的全部社會文化生活的完整性。亞里斯多德在《詩學》中充分肯定詩的特殊意義。他認為詩描述的是普遍性的事物，是合乎事物本身發展規律的事，所以「寫詩這種活動比歷史更富於哲學意味」，比歷史更真實。華茲渥斯承傳了亞里斯多德的理論，直接強調「詩的目的是在真理，不是個別的和局部的真理，而是普遍的又有效的真理」[13]。只是華氏更推崇的真理就是感情的真實，詩的價值意義就是映照出了人類最質樸，最根本的真實情感。詩也不必有理性，不涉及概念及利害計較，它只是無目的合目的性（康德）。維柯更乾脆把詩的真理拿去衡量具體事物的真理，若與之不符則應視為錯誤。對詩的真實性的絕對肯定不僅是對付工具性的科學對自然人性構成的日益嚴重的威脅，而且主要是在捍衛人類和人類文化最後一塊棲居的聖殿。在現代工業技術高度發達的社會中，唯一能夠使人類擺脫人性的壓抑而獲得愉快生存的力量只能憑藉比現實充滿生機的想像和幻想。在想像和幻想的自由充沛表達中建構一個人類原初的真理價值和真實希望的伊甸園，達到人的價值在自我實現時釋放出的自豪、圓滿和狂喜的目的。人本心理學家馬斯洛認為人處於高峰狀態的體驗就是詩的體驗，人在對自身存在價值的瞬間領悟和敞亮中得到了最滿足的幸福。人的這種在高峰體驗時所流露的詩一般的表達和交流正好體現了人的存在的自然而然的狀態，說明瞭人在此時此刻才是一個真正的人───一個純粹的詩人。所以詩的體驗是人的高峰體驗的結晶，可以表現出人的最真純和最自由的心態。詩作為人類情感凝結的一種方式在這裡已成為人的存在活動的主要「闡述者」，一個記錄人類心靈軌跡的「歷史學家」。

　　自西方文化發源以來，詩人從充當神的代言人、預言家、先知和命名者到脫離神的依附，成為個體的詩人和返回內心，尋求神性成為集體意識的人，這基本上是一條神性之路，顯示了西方人對神性和聖愛的渴望的宗教方式，演奏著西方文化的主旋律。中國是一個詩的國度。漢文化可以說是一個詩性的文化，詩歌浸透了中國人的人格和身心。在詩、樂、舞三位一體逍遙的超然中，我們的祖先創造了輝煌的文明，所以聞一多先生說：「三百篇的時代，確乎是一個偉大的時代，我們的文化本體上是從這一剛開端的時期就定型了」。隨著文化的定型，文

13　華茲渥斯：《抒情歌謠集》序言，參見《英國作家論文學》（北京：三聯書店，1985年）。

學的基本模式也就定型了，所以「從此以後二千年時間，詩——抒情性始終是我國文學的正統的類型。甚至除散文之外，它是唯一的類型。詩不但支配了整個文學領域，還影響了造型藝術，它同化了繪畫，又裝飾了建築（如楹聯春貼等）和許多工藝美術品」。[14]在漢文明中，詩是文化最充分，最完美的表現，文化的最優秀的因數就積澱在詩裡。詩成為我們祖先最基本的交際語言，彷彿我們的語言是特為詩而產生的，是奉送給詩的天意饋贈。詩作為漢文化的豐碑，那麼它的基本品質是什麼呢？中國詩沒有像西方詩那樣經歷過階梯式的層層嬗變，也缺少西方詩那種多元性的更替。但是從發源之日起，中國詩歌就一直展示著兩條道路：以孔孟為代表的儒家入世的道德救世的理性之路；以老莊為代表的道家出世的審美（超道德）精神追蹤的情感之路。前者把詩推向了現實人生的世界，後者則把詩歌導向了浪漫靈仙的天地。在中國詩歌中，這兩條道路，兩種選擇一直並相發展，互相補充，把中國詩歌推向了中國文化的精神峰頂，而同時這兩種構成也不斷考驗和折磨著中國文化的智者們。

孔子作為中國最早詩歌總集《詩經》的編纂者從開端起就給中國詩規定了修身、齊家、治國、平天下的神聖使命，從此中國詩就肩負了個體人格修煉和服務江山社稷的雙重職責。孔子認為一個人必須經過「興於詩，立於禮，成於樂」（泰伯）這三個階段的修煉才能成為一個有德之人，而在這三者中，詩則是第一位的。它「可以興，可以觀，可以群，可以怨「（陽貨），不僅可以啟蒙人的心靈，使人的情感得到抒發，而且還可以教導人的一切行為，說明人認識世界，所以孔子說，「言修身當先學詩」，「不學詩，無以言」（季氏）。只有當人的性情得到完滿的陶煉之後，他才能「邇之事父，遠之事君」。這樣，詩經過孔子的大力推崇就被尊為文學中正宗的文學形式，一直盡心盡職地發揮著「事君」和「仁道」的實用性的功能。荀子也認識到詩的抒情言志和治國安邦的作用，他說：「詩者中聲之所止也」（勸學），「天下不治，請陳佹詩」（賦）。曹丕在《典論‧論文》中指出了詩的「經國之大業」和「不朽之盛事」的兩大功能。劉勰認為詩是受到現實感染而寫成的，是「人稟七情，應物斯感，感物吟志」的結果，最終達到「順美」和「匡美」的道德感化的目的。皎然繼承了詩歌「載道」的傳統，強調詩的政治倫理的教化作用，「夫詩者，眾妙之華實，《六經》之菁英，雖非聖功，妙均於聖」（詩式），極力抬舉詩的地位。總之，把詩當作一種「載道」的工具，這是一條入世而救世的道路，它使詩直接參與到現實中人的創造活動，透露出現實中人們的真實願望和期待。

然而，當儒士們把詩當作實踐中的基本「話語」時，莊子則作出了超然的

---

[14] 聞一多：《神話與詩》（北京：古籍出版社，1956年），第202頁。

姿式。在莊子看來，詩應順乎自然之道，「道」是最高最美的境界。人應體悟「道」，使「天地與我並生，而萬物與我為一」。那麼人就會忘卻一切塵世的功利和對立，「逍遙於天地之間而心意自得」（讓王），在人與道的冥合之中，享受「大音希聲」的「天籟」和「聖樂」，從而神化於「大明」之境，獲得「虛靜」之美。莊子這種形而上的超越使詩淡化了現實的塵念從而更接近人的創造性的精神，「虛靜」的逍遙之美的觀念開啟了中國詩歌中重審美的體驗之門。陸機的「詩緣情而綺靡」的理論完成了中國詩從「言志」到「緣情」的「文學自覺」（魯迅）。鍾嶸主張「感天地，動鬼神，莫近乎詩」，詩應「吟詠情性」（詩品），強調運用「興，比，賦」來增強詩的審美力量，達到「感蕩心靈」的目的。皎然在《詩式》中推進了莊子的「虛靜」之美的理論，指出「詩道在妙悟」，在於「言外之旨」。這樣皎然的「妙悟」和「境界」更直接地促進了中國詩歌超道德的審美方式，感知方式和時序觀的形成，並經過司空圖的「韻味說」，王士禎的「神韻說」，嚴羽的「妙悟說」和王國維的「境界說」這些理論的發揚光大而使之成為了一套完整的詩歌美學觀。中國詩歌從開端起的「言志」，中經「緣情」直至發展到莊禪玄遠沖淡的美感效果是一個巨大的突破和更進，並構成了中國文化中獨特的超道德的詩性品格和精神氣質。詩在中國文化中發揮的巨大的社會功能似乎在其他文化圈內是沒有的，「在我們這裡，一出世，它就是宗教，是政治，是教育，是社交，它是全面的生活。維繫封建精神的禮樂，闡發禮樂意義的是詩，所以詩支持了那整個封建時代的文化」。[15] 鑑於詩的特性，功能和歷史意義，所以它與整個文化構成一種不可分割的獨特關係。詩的興盛也就意味著文化的繁榮，詩的荒涼也顯示了文化的沒落。詩的命運與文化的命運緊密相連，這在歷史中是可以明鑑的。

　　詩從敘事詩（史詩代），抒情詩到戲劇詩（詩劇）的發展在世界文化系統中預示了不同的文化形態，生發了各民族獨特的文化段落。歷史的經驗和現實的迫切都可印證詩對某種文化形態的拯救作用，特別是當文化和人的生存陷入深重的危機而引起普遍恐慌時，詩就承擔起了重建秩序和安頓人類心靈的重任。詩已超出了作為一種純粹的文學式樣，而幾乎可以說「詩是一種新宗教」，[16]「它是克服混亂的最佳手段」（理查茲）。這是因為現代社會科學技術迅猛發達，理性精神取得了勝利並日益滲透到現代人的所有角落，人類無路可退。由於人的幻想和想像普遍消解，人類面臨著感性和情感力量的匱乏。而當人的個性受到理性的嚴重壓抑，精神的活力遭到工具的窒息時，人就會與他的本質相脫離，人也就算

---

15 聞一多：《文學的歷史動向》，《神話與詩》。
16 特里‧伊格爾頓：《二十世紀西方文學理論》（西安：陝西師範大學出版社，1987年），第52頁。

不上真正意義上的人。物化的結果使得人的個性自由意識沉淪下去，人類的文化繁生能力也喪失殆盡。福科在他的《監督與懲罰》中指出，理性使人的整體性遭到無情的肢解和隔離，理性是可惡的東西得到完滿和合理的解釋，人因此被折磨成了一個被分割了的非人化的器官，完全失去了最初意義上的人，所以他就象尼采觀悉到上帝的虛假之後喊出了「上帝死了」一樣發出了「人類死了」的宣言。「上帝死了」，人能自己成為自己的神，而「人類死了」，人變成了一個「可怕的空虛」（艾略特），那麼人又應何為呢？現代無數精神大師都曾對人類如何拯救自身提出過種種設想。佛洛伊德認為現代人的文化的不安定，主要是由於上帝死了而造成的文化的混亂。

人想要獲得救渡，就必須得到一種集體的和個人的平衡，這種平衡就是尋求人的原始衝動，恢復人的原初情感。[17]艾略特則相信人的獲救完全在於人類不斷傳遞和吸收的文化傳統的維持，把人類從迷途上拉回到神性的居所裡，從而使文化在真正的傳統中正常發展。浪漫詩人諾瓦利斯在看到人的普遍墮落後號召人們「返回內心」，荷爾德林則傳出了「歸鄉」的呼喚，海德格要求人們應「詩意的棲居在大地之上」。這些尋求人類獲救的精彩「方案」大都一致指歸於人應回到他自身，回到人類的源頭。人之回復到他自身的內心也就回到了人性，情感和美的樂園，在內心深處體察美，徹悟美在釋放被奴役的物化心靈時的詩意一般的真實感情。現代抒情詩的興盛正好說明瞭這種現象的真諦，文化的衰微可以通過詩在消除了「一切阻力，反常和矛盾」之後得到復興並且重新注滿運轉的生機。詩是一種獨特的文化活動，它一經產生就不斷地在整個文化中運動並發揮著巨大的作用。詩在與人類日日的相依為命中造就和豐富了人類文化的寶藏並使人類在詩化的信賴和相愛中獲得了生活的意義和救渡的聖水。

漁王佇立橋頭，準備料理人類殘存的廢墟。

---

[17] T. S. 艾略特：《四個四重奏》（南寧：灕江出版社，1985年），第288頁。

緣起

2020年元月始新冠病毒逐漸肆虐全球，給遍佈地球上的人類造成了史無前例的災難、創痛、死亡與驚恐：五百多萬人死亡，三億多人被感染，人們被居家隔離，彷彿一夜之間退回到了原始的穴居時代，總之，一股後啟示錄式的末世絕望籠罩著全球。面對新冠病毒在全球蔓延，詩人何為？為了給居家隔離中的人們提神打氣，我倡議於2020年5月23日星期六晚上10點（美東時間）舉行一場《詩可興：全球華語詩歌Zoom朗誦會》。我們深信詩歌不但在人類危急關頭可以激勵世人挺住，而且誦詩可以讓世界更堅強／Reading to Empower the World。這次歷史性的華語詩歌朗誦盛會聚集了全球53位華語詩人（包括中國大陸、臺灣、香港、澳門、新加坡、歐洲、美國與加拿大），每位詩人各自朗誦了3-4分鐘詩作。這場《詩可興：全球華語詩歌Zoom朗誦會》取得了巨大的成功，持續了近4個小時、確是一場史無前例的詩歌朗誦馬拉松，充分證明了「詩可興」的巨大力量和魅力。

為了凸顯詩歌見證歷史，直面災難，升華哀痛，我們各區的主持人一致同意有必要編選一部有紀念意義的詩選，讓2020年這個史無前例的疫情載入詩冊，所以在朗誦會結束後，我就邀約全球67位華語詩人加盟這部《詩可興：疫情時代全球華語詩歌》的選集，並從他們的大量賜稿中甄選了其精彩的詩作。詩選中一部分詩作直接呈現病毒給人類造成的慘痛與無奈，省思災難中人性的心路歷程與文明進步的吊詭悖論，進而激發人類擺脫困境最內在的精神意誌，因而這部分「疫情詩」正好明證孔子聖言「詩可興」的崇高題旨。另外，詩選中大部分詩作並不侷限於疫情災情，但它們都旨在抒發情誌，感發意誌，探幽人性的深淵，激越人類內心深處的詩意與美感，恰好契合了里爾克的洞見：有何勝利可言，挺住意味著一切！

在這場巨大的人間災難面前，讓我們全球華語詩人聚合起來吧，犀利的漢語之光定將照亮這個欲想吞噬人類的世界暗夜，因為我們深信「詩可興」！

米家路

2022年1月18日於普林斯頓

第六輯　美國詩群

第一輯

臺灣詩群

主持：劉曉頤

詩人：葉莎、劉梅玉、姚時晴、劉曉頤、謝予騰、郭哲佑、
　　　陳乙婕、楊小濱

葉 莎

作者簡介：

葉莎，現任乾坤詩刊總編輯，得過「桐花文學獎」，「臺灣詩學小詩獎」，「DCC杯全
球華語大獎賽優秀獎」，「2018詩歌界圓桌獎」。個人詩集《伐夢》、《人間》、《時
空留痕》、《葉莎截句》、《陌鹿相逢》、《七月》、《幻所幻截句》主編《風過松濤
與麥浪──臺港愛情詩精粹》、《給蠶─2016新詩報年度詩選》。

黃昏三拍

一拍暮雨

幾隻燕子圍起黃昏
天空織起五線譜
落日缺席
雨滴爭先恐後化身音符

我關上雨
按熄黃昏
聽到夜拉開椅背
靜靜歇息

二拍炊煙

關於月色
炊煙比我瞭解的多
冉冉而升，觸摸無垠的孤寂
一隻燈籠保持溫暖的色澤
和越來越深的黑夜
對坐

三拍月亮

晚霧濃成一條河
輕薄的只是山色

我們的笑語順流而下
暮色卻從另一端逆流而來

星星點不醒的天空
站著一個癡癡的月亮

河的樣子

那時山巒和氣
連袂躺成動人的風景
較遠的，摺成灰灰淡淡的僧衣
與雲一起閒置
較近的，是新買的長裙
穿上就有春風和燕子

而我
起初跳躍歡喜，而後
平靜消失
分明是一條河的樣子

任由白楊樹影子
游進，遊出

東莒燈塔

因為我劃著雲而來
天空才清澈如海嗎
抱緊你，我們自此合體
你用頭顱碰觸我的雲
我的思想就如舟如槳，如波濤

談談花崗岩的過往
沿著螺旋狀往事不停上升再上升
直到與鏡面的記憶相遇

白天時靜默不語
夜晚時難以克制的白熱自己
2萬9千燭光的光力
折射之後，光程遠達31公里
恰巧是鬼域失魂地

而舟子失魂於黑，槳失魂於波濤
波濤失魂於大海，我失魂於你
夜夜閃爍一長兩短的信號
給同樣失魂的水手

分離時，且弓身壓低自己
沿著白色矮牆快速通過
莫讓強風吹散了昨日

這雙手，永遠無法洗淨嗎

我問流著血的匕首
真的沒有人看見你嗎
沒有人看見你深入
淺出，一個國王的夢境嗎

沒有人，除了月光

我又問顫抖的衣衫
真的沒有人看見你嗎
沒有人看見你一身潔白
無瑕，為了掩飾野心和欲望嗎

沒有人，除了國王最後的眼神

我的馬克白
女巫的預言都將成真
彷彿日出之於日落
天空也無權質疑

從考特爵士到一國之首
不過是一個夜的距離
所有在髮內升起的念頭
也必須在髮內滅絕
否則風會洩漏祕密
髮會慚愧，鏡子會將自己殺死
而我，你的妻子會和你一起潰敗

我的馬克白
血淋淋的孩童的預言也是真的
若勃南的樹林永遠不向鄧西嫩高山移動
你就永遠榮耀

這雙手，永遠都無法洗淨嗎？

我流著淚，和你對望
深怕良知如海水恣意漲潮
逼我悔改
所以絕口不問，至死不提

我們都誤會了舊日

山邊的雲不識中秋
月來不來
眼前的小河不停遊移

孤獨的口袋
藏著孤獨的人
留下心聲與世界對談

那些將光陰說成流水的人
都誤會了流水
像單葉的愛情
恨著一切雙飛的麻雀

我棲身的小鎮
不愛團圓
每逢中秋，日光總是濕潤
眼睫斜斜的
破碎了遠山，浮雲和舊日

我們都誤會了舊日
它並不曾老去也不曾離別
連同挽過的話
說過的手，對望的嘴唇
吃過的眼睛

燈籠六識

遠方有婦人
拍打河流又將河扭乾
將一襲藍衫晾在竹竿上

次日衣衫上有魚
輕輕擺鰭隨風遊動
偶爾隱入裙襬之中

長長河堤栽滿月橘
你聞聞這香，七裡
最宜自在吸氣胸腔佔滿

燈籠無舌不須言語
高高掛在花香最濃處
風動花香動

門關，搖一下
門開，搖一下
心
不再此亦不再彼

劉梅玉

作者簡介：

劉梅玉，出生於馬祖東引，目前定居馬祖南竿，畢業於銘傳教育研究所，2008年碩士論文研究「莊子思想對生命教育之啓示」。出版過個人詩集《向島嶼靠近》、《寫在霧裡》、《耶加雪菲的據點》、《劉梅玉截句》、《一人份的島》。舉辦過油畫、漂流木畫與攝影個展、聯展多場。新詩入選2017年臺灣年度詩選（二魚文化出版）、臺灣截句三百首、新詩報年度詩選等詩選集。

早課

他發現他們
困在棉質的長方形中
排隊等待
購買最新款的焦慮

那些被感染的早晨
霧灰色的病毒
鑽進一個個細胞裡
分裂出許多更薄的自己
跟整個世界一樣
變成易碎品

變薄後的他們
透明且容易被毀壞
亟須避開多刺的一切
但這樣，他們更貼近
那些生病的、被栽贓的
易於崩塌的美好

最近的大寫

有些通道斷裂了
無法再次回去原來那邊
幼小的世界
在深淵裡安詳地睡著

我們都有鑰匙
但打不開病變的門
被管制的肺葉們
還想呼吸被隔離的愛

病毒來得很快
以致世界變慢了
那些歪曲壞掉的文明
重新長出
簡單的眼睛

薄青色的女子

體內的血液有一大片海
時常浮出橄欖灰的島
色塊是遺失的物件拼湊而成
她因此滯留在那裡

被許多遠方染色
她常用的顏料一直很孤僻
偏愛天空是布紐爾式的
錯置與荒謬的雲
飄移在現實與超現實之間

還保有一些舊有膚色
在新生皮膚上
混色成溫和的模樣

觸鬚是焦慮且多疑的
容易被世界所傷

練習無數次
從老舊頑固的傷痕裡撤退
她慢慢長出
更多自己的顏色

島上的咖啡筆記

琉璃繁縷的午後
有些句子沿著海綠的島
慢慢滲了進來

被烘烤過的天空
在核果拿鐵上跳躍著
咖啡色的眼睛
圍繞著字首與字尾

太妃糖奶油的聲音
是群青色的海洋腔調
這個季節的毛孔容易收音
他們的聲響，被翻釋成
不同音色的島嶼

有些粉紅灰的情緒
碾碎在摩豆機的研磨聲裡
收集在盒子裡的回音
不斷地在某些寂靜時刻響起

手沖後，深褐色的咖啡渣
像烘焙過度的愛情
傾倒出的殘留物
散發著錯別字的味道

布波族的荒原

久病的夜變得更纖細
瘦小的真實
鑽進說謊的土壤
在布爾喬亞式的容器裡
她陷入無所不在的廢墟感

軀殼內互相拉扯的病因
缺口已經不明顯
無人去懷疑
他們易於流動的對立

波希比亞的月光是透明的
照著矯飾的場景
有時她會想起
總是清澈且簡單的黑暗

在華美及安全的日常
寬闊的荒廢之地
不斷召喚
深藏於暗處的種子

大部分的黑夜
她抱著最親愛的荒蕪
躺在修改過的房間
單薄的被褥
覆蓋著
那些長期失眠的荒原

莫迪里亞尼的肖像畫

抹去眼睛裡的瞳孔
凝視世間的直徑
變得更寬敞

用空洞的眼來抵禦
世上所有的空洞
再也無需費力，去靠近
他人的左邊與右邊

是一種變形的等待
細長的頸項
從記憶的幽邃處伸出
像莫尼裡亞尼最後的珍妮

在咽喉的吞嚥處
謹慎處理陰影的層次
不正確的黑色
殘留在身體
容易讓內裡受損

難以理解的五官
被多數的人們誤讀
寂寞的肖像畫
不斷孵化出
體質脆弱的人
在堅硬無比的世界裡

阿爾法的海

那個碼頭總長三十年
在固定的水泥牆裡
她啃蝕青苔和凝固的部分
缺損的港口逐日硬化
失去溫柔的尺寸

有人帶走最初的海洋
始終沒有回流
而留下的藍灰色
還在身軀的窪坑裡
不定時的漲潮

他們共同遺失的一切
只有單向的尋覓
凝望缺口的瞳孔，長出
虛構的堤岸
她的海岸線，因此
出現誤差
所有遠方失去了焦距

兩座互相平行的海域
擁有各自的潮汐
失去音訊的被棄物
躺在，只有
她一個人滯留的區塊上

姚時晴

作者簡介：

姚時晴，現為《創世紀詩雜誌》執行主編，以及「小草文創」主編。獲選2000年《創世紀詩刊》新生代詩人、2007年「臺北詩歌節」新生代詩人、「礦溪文學獎」等文學獎項，2016年入圍「誠品閱讀職人大賞」年度最期待作家（網路票選最高）。著有《曬乾愛情的味道》（2000）；《複寫城牆》（2007）；《閱讀時差》（集結，2007）；《我們》（2016）；主編《鏡像：創世紀65年詩選》（2019，與辛牧、嚴忠政合編）。

雲豹

有雙眼睛，凝視
黑夜中書寫的我
琥珀黃的瞳孔
孔雀藍的眼珠
森林在我指間步入清晨
薄雪草被溶蝕的字體覆蓋
我書寫的荒原
還有瀕危的植物繁殖，以及
尚未消逝的獼猴

溪流口述鳥獸的蹤跡
藤蔓攀岩敘事，以雨的墨痕
倘若一株鐵杉被嵐霧誤譯
那是因為它恰好長在語言的逆風口
梅花鹿與狼群此刻
正彼此躡足，被故事墾植的山坡地
而前世的獵人終將回來尋找自己
斑紋龜裂如峭壁的靈魂
獨行玉山瘦稜的神祕生物，被時間考古
挖掘，人獸形玦的模糊影子

有雙眼睛，凝視
黑夜中書寫的我
琥珀黃的瞳孔
孔雀藍的眼珠
森林在我筆下步入黃昏
鐵線蕨被發光的字體圍繞
我書寫的叢林
還有瀕危的野獸存活，以及
尚未絕滅的螢火蟲

那雙孤獨的眼睛經常注視著我
讀我，如狩獵者的長矛
指向每顆閃耀的文字
（與星空對弈無數次的棋手
佈局無邊際黑白分明的星球）
我知道
我們都愛獨處
不善群居的動物
孤僻、寡言、棲居高處
趁夜迅捷追捕迷途的詩行
突襲語言的羔羊

複寫紙

翻開書頁
碰巧撞見限制級場面
衣衫不整的男女
各以肉體複寫彼此的欲望

第一面字跡工整清晰
完整拓印至下方的紙張
雙雙吻合
字字交疊
唯一的皺折
是夾在中間晃動的那張複寫紙，和
領取收執聯的讀者

時間

所有季節
都在時間的腋下長出花苞
對生鳥獸
繳型每一朵雲
風，撥動每根停駐枝頭的指針
滴答，是霧是雨是露水是指針上的一顆圓珠
滾動一片荷葉
滾動一池湖水
滾動一個山谷
滾動，季節的齒輪
而鷹鴞是不動的
回音也是
時間的左手臂也是

所有時間的咽喉都沙啞了
在回音不斷叨念，叨念自己的名字

我赤手拔除所有分針與秒針
扒光樹的葉子
扒光樹的果實
扒光所有婆娑的夏日
扒光，棲息夏日背脊的蟬聲
蟬聲裡的鼓譟與靜謐
鼓譟與靜謐中的溪流
溪流流逝的枯葉與毬果

像毫無保留的枯枝
我等待，冬
敲擊我
鐘擺一樣重擊著山谷

光之芒翼

哪些是留下來的？
手臂、挑起的眉、髮
以及髮梢的香味

我們，在時間的碟盤內
結塊復鬆軟
薄削歲月的莖葉，搓揉
彼此的尾穗與液態情感

留下一點粉屑
午後的麻雀
小河撈起的雲
臨窗的夏日與麥田

曾經，我們
飽滿且滿佈陽光
芒翼狀通透麥桿

被時光篩漏的臉流入夢的碗
手臂、挑起的眉、髮以及髮梢的香味
重新堆積出眼睛、耳朵和說著話的唇

一切不一樣了
不一樣了

二葉松

如何說出這些祕密？
譬如，山如何漫步大海
水如何飛越天空
一個部首
如何點燃一座字林的大火

每個滿布油脂的聲音
在乾寒的音節中摩擦生熱
燒裂文字的毬果
落地繁衍自己的回音

以一個聲音的死去
喚醒另一個聲音重生

說話，說話
開口說出寄居子房的霧
開口說出胚乳尖端的夜
說出每隻栗背林鴝清亮的語言
說出肩上棲息一片海洋的樹
這些聲音在火裡凍結
水裡燃燒
最末滴落於一首詩的脈葉
安靜凝結

於是，我們無聲無息的愛
就這樣填滿這個季節

劉曉頤

作者簡介：

劉曉頤，詩人，特約記者。天秤座A型，無可救藥的愛與美信仰者，愛好和平，但反骨因子不時蠢動。東吳大學中文系畢，現任中華民國新詩學會及中國文藝協會理事，藝文雜誌特約主編及採訪主任，詩刊編委工作。

得過中國文藝獎章新詩類，新北市文學獎新詩首獎，飲冰室徵文首獎，葉紅女性詩獎等多項詩獎。入選2017～2019二魚版《臺灣詩選》、《臺灣詩選》、《創世紀65年詩選》等多本國內詩選集，中國大陸《台灣當代詩選》。詩獲《台灣文譯》、《紐約一行》英譯。著有詩集《春天人質》、《來我裙子裡點菸》、《劉曉頤截句》。《來我裙子裡點菸》獲選臺灣文學館107年度「文學好書推廣專案」。最新著作《靈魂藍：在我愛過你的廢墟》獲臺北市政府出版補助。另獲國藝會創作補助。

差點，就不是了

卡爾維諾：「差點，生命不能成其為生命，我們不能成為我們。」

差點，會翻譯雪聲的花貓
也要失語
你夜晚寫下的字
搖搖晃晃穿越詞語的月光
卻不能勾勒區區一個
抱著羊失眠的我

區區一個，我，環抱羊的頸項
聽你簌簌抄寫心經
疾病、乳房和月光一樣鏽綠
你的九月是一種穿越
哭泣的火車駛過暗中換取的山洞
車窗交疊流動的燈
和眼睛，如並刀直抵十二月
渾圓的冬日都要沒入疏淡不祥的感官
讓我們縞素
讓我們虔誠
默誦陰翳的蝴蝶連禱文

我向天空敞開圓裙
身體時而芒花，時而金急雨
我們的並立搖蕩如棉花田
何其不易，我快要
快快要是水銀四散的隱喻
你是蘑菇，放棄飛行的夢
我們清濁共治的肉體總偏執於潮濕
經過這麼久，何其不易
差點，你不是現在
骨肉勻整的
一個你

雪花的砌辭掮在手心
掐一朵，夾在裙褶
差點，你不是你，我也不是
我們的名字寫在羊皮紙上那就
不容易磨損了

你用指尖，收攏一束風雨
然後睡成幻燈片裡的煙火
忽明忽暗
我就有了旋轉燈罩的快樂

來我裙子裡點菸

你靠著抽菸的牆
影子已經折疊得小小的
下起淡藍色雪花
我卻突然忘記寂寞的筆畫

風大了
來吧，來我裙子裡
再點一支菸

水母般的流亡和跳舞後
擁緊我骨折的身軀
卻怎麼也聽不到海心的血緣
從石頭中抽出一絲腹語
你問，我們還有餘生嗎

不如蹲成廢墟
去愛皮膚觸感上的守護幽靈
凡有香氣的，都像善良的鬼
白色的，都像天使衣襬
你攫緊一角

再次擁緊我的
骨折。還能有餘生嗎
稍早，你已經
抽出棉芯，說破了本質

月蝕，水母都醒了
你知道你擁抱的是
自己的軟弱。來吧，鑽入我
變形蟲花色的裙子

無論你想跳舞，或流亡

至少我可以掩護你
成功地點燃一支菸

註：第十一屆葉紅女性詩獎得獎作品。

我動脈裡的里爾克

客棧流動，即使異鄉也會滑翔
一滴眼淚
就能使我們宿醉
就能濕透你詩行間的白球絮

一點挑逗一點勾黏，都被吹拂都被浸濕
忽然我們周身酒釀味
漫捲的飄浮是不是你
沒有房屋沒有大地的仰臉？

凌晨的手指把鋼琴敲響而我
仍在勺你眼睛裡的藍──
我動脈裡的里爾克，棲居在脈動著的秋天
孩子般依戀微涼中的溫
提著燈籠照映玻璃

小木屋。藍眼睛。窗花嗑著亮度變幻顏色
傾城紫，水裡的翡翠
火鏡裡的纏絲瑪瑙
流轉不定是起初，抑或僅止於瞬間？

我動脈裡的里爾克，你是微微，你每一根
睫毛上的水氣
都能照亮宿命論的窗

古老的陽光穿透我
綿質的罅隙，穿透我的骨瓷杯，穿透我們
同等古老的驚惶
還能探索作品與生活間的敵意嗎？
你有雙無辜的眼睛穿透了時間
我的孩氣早已逾期，不足掛齒

而我只能
聽自己
動脈裡的你

親愛的里爾克請你入夜
住進我動脈。那裡簇閃著鬼雨，神性的花粉
植物精子奔馳的香
去別人的書桌前，先來到我刮傷的耳根
歡唱你的原始林

最美的斷代

李元勝：「每一天，都是微渺的勝利。」

我們失敗的日子
傾圮著發光

當你直視，坦然的眼色就是神啟
你皮膚下有流動的燈火小街
古老失傳的民謠
唱在最私密的市井聲，忽然下起隱形的雨
花灑般使時序倒置

是一根根黑弦在倒撥夜晚
黑與黑之間難以辨識。黑弦。黑夜。黑草原。黑色史書
是一根根黑亮的弦
小小的斷代
繃著一根根濛昧未明的憂愁。帶濕氣。

撥奏的手指長出小馬的無辜眼睛
你的聲音草坪
展開一段破碎而悅耳的滑翔──

你滑過來。我淌過去。我們的失敗，使全世界的雨絲
落在連通著最酸楚的
最細那根弦

還需要買醉嗎。虛弱的罅隙。像蟲
穿越紅酒沉澱物
葡萄因為成串地死去而反光

如果傾圮，就是最美的斷代
還需要劈開嗎
古年輪剖面像我們鍾愛的黑膠唱盤

播完整曲就是幸福
但跳針是美的
就如黑葉蕨鑲金是美的
還要燒柴嗎
還要解凍艾斯基摩人的言語雪塊嗎

因為失語，內在的歌才會透明
因為失敗，我們才能漸漸的輕
身體浮蕩成省略的白
不用隨時代而沉溺。還需要買醉嗎。一切如此微渺：

我們始終滄桑但不帶雜質
正因微渺的失敗
每天都可以經歷一次，透明的勝利

勝利兩字，在線香花火的焚燃聲中
細細地燒炙自己
轉涼瞬間，又被整個時代的失敗
轉過來撫慰。燒過的玻璃絲是啞巴的音節：

最美的斷代是你
最美的失敗是我

當你直視，坦然的眼色就是神啟
當你瞥見山巒回望的眼神
疲憊但像個孩子
笑語間，我們成為時代暗流傾軋之下
純淨的獲利

註：向羅智成的《黑色鑲金》、《泥炭記》重新出版致敬。

不曾是肉體

更多時候我不是
月亮胴體，不是裂縫的微笑，不曾
與夜色調情
不是燃燒的石榴

更多時候我只是借助反光
燈罩的眨眼
或者翻譯過的裸藍
活成海的藍皮膚
藍心臟，滲血絲的薄平面到內核
隱祕地震顫，隨盈隨缺隨漲潮
隨大顆大顆落地時
會發出聲響的野莓
偵探星光被掐熄的頻率
野生的
質數錫箔紙

更多時候我沒有詩意
不靠靈感寫詩
堅於手藝與信仰但不貞於生活
懼忌茨維塔耶娃的愛情與顛沛卻又
需要宇向的半首詩

偶數的星星被夜煮沸（你將看出
悖論）：
更少時候或
偶爾，我是永恆的石頭

抱著遠遠巨大於自己的命題
此消彼長但質能不變。親愛的，你知道我
不曾是肉體
卻又一直把介殼翻譯成形上

我需要你用短破折號的靜電
用影子夢到我

註：「我從來不曾是一個身體，無論是在愛情中海還是在母性中；一
　　直是一道反光，借助什麼，翻譯什麼。」——茨維塔耶娃，致帕
　　斯捷爾納克書信，1926

謝予騰

作者簡介：

謝予騰，成大中文系助理教授，半滯留西南部的輕中年，雖然沒錢又失去了老車，但還有機車、女人、啤酒和狗，並繼續努力繼續往東海岸去；論文寫了一堆，才發現學術這類的東西，根本無岸與盡頭。作品散見各文學雜誌，出版詩集《請為我讀詩》（2011，逗點）、《親愛的鹿》（2014，開學）、《浪跡》（2018，斑馬線）、《因為明天就要開始了》（2022，斑馬線），短篇小說集《最後一節車廂》（2015，開學），並與海穹出版合作科幻小說計劃撰寫中。

春遲

沒有理由地
想用細髮，綁住你的影子
將語言換上春裝
填滿午後
被寂寞遮住的時光。

情緒氣泡水般冒出
眼神遲疑
想推開過度靠近的城市──能不能？
能不能重新
教我上清脆的淡妝？
讓歌聲像風箏又像桃花
像大地又像煙霧
以及踏過殘雪與碎雲的形狀？

或許，這就是
寂寞了吧。我仍未習慣
太過真實的謊話。

能不能綁住細髮？你的影子
遮住了春光。新的衣服
還晾在陽臺上──屬於我們的季節
仍靠岸於姍姍來遲的遠方。

註：管管寫有〈春天像你你像煙煙像吾吾像春天〉一詩。

近況數段——關於2020年初

1

藥罐子與圍城
像命運彼此撞擊而落下的碎片。

2

咸陽已破，稱王者
重要不過困在城內的二弟。

3

憂鬱是你眼底的遠方
倉皇是我無常的近況。

4

無詩之夜，端著側臉
悲傷地看下一架直昇機墜毀。

5

胖子和禿子不停歌唱
至於說謊的人，才剛剛逃回岸上。

6

貓比較好過一點
畢竟只有狗得被逼去當官。

7

不貼春聯，鼠年仍有自己的腳步
讓世界忙著活蹦亂竄。

8

凝望清晨的佛堂，裡頭有海
慈悲與惡果正併肩立在同一波浪上。

皇后大道東 2019

黑色的姓氏與魚群
持續淹沒金鐘
在貴族們盡皆離去
日落之後的皇后大道東。

暖潮經過，冷眼看百尺之外那些
鮮血戎裝的武警
與輕易被天安門曬紅的明星、歌手和特首。

此即為命定，黑鮪魚們知道
時代來了。眼前朝自己舉槍的射手
與一本釣的漁人同樣
面目模糊、身分不明；隔著海
從未有過白漢金宮的皇后大道東如今
被逼迫屈身遙拜
遠遠的紫禁城。

（朝天之路太遠，黑鮪魚的性命太短
　躍不過思想窄門，無人可以成龍。）

金鐘道上的黑潮仍然洶湧
黑鮪魚成群
跳躍在無有月光的深夜──牠們深信
海洋與家終是自己的
太陽若不昇起
月光也將照亮這座城市，以及記憶裡的
皇后大道東。

註：臺灣歌手羅大佑，寫有歌曲《皇后大道東》，臺語版為《大家免
　　著驚》。

悲傷的事 2019

悲傷的事有很多，去年在海港投錯的那張票是一種
心愛的男人當街外遇是一種
股市漲浮是一種，被自己繳稅
買來的飛彈和子彈擊中頭部
也是一種。

剛開始，想認真談談悲傷的理由
自稱是母親的女性們便都哭了——再也買不到如此
純辣的化合物
雖說淚流滿面的孩子們，臉上並未出現可驗證的彈孔
但沉默的空洞與死亡的部隊正一步步
踏平他們的靈魂和五官
無名而黑衣的執法軍警，像島國染病且流浪的瘋狗
沒能來得及擁有屬於正義的編號。

還有些比悲傷更悲傷的事
遠來八百裡外的島
螢幕裡的極權主義信仰者，指稱噴出火燄的武器
都不過她裙底的玩具
聲稱她們的嘴才是真正槍，或者
不知給吞吐過的，多少的槍。（那麼重鹹）

回到悲傷，本質上
是尖叫對決槍響、憤怒混合著懼怕
上個世紀末沒有魔術師
這座城市卻已見證一隻沒有蜂蜜可食的熊類
如何將所有宣言與怒吼轉變為空話。

當然，說不完的悲傷的事，仍有很多很多
當街親吻已婚朋友的是一種
多元成家無論通不通過
在萬物運行法則崩毀之前不過笑話數則——不懂悲傷的人

望三十年前被消失又重現的城門口
一個頂天的禿頭低望著他的國家，所有人都覺得悲傷
然而他們卻還細小到無法使對方感覺
這是件需要被悲傷的事。
燈火通明

關上房間的燈，遠處
戀人們有著燈火通明的愛情。

而我已明白，沒有海的房間
終究飼養不了一頭藍鯨。

新時代的燦爛該
屬於今年的夜空與夏季。

遠方，我猜想
所有美好都該屬於妳；於是選擇關上燈
並與沉默一同懷想我們
也曾是這樣
燈火通明。

裝睡人的夢

夢裡的人，探不出手
觸摸作夢的人。

於是這個夏天
就這樣過去了。

颱風生成
與繁忙的衛星視線交錯
取消幾架班機
讓神不在場的街頭
能持續逃脫。

在意識的最前端
她仍堅持，不該醒來──如此才有辦法
將想像的血脈
繼續困在美好而殘破的夢中。

作夢的人不該責備夢境
如夏天生成了颱風，一段段燃燒的街頭
與一波波洶湧的群眾。

郭哲佑

作者簡介：

郭哲佑，1987年生，著有詩集《間奏》、《寫生》，詩作並可見《臺灣七年級新詩金典》、《生活的證據：國民新詩讀本》、《我現在沒有時間了：反勞基法修惡詩選》。詩集《寫生》入圍2019年「臺灣文學金典獎」。

斷章

晚風吹過
有半開的窗戶
解釋它，當它在你身上
為什麼是你

一條河，一座圍牆
灰色工廠外日復一日
解釋它的灰
它的紋路，它的分歧
它最後的目的

為什麼是你
看著路燈閃爍
雜貨賣場騎樓搖曳
燕子和蝙蝠追逐剪去
天網的縫隙

一條佈滿幽靈的藍色公路
你把世界盡頭
摺疊放在胸口

祕密

沉默，像窗角的盆栽
光塵覆蓋
空氣畫出漣漪

沉默，石中的岩脈
水裡的煙火
誰曾在這裡誕生
為了一支鑰匙，一扇門
旋轉的天空

世界還有許多聲音
但我不能多說
陽光來了
我的身上是空的
有樹葉的形狀
支脈分明，從手裡開始下雨

沉默。
持續跳動的心
在你的手，我的手
在一片白色的森林裡
撫摸一個人

螢火

誰點了一盞燈
從深邃的樹林裡
走到我身邊
讓各種夢境得以清醒
返回昏黃的現實

溫度來自陽光
曾照亮什麼，現在離去
有人仔細刻劃陰影的形狀
彷彿一生的夜晚
在這小小的凝視當中
便有了雨，和視窗

仍是屬於世界
風，始終與衣著相關
落葉底下還有許多蟻蟲
儘管飛行未結束
把燈點亮，才看得見螢火
發光的原因

天梯

「好景不會每日常在／天梯不可只往上爬」

—— 〈囍帖街〉

當我來時你已走了
風中高樓，升降的電梯
彷彿你猶豫的左右手
打開，關上
一個安靜的房間
堅決的線索

門外有這些：
路、太陽、搖晃的鐵
指紋與指紋背後的灰燼
這廣闊的天空
為一個普通的人而危險著
當我來時，一切都有防備了
景物破而不碎
像教堂的穹頂
風圍住逝去的手臂
成為一格一格的天梯⋯⋯

你走了
你繼續往上走
往尖銳的綠、怯弱的藍走
在傷勢最深的地方
走出縫線
我來了，它們顫抖、發光
像網住了什麼
像那些曾經有人，但不被解釋的長巷
一座樓被雙手拆開
我與你，猶豫一無所有

悲傷一無所有
火燃燒
為一日的最初與最終

房間

百葉窗翻轉光線
封住又打開

收納腳印
吞吐體溫
零星的塵埃散佈
畫出許多（不存在的）星座

此刻有人折疊身體
成為鄉愁；有人不相信遠方
帶著他的房間行走
時鐘慢慢地響
像無人接聽的電話

一支筆
將要集中心力
墜落成字。但它說：
「還不是歷史。還沒有
被完全洞穿……」

手的卡榫
錯過而緊閉的門
在上空旋轉
一個老舊咿啞的風扇

拆解而成為世界
有小小的房間
無數身體複印著我
讓光覆蓋，讓光打開

冬夜

最後一個夜晚
雨下起來，車燈也有紋路
世界的姿勢如同號誌上
交替的人偶
不停倒數
迎接彼此的脫困

過了這個街口
是你當年將頭伸出窗外
看到的河
工廠變成公園，荒廢的小徑
已經可以慢跑
有人試著對冰冷的木棉
鑽木取火

連建築物都在顫抖
搓一搓手，冰塊掉落
碎裂為沿途的路燈
遮掩幼樹
記憶成蛹，擬態為枯枝
來往之人未察覺
夜晚得倖存六個小時

陳乙緁

作者簡介：

陳乙緁，美國印第安那大學布魯明頓校區（Indiana University Bloomington）比較文學博士畢業，曾任教於美國印第安那大學比較文學及東亞系，美國私立古寧學院（Grinnell College），馬裡蘭聖瑪麗學院（St. Mary's College of Maryland），臺北科技大學。研究比較文學與電影、記憶研究與跨國自傳體小說、現代主義、亞美離散文學。著有散文《記憶零度C》、《寫給ALASKA的：陳乙緁散文集》。喜歡旅行、美食、歌劇、藝術及舞蹈。

子夜

就如童話世界一般

存在於我們世界
的魔法

隨著午夜
十二點鐘響
消逝

世紀崩解中
那暖化中的北極冰層

溶解顛覆
所謂的日常

國界連結震裂
在火山爆發
毫無預備的龐貝城
中淹沒

令人措手不及
的詛咒
肆虐如蝗禍
血月與天狗食日

辯證千古不解的預言
實現與否糾纏中

找尋與等待
我們
手上還渴望
握住什麼

急診室

蒼白脆弱的臉上
相應著眼裡缺氧的滿佈血絲
皮膚上　烈焰的紋路
瘀青如青色頁岩般剝落

與白駒過隙
來回競賽於白色
時間長廊間
數日未眠

又是哪一種天職宿命
和死神爭奪靈魂

軀體一具具
我們卻都忘了
每個背後不同的故事

微弱的氣息只越發微弱
匱乏與無助蔓延在空氣中

日益沉寂的世界裡
他的眼淚

最終
與嬰孩出生時的啼哭
同時掉落

天空 海洋

世界終於安靜了
卻不知是創世之初
亦或末日之後

地球從遙遠的宇宙
宛若清澈　澄明
的一顆月明珠

機器的鐵馬休息
宛若博物館裡的古董

小鹿和松鼠
卻於晴日間
越界地蹦跳於
石灰道路

湖水透徹見底
魚兒和水草悠然
與浮雲相應

夜晚沙灘上的星空
特別顯眼

白沙在月光下
閃爍著鑽石的誓言

夜晚的海浪
細語呢喃

在新月下
淡淡泛著
不知是悲或喜的
藍色眼淚

城市

戰爭的鐘聲一起
鎖國封城
人人盡是一座座
漂浮的孤島

國界與國界間
透明無形的牆
無遠佛屆

跨不越
時間與空間的
距離

在天空間
搭著無線網絡

大陸與大陸
島與島
城市與城市
的橋

居家

早晨陽光透過窗簾
灑到床上時
眼睫毛眨著
看到窗帷間的
青鳥

院子裡的花與蔬果
熱絡地爭相開花結果

廚房裡
瀰漫手捏麵粉　麵糰
與麵包烤香

傍晚客廳裡鋼琴伴奏著
爐火柴火迸裂聲
洋蔥湯的蒸氣味
仍暖著入夢前
夜晚窗邊的故事

在一片混亂的世界中
上天還給人們原本
如伊甸園般的生活

原來這一切
不過是
愛麗絲夢遊仙境裡的
推開門外的
另一種選擇

黎明

中世紀的黑死病

肆虐劇場裡
原本編排好的
一場夢

十二夜的暴風圈
月的天文異象
長夜是否終將盡

每個昨日如
即刻生滅的
幻形浪花
存在與消逝
同當下
每一剎那

人仿似
無原罪一般
的禱告等待

一種在科學裡
有可愛暱稱的
疫苗

救贖

楊小濱

作者簡介：

楊小濱，詩人，藝術家，評論家。耶魯大學博士，現任中研院研究員，政治大學教授，
《兩岸詩》總編輯。著有詩集《穿越陽光地帶》、《為女太陽乾杯》、《楊小濱詩
X3》、《到海巢去》、《洗澡課》等，論著《否定的美學》、《感性的形式》、《欲望
與絕爽》、《新電影三大導演：你想瞭解的侯孝賢、楊德昌、蔡明亮（但又沒敢問拉康
的）》等。近年在兩岸和北美舉辦「後廢墟主義」等藝術展，並出版觀念藝術與抽象詩
集《蹤跡與塗抹：後攝影主義》。

認罪書——紀念李文亮

我有罪。
我不會再說你們更有毒。
你們是仁慈的，病是仁慈的。
病會讓我們永生，
而我已經死了太多次。
我們都死了太多次。
我錯了。
你們代表了法律和偉大，
我只是一個造謠者。
瘟疫不會散播。只有你們的
真理，每個人都會染上。
因此你們的肯定不是謊言。
我保證。
我不會再忘記你們的真理。
你們除了真理，還有火。
而我們只是灰燼。
我有罪。
我無法拯救這個世界。
只有你們可以捂住天空。
是的，我明白。
我們必須是幸福，
而你們絕不只是蝙蝠。

蒙面的時代（一首天真的哀歌）

蒙面的時代，我的臉消失了。
霧霾，請不要認出我！

蒙面的時代，我的鼻子消失了。
病毒，請不要認出我！

蒙面的時代，我的腦袋消失了。
子彈，請不要認出我！

蒙面的時代，我的嘴消失了。
國家，請不要認出我！

瘟疫課

是蝙蝠俠？還是蛇精？
神魔的節日早已來臨。
但我們拿起的不是長矛，
而是筷子——吞食泥土，
洞穴，千年的幽靈。
鼠年還沒到，飛鼠
送來了大禮：一呲牙
翅膀像飄揚的戰旗，
收割新時代的叢林。
是狐妖？還是蜈蚣怪？
「不，請閉嘴，你說出的
怪力亂神是妖言惑眾。」
不如唱一首甜膩的讚歌吧。
但呼吸能屏住多久？
「你不能坦然嗎？光天化日
之下，請露出你的嘴臉。」
請相信。請擁抱。請在
警戒線內享受歲月靜好，
以鮮美的誓言，迎接
又一個鶯歌燕舞的春晚。

2020 年 1 月 23 日

在柏林牆遺址

裹著東方牆，我來到一堆
牆的骨骸。爬上廢墟俯視，
見少年如鬼。

穿牆而過。這邊，
如此晴朗，空氣稀薄。
遊客們端起自拍棒，嘆息，
旅行指南塞進屁股口袋。

脫掉我的牆：村民們
在女牆角蹲出滿臉幸福。
我咬住牆不放。泥巴
哭出了聲……

我從來沒砸過牆。
但憋住氣，要砸風，
要砸漂浮的陽光？

沒有唱出的高音，
會讓牆倒掉嗎？
隔海的磨牙，能碾碎
上個世紀的信仰？

炸樓指南

巨響後，灰燼覆蓋了大時代。
夏日雪景，白茫茫得比
焚化更乾淨，趕上了
北回歸線上的熱病。那麼，
山河還在，又意味著什麼？
炸掉這些空中樓閣，算不上
喜劇，最多是新聞裡的
一個小品片段。鳥兒聾了，
小鳥們依舊從雷聲中
破蛋而出；而坍塌的
磚瓦下只埋葬了一點呻吟。

《郟縣四章：誰的名字叫紅》

1.紅牛如是說

雪花在我體內飄落，
雪白血紅。感謝你們
愛我的軟心腸。感謝
蒼天贈予小康。從美食的
木槽裡，牛犢子們
茁壯成長。我不再等
老聃來接我去遠方。
讓我流淚，讓我唱。
這是我的烏托邦。
讓我長大，讓我美。
我是牧業戰線的先鋒隊。
哪天你扯出一塊紅布
我也不會誤以為是
另一頭爭風的紅牛。
犧牲是我——請接受這
溫順的智慧，奉獻的
理想，我捧出的
一對牛角麵包，令人
心碎嗎？但我渾濁的
眼神看見了希望——
一代更比一代紅。

2.東坡如是說

在紅與黑之間，剩下的
只有紅。在赤壁和烏臺
之間，我筆墨裡的黑
藏不住嘴唇上的紅。
哪怕我剝去荔枝的紅，

烏鴉嘴也不會黑透。
因為，赤壁是假的，但
紅燒肉卻是真的猛啊。
猶如中年肥膩裡的
少年狂，嚼出萬丈豪情。
肉早已腐爛，只是
一抔土也埋不掉千古
澎湃的詩意。來吧，
狂飲者！我敢肯定
酡顏從來不是赧色。

3.共產黨員如是說

在郏縣，沒有什麼
紅過江山的主人。
換一雙琉璃眼，我們目光
如紅纓槍刺穿歷史心臟。
從西大街跨到東大街，
穿越高句麗的英文，
美食廣場的喧天鑼鼓，
清真的魏碑，還有高聳的
幽靈摩天樓，我們也能
認出遠程的笑臉。笑
只是面具，因為真正的
戰士是堅定的，不容
分說的。我們一手
遮住紅色之外的任何
光彩。為了唯一的
眼睛，我們將奪走
所有可疑的眼睛。那麼
你以為脫逃的眼睛
能追得上血紅的落日嗎？

4.我能說什麼？

但身穿紅襖的村婦
不認識我。張店村口的
棗紅馬不搭理我。
我彷彿是廣闊天地裡
一堆飛揚的灰。
（或許還閃著火星？）
被風吹過時，我像
一隻喜鵲迷失了方向。
讓歷史拽走時，我只是
擺山遊戲中的一顆
紅棋子，隨時被挑出，
便為棄物，或偶爾幸運
成了網紅。張良的鐵椎
如今更像是一截擀麵杖。
但身穿紅襖的村婦
總是笑呵呵，棗紅馬
投來憐憫的目光。
非得敲打白日夢嗎？
真的要痛擊污泥和
塵土？當我爬上城牆，
陷入另一個棋盤的迷宮，
人們說，在我腳下的
磚瓦，從來就姓朱。

第二輯

中國大陸詩群

主持：馮溢
詩人：藍藍、張曙光、劉潔岷、嚴亦果、杜鵬、盛豔、劉琦麟、
　　　王凱、孫冬、亦來、馮溢、劉曉萍、陳先發

藍 藍

作者簡介：

藍藍，詩人，生於山東煙臺。出版有詩集《含笑終生》、《情歌》、《內心生活》、《睡夢睡夢》、《詩篇》、《從這裡，到這裡》、《一切的理由》、《唱吧，悲傷》、《世界的渡口》、《從繆斯山谷歸來》、《河海謠與里拉琴》；中英文雙語詩集《身體裡的峽谷》、《釘子》；俄語詩：《歌聲之杯》、西班牙語詩集《詩人的工作》；出版童詩集《詩人與小樹》、《我和毛毛》；出版散文隨筆集六部，出版童話集五部，出版兒童讀本《童話裡的世界》、《給孩子的100堂童詩課》。曾獲「詩歌與人國際詩歌獎」、「中國優秀兒童文學獎」、「華語傳媒文學年度詩人獎」、首屆「女性詩歌傑出貢獻獎」等。

庚子年戊寅月記

救人的人先死了。護士拔掉
插進氣管的呼吸機，推走屍體──

新聞取景框，不會對準這裡

我竭力讓自己平靜；勸說我的理智：
一個人如果和自由戀愛，也將被自由帶走

但事實是，二月的大地
謊言潔白如落雪，瘟神喜孜孜頭戴王冠
享用還冒著熱氣的新鮮生命

城市，成為瀰漫消毒水氣味的
醫院和殯儀館，大街空無一人

連著兩天兩夜，我睡不著。我想著你
而你已經死去，無法從一張照片
轉換成一個跳下床走動的男人

曾經，我不相信有天使
但當我在地獄裡匍匐時，我相信了

我想知道關於信仰的紀念碑在哪兒？它
是否大到足夠安放一個誠實的靈魂

要麼我也是一個撒謊的騙子──若非
我還相信日出日落，還知道
應從備受折磨的良心深處尋找真理或上帝

在家裡，我一個人哭了很久。我覺得你的死
我有責任。我害怕那些你害怕的和你不怕的

我愧疚。在層層口罩後面
我和我周圍的人，是被堵住嘴也失去臉的人

想到這半生，我曾努力為美工作
而讓我震驚的卻是惡——

惡，超出我的想像——與它相比
「荒誕」這個詞可以描述我們每日的呼吸

沒有什麼比做特洛伊的卡珊德拉更荒誕
而在東方的天平，真話的另一端
放上的必將是身家性命

流著無用的眼淚，帶著
無力的憤怒，我寫下這些
我相信不會有人需要的怯懦的詩句

但我需要——我不知應該向誰祈禱——
我願它賜予我一個靈魂的兄弟
並給予我睜大眼睛盯著刀斧的勇氣——

2020年2月8日

醫生

你好，科斯島東亞的弟子
你好，希波克拉底蛇杖的接力人
你的雙腳常在陰間的門檻外躑躅
你的白色衣領有消毒液的肅靜

我想為你唱一支明亮的歌
為你年輕矯健的身體
為你靈巧的雙手，宛如上天
每日安慰不幸的生命

你是造物的悖論
生與死的擺渡人
當你在瘟疫的滾滾濃霧裡出現
我懷疑人間是逗魔鬼開心的樂園

也許在只說真話的宗教穹頂
必有人將瘖啞的國土和大海交換的巨浪
送達被稱為良心的高處

願你走的那一天沒有孤單和冤苦
願有一道溫暖自由的光迎接你
宛如那身披怒火、從不曾
把人看得比廟宇更大的異教女神

2020年2月12日

G1578次上的現代社會想像

可以想像春天。雪在下。
婆婆丁已快要走到中原。我的河南朋友
新冠次密接者家門貼上了封條；
淮河南岸，新的榆錢正在集結。我說
依然可以想像二月，撕去大地上
所有的封條。因為四季有信
超越人類的社會想像，每一片草坡
都大於崩潰的道德秩序，儘管
蒙面人還在向大自然拋出
哭喊，和無辜的生命。

可以想像，夜行列車穿越北中國
窗外是過冬的小麥，成壟的白菜。
一個少年俯身手機，耐心地
陪著他奔逃的女友。那是深夜
死神的腳在每一隻口罩上踏過
在所有道路上，織就它巨大的鐵網
獵物們朝它歡呼，崇拜那可怕的暴行。

可以想像活在音樂中的生活：允許一個人
擁有片刻虛構的幸福。也許雪的飄落
雨的滴答，都能讓人的尊嚴
因為變得清晰而愈加痛苦。
而真正虛無的，是屈辱和沉默的日子。
一段歌聲中蕩漾的青春河水，對嚴寒拒不合作
泛著冰凌而來，在一個人眼眶的灼熱裡……

像愛人一樣，可以想像。
像蘋果樹開花、成熟一樣，可以想像。
詩人被時代削尖她的痛苦，但沒有人
真的想當杜甫——必須減去那苦澀盛名
而才華，則要加倍乘以他的

落魄絕望，以及喪子之痛。
子夜時針撥過黃河時，他的家鄉
正陷入恐慌，刷抖音和微博的人們
焦躁搜尋德爾塔病毒
車票與機票搶購一空——

這不是可以想像的人間：
流產的孕婦，無人搶救的老人。
春天的花樹，你告訴我
我能想像什麼？在這樣一個寒冬
當我把雙手插進新年的空氣
最終能抓住的是什麼？
也許我能在一行親愛的話語中
認出希望向自己堅持索要的允諾，
或被一句「活該」、詛咒的、源於我們
全體——每個人本質所共同
構成的命運？

2022年1月7日

我不懂

快遞小哥，躍上一陣寒風
電動車，駛進熄火的發動機。

清潔工和玩兒鳥人交換恨意。
街道兩旁，甩租停業的店鋪。

電池負極塌陷，電子也會完蛋。
讓我走。兒童的貓草綠瑩瑩。

你餵到我嘴裡的一個詞，發了芽。
現實的柿餅中可以挖出這勺苦澀。

消毒水是易燃品。酒精也是。
核酸。疫苗。健康寶。大數據。時空伴隨者。

沒有人睡去。不能下高速的幾百輛大貨車
停在裂開一道深壑的臉上。

我不懂我愛你什麼。

一個寄宿生在字母表上
妄想黏拼世界的完整。

2022年1月15日

主婦隔離購物單

大白菜。蘿蔔。豆包和饅頭。
西藍花兩顆。雞蛋一盒。

陽光。陽光。

豆腐，速食麵。筍瓜和菠菜。
上海青三斤。豆角一捆。

一頁日曆。

還需一包酵母。酵母是
危險品。以及玉米麵、小麥粉。

洗手液。胃疼藥。拉力器。
小風，和為愚蠢準備的黑紗。

那年，過豐寧到東倫，元上都
宮殿不見蹤影，野茫茫荒草連天。

祝福鳥窩在矮樹上。買一朵金蓮花
給走進地鐵深處的姑娘。

支付寶。微信錢包。叮噹響。
快遞小哥，願你的手掌有五壟麥子。

時間。陽光。牆壁裡花兒捲著波浪。

還有，——聽著
你們強加於我的，我也全要了。

2022年1月15日

雪在下

不能把自己活成一聲詛咒。

但愛，不要觸碰我
讓我在迷蒙的大雪中
遠遠看到你。

給我的嘴以訴說你的語言。

為了不被燙傷
我要求一塊寒冷的冰。

給我更多猶疑的鏡子
使我成為更多的猶疑。

阻止我的詩成為欠條
和誇張的肥皂泡。

而那聲詛咒像石塊
堅持它執拗的敲打，在這首詩中
發出低沉的回聲。

2022 年 2 月 13 日

張曙光

作者簡介：

1956年出生於中國的一個邊境省份黑龍江，在那裡的一個縣城長大，後就讀於哈爾濱的一所大學，畢業後一直工作和生活在那座城市。在大學期間開始寫詩，受到西方現代詩的影響，著有詩集、譯詩集及評論隨筆集數種。

被禁閉的春天

沒有雪。街道上沒有行人。
沒有流行樂和笑話。沒有上帝。
沒有詩和謠言。沒有警察和天使。只有死亡
和口罩遮掩的恐懼。天堂太過遙遠。而病毒
雛菊般美麗，在肺的原野上綻放──

我們仍然活著。這就是一切。

2020年2月3日

指向虛無的手指

牆隔開我和世界。在上面空氣流過。
一隻烏鴉。它在宣告真理是黑色。
樹叢間的積雪融化了。去年的果實乾癟。
忘記了今天是星期幾。我在做夢。

一個個壞消息是接連來到的日子。
翻飛的蝙蝠來自非洲古老的洞穴,像預言。
街道是被病毒洗白的肺,空曠而乾淨。
死者們沉默。上升的煙柱像那根豎起的手指──

聖安娜的,在列奧納多筆下,指向虛無。
誰喚醒我們?天國空了。寒風中
紅綠燈仍在交替變換。偶爾一輛單車駛過──

看不清面罩後的臉(正如看不見內心的憂傷)。
我躲在十一層樓上,踱步,眺望。企盼著
神跡。而上帝一如往常缺席,沒有人知道他去了哪裡。

2020年2月19日

「窗外，大雪傾瀉著」

窗外，大雪傾瀉著。
彷彿一個冬天的憤怒和積鬱被一下子吐出。
光線變得沉重。我隔窗在看。聽著杜普蕾演奏的
艾德蒙・盧布拉的G小調奏鳴曲，作品第60號。
我的心在琴弦上顫動。也許我該說些什麼
但卻無話可說。死去的人死去了，他們
被獲准永久沉默。天堂裡不用戴口罩，當然
也沒有病毒和謊言。活著的人躲在家裡
繼續恐懼或是繼續無恥。蝙蝠們在暗夜起飛
帶著死亡的口信。此刻只有音樂，撫慰我的憂傷。
還有詩，記錄下這沉痛的一刻。
但我仍會把目光投向窗外。雪。雪。雪。
一場大雪覆蓋著天地，像死亡。

2020年2月21日

「雨點濺落乾涸的土地」

雨點濺落乾涸的土地。
耶穌淹死在一隻水槽裡。
我忘記了平常日子裡的一切。
口罩長成我們身體的器官。
不，它不再是外物。除了病毒
它還過濾著我們的聲音。
我們的大腦幹縮成一顆果仁。
被世界的外殼包裹。
事實上，它並不堅硬。
是誰虛構了傳染病，蝗災
和澳洲的叢林大火？
而恐怖是真實的。它就在這裡。
被我們的身體和謊言滋養。
方舟在那裡？（它的兒子下了地獄）
鑽石公主號。喀什米爾公主號。
泰坦尼克號。在時間的輪迴中
它將又一次撞上了冰山。
而傑森正在街角的垃圾桶邊
舔著霜淇淋。他找到了另一份職業。
作為導遊，為我們解說新的風景。

2020年2月27日

一部電影：A Quiet Place

春天戴著口罩。N95。它囚禁我們。
死亡。冰冷的禁令。我是行走的病毒
確切說是定時炸彈，滴嗒響著，隨時會被引爆。

靈魂一天天在枯萎，像瓶花。
它渴望著從肉體跳出，去擁抱窗外的風景。
而風景是鳥，關在銹蝕的籠子裡。

午後日光雪一樣刺進窗子，把房間切割成兩個等份。
我蜷臥在地板上，看著一部恐怖電影。
怪物正在殺死人類，人類卻看不見它們。

它順著空氣找到我們。我們不敢發出聲音。
努力學習保持沉默，並適時地掩住孩子的嘴。
在屍體般的寂靜中，慶倖自己仍然活著。

2020年2月29日

春天‥2020

天空是克萊因藍色。
至少從窗子裡看出去是這樣。
每天喝酒，莫蘭迪的瓶子堆在牆角。
旅行，從一個房間到另一個房間。
外面是病毒、路障和地平線。我不再悲傷。
我的身體長滿葉子，這是我的盔甲和防護服。
災難源頭被猜測，被指向不同的方向。
平底鍋在天空中飛，像夕照中的群鴉。
文明是一面多孔的篩子。我彷彿穿越了
回到穴居時代，對著火光映出的影子發呆。
生命微賤如羅布泊的沙子。死亡是一串統計數字
冰冷，儘管看上去很醒目。現在唯一能做的
就是放棄對世界的擁抱，學習冷漠與疏離。
鳥兒戴上口罩，像護士。不是因為病毒，而是
避免被謠言擊中。天氣預報有雪。這是真的？
雪不再潔白而是在努力製造泥濘。廚房是我的新外套。
對於一些人，他們將會永遠滯留在
這個寒冷的春天。另一些人在突圍，帶著
內心的淒涼和傷痛。就是這樣。這是
2020 年的春天。農曆庚子年。肖鼠。

2020年3月2日

四月是寫詩的月份

四月是寫詩的月份
我沒有寫詩。
每天聽幾段音樂
鋼琴或大提琴，有時
是交響樂，譬如
肖斯塔科維奇的第五
或德沃夏克的自新大陸
偶爾是斯特拉夫斯基和
艾夫斯。說實話，這只是
用來打發時間，或抵消恐懼。
外面的樹在開花
粉，淡淡的白，帶點綠
看上去真的很美。
似乎春天不會因為死亡
而放緩著腳步。
活著的人也不會因此
放棄活著。遺忘是一種美德。
應該牢牢記住這點
然後快樂地度過餘生。
而那些死者，在冰冷的地下
蜷縮著，有誰會在意
他們能否聽到音樂，或看見
四月正在焰火般綻放？

2020 年 4 月 6 日

世界變得陌生，儘管看上去仍然熟悉

花期已過。但沒有人在意。
總會是這樣，當一隻手揮霍掉春天
和很多人的性命。誰留下了這張便條
在上面你尋找著暗藏的祕密。

隔壁刺耳的電鑽聲。一隻黑貓步態柔韌地
走過起重機吊塔，和樹籬。早些時候
上面還綴滿了哀悼的小花。我在臺階上
看著那部老電影。直到女巫的獨眼

在水晶球中無限地放大。她看到的
是荒原，和一片虛無的空氣？
這就是未來，或我們藏（葬）身的魚腹？
它一天天變得可怕，想著要吃掉我們。

被主體意識塑造和囚禁，
我們用博朗牌電動剃刀修剪世紀的頭髮。
集體無意識，做著核酸檢測。
或向偉大的佛洛德致哀，他是烈士而不是

思想者。他沒有發明精神分析。
他吸毒，偷竊，使用假鈔。重要的他是黑人兄弟。
一粒沙子硌疼了整個世界。
我們戴上口罩像是禮貌的劫匪。

監控鏡頭錄下我們所做的一切。

生命是等待，也是狂歡。它使時間延續。
需要更多的資源來維持表面的光滑。
譬如錦鯉，拋光器，和巴西熱蠟。

如果有足夠的耐心，你會看到
石頭開出的花朵。但我們能否在
災難中倖免，或製造出一場新的災難？
沒人知道。我們活著，這就是一切。

2020年6月18-20日

劉潔岷

作者簡介：

劉潔岷，男，湖北松滋人，2003年命名創辦《新漢詩》，2004年創設《江漢學術》「現當代詩學研究」名欄，2016年開辦「新詩道」同仁公號，2022年開設「詩鑒藏」公眾號。出版有《躺著的男人和遠去的白馬》（香港天馬圖書公司，1992）、《劉潔岷詩選》（長江文藝出版社，2007）、《詞根與舌根》（北嶽文藝出版社，2015）、《在螞蟻的陰影下》（上海文藝出版社，2019）、《互望》（臺灣秀威資訊科技有限公司，2020）等詩集，主編、執編出版有《群翼之雲》系列和《21世紀兩岸詩歌鑒藏》系列等。現居武漢。

佘山遊境圖軸

陰影堆積而成的黃昏
瓢潑大雨中陰鬱、黏滯的燈籠
天宇中的星象在猛獸胃裡翻江倒海
茅屋破秋風，一個黏上了酒漬的杯盞
數塊荒石的坡腳上有數株老樹交錯而立

悲傷的淚滴和歡喜的淚滴同時掉下來了
與自己交談的他，說的都不過是老生常談
駿黑的畫棟，山尖上的塔，勾勒的峰巒山石
皴擦的運用靈巧，線條流走得輕快
但皆沉入瀰漫開來的一片夜色中

隔壁房間再沒有母親的窸窸窣窣聲
牆頭嘶嘶蠟燭燃燒出過去的時間：
著火的宅第，罵聲如沸，餘燼如霜煙
松江董氏72歲他落筆於《佘山遊境圖軸》
當其時，燒餅的叫賣聲穿過厚重的雨勢

2019年2月

空難

牙齦在飛機起飛的一刻腫痛
金黃明亮的彗星拖曳著炙熱的尾巴
居民占滿廣場，觀察空中的乘客
歌舞昇平的不眠城市，機艙
像古老的信念一樣在空中炸開

火在刺繡，鐫刻出懸崖峭壁的輪廓
上蒼咆哮發怒前臉上的一抹笑意
急性失憶的症狀，燃燒的飛機沖進
節日城市的焰火有如一對交媾的猛禽
心臟的跳動通過紅外線彼此傳導

火光映紅樹梢後巍峨的保險大樓
醫生在暗處做夢，新聞聯播還沒有
收到如此爆炸性的訊息，來不及悲哀
臨終前倉皇撥打死神的電話號碼
將軍率領他的得勝的部隊無處逃竄

一曲滿是尖叫哀嚎的全金屬打擊樂
空中小姐的濃妝被熱量烤化，容器裡
機械的故障和又死又活的人體發動機
作者的意外，宇宙主題，入戲太深
跟主人玩耍的小狗玩具漂浮在夜幕上

2019年2月

買早點

我的身體是我母親的身體裡多餘的部分
我的感情是我的父親老眼裡落下來的東西
我是我曾在一部手抄本裡遇到的一個偏執的人
我正在原老武鍋牛肉包子鋪前排著長隊
並打聽到了水陸街的燒麥、牛肉粉、付記鱔魚麵
老武鍋豆皮店的電話是15827085403
我的你們猜不到的女兒與我不過是
在容貌上彼此抄襲來抄襲去的一對父女
我習慣於在夜裡面對我的愛人，細膩有如祈禱

指紋採集

一些穿衣服的人隨機進入房間
在門把手、杯沿和皮膚上留下指紋
在打開的窗，在拆開的浮點顆粒安全套上
煙蒂上的指紋和口紅
是不是不同的嘴唇與手指留下的痕跡

快遞員帶上你的指紋騎著摩托車
去到遙遠的有小尾巴動物追趕他的森林
一兩枚輕微的指紋在雨中顫抖的橋上
像透明的影子那樣
被抖落了

需要像修復前妻的照片那樣修復
有大量的插圖和塗改筆劃的記憶之書
隨著被打濕的紙張洇暈、擴散
是被一一拆解消失的指紋
是放在洗衣機裡的指紋

如果我們的城市能夠停止運轉
那麼所有的指紋就會著魔般地紋絲不動
我看見我站在昨晚去過的茶樓門口
嘴唇翕動，並意識到，修復指紋就能
修復你和我們的整個生活

更年期

踩著落葉般的曲子跳一個舞
那個漫長的、無休止的夏天就結束了

燈光漸柔漸滅，就像話音四散時
想到從前的一句話，卻沒有
想起說話人的名字和一朵什麼玫瑰的芬芳

多露水的早餐，一棵嬌嫩的枇杷樹苗
與多雲的黃昏時樹皮與樹皮間的夫妻生活
擦拭調色板收拾畫筆，人各自
艱難地爬上畫架退回到一塊畫布

話的意思明白了，卻又明白了一次
就像在濃霧掩映的過江輪渡上東張西望
雙腿發軟，眼光微弱地停在甲板的椅子上
就像再讀一遍從前的信函
在發黃的，近乎哀泣的光線下

濱湖集：在節日與節日之間

節後的人群都湧向車站和機場
白雪在香樟樹的葉子上收縮著滴落
今年的去年已經開始在記憶裡存儲變焦
兩個戀人，具體說來是一對相處多年的夫妻
他們碰巧坐在同一班地鐵上

那些約會一般的日子，那些駛向衰老的
一個個留下了連拍照片的瞬間
也像一個紅色的雷射點曾跟隨舞動
連同不斷的語音播報的嗓音
那種親切，在清冽的氣流中回蕩

他們天色昏暗時從床上
慢慢挪移下來，洗漱，整理衣裝
衣服的窸窣聲裡夾雜有彼此的呼吸聲
先後出門時告別並帶上頭天的垃圾
在石牌嶺路大街上一度失聯

2019年1月

在楊市鎮我作為劉氏雜貨鋪店主的一個時辰

打發走補貨的伊利業務員結了帳
斜倚著櫃檯，我翕動的嘴角
幾分逼真地垂掛著晶晶亮的小瀑布
像一個胖墩墩的原住民那樣，在花花綠綠
如雲霞般搖搖欲墜堆積物團繞下
我陷入午寐時光

睡了，那些木刻的家禽
睡了，體長38釐米的小黃鼠狼
那在包子鋪裡甩開膀子的是王二家的
睡了小理髮館、農機站和鈑金店
睡了水蜘蛛在祠堂旁池塘薄皮兒上
用么姑的縫紉機針腳飄行

我病歪歪的父親披著他老舊的人像去鎮北的銀行
接受營業部人像採集器的採集，他酒後坦承
我與他在天色忽然陰沉的時候互為父親
我老媽難得地在午後離開了我的眼光
被手指肚磨得錚亮的象棋棋子
字跡模糊地擺在門旁

鎮關西在肉案上又擼起袖子
自留地裡的稻草人拔腳溜到別的地方
我水土不服的堂客又回到海怪出沒的海島上去了
他們都鵝鵝鵝嘎嘎亂叫然後飛成白鷺起航
我鋪裡的雜貨真假參半堆積如山
滿足了仿古的居民們對於山寨的需求

有個高個男人挾持著個矮子進來了
他套著件破舊的袈裟，小不點
沒有穿啥毛乎乎的是個會行軍禮的孫猴子
我被驚醒過來連忙扔出幾枚小錢逗引他們爭搶

他們叫嚷著搶來搶去奪去奪來越跑越遠
把我的劉氏批零雜貨鋪帶向了遠方

2019年1月贈楊漢年

嚴亦果

作者簡介：

嚴亦果，青年作曲家、劇作家，上海音樂學院博士後，美國密蘇里大學作曲專業博士。曾獲20餘項國內外作曲比賽獎項、獎金和10餘項創作委約。2021年完成首部個人音樂研究專著。詩歌作品《兩首紫色的詩》獲「三亞杯全國文學大賽」金獎、《七首彩色的詩》獲「經典杯」全球華人文學大賽三等獎、《春天的獻詩》獲「相約北京」全國文學藝術大賽一等獎。

《詩的復活》

海上生明月　天涯共此時

月亮讓我們天各一方
酒醉的詩人以狂繼顛
對月慘笑
在破碎的月光杯上翻滾
血液從細小的傷口沁出

生命　如同才華
就應該拿來浪費

揮霍吧
你這個不孝子
對月狂笑
用精液燃燒你不安的青春
用墨汁溺斃那些倫理綱常

詩的文明
如盛大的煙花
五彩的巨龍在天上交配
灑下灼熱的汗水和種子

這又是一個狂躁的夜晚
一個寫詩的夜晚
一個越寫越饑渴的夜晚
一個縱火焚燒靈感的夜晚

詩人的生命裡沒有晚年
只有自虐的青春
灑墨如射精
只有性欲的青春

吟詩如做愛
用激情殺死愛人的青春

狂跳的字
痛並快樂著
痛快呀！
上酒！

月亮如慈母
心碎地看著他
這不孝的兒子
不知感恩
對母親慘笑著
瘋狂的浪子已回不了頭

葡萄美酒夜光杯
千金散盡還復來
把無數根火把扔進盛唐
諸神的亂倫
史詩的狂歡
病態的孩子

是畸形的荒誕的畸形的荒誕的畸形的荒誕的

才華

雌鳥和大地的女兒之二

逃亡！逃亡！逃亡！
是那飢餓的猛獸吞噬了人的心臟
七情六欲由此變得狂暴
充斥在耳邊的喧囂
被捲進了紅塵的狂潮

毀滅的劇痛
源自人性的淬煉
上卷是神性的延伸
下卷是獸性的拖墜
兩極之痛猶如天雷爆閃
可作為一個詩人
她必須承受

沒有人與她同行
因為她一刻不停
經歷著生老病死
也經歷著愛情與背叛

人生的意義
就是她的身體
在烈日下暴露出
讓心靈顫抖的曲線
逃　逃　逃
禁忌　背德　亂倫　無恥

雌鳥和大地的女兒啊
從這條激情和哀傷的河流中逃走啊！
帶著你的曖昧和痛苦
投入深黑的夜空吧
任憑那寒冷的彩色群星
在你的體內
寂寞地閃耀

紫色的詩之一

愛情與道德
誰是人性美的極致？
完美無缺的白先生
在回憶中自我觀察著
悲哀而殘缺的藝術

既然天地不仁
慈悲或殘忍又有什麼意義呢？
走過另一個輪迴
生與死
也不過如此

當白先生的血快要流光了
他倒在地上
視線漸漸模糊
視界漸漸縮小
他看見

深灰的天空下著瓢潑大雨
一個淺紫色的身影緩緩走來
淺紫色的蝴蝶如同落花紛飛
捲起一簾又一簾的迷夢
這說不盡的哀傷和迷惘
在紅塵中傷心欲絕地墮落
美麗的紫色少女在雨中痛哭
瘦弱的身體隨風顫抖
奄奄一息的白先生映照在她冰冷的眼中

冰冷的破碎和彷徨
冰冷的心死和哀傷
讓白先生在這個無限漫長的彌留之際
痛不欲生

痛
是愛的延續
痛
是死亡也帶不走的愛的延續

紫兒　紫兒　紫兒

再見，再見
夢裡，再見

紫色的詩之二

從曠野和孤獨中分裂出的野火
是最詭異的人格
它不安地奔跑著
它的心承受著自由的重量和速度
並為此滴下了高貴的血

淨化心靈的野火
急速地飄逸著
把鋪天蓋地的野草
染成深紫色
華麗的火苗翻滾著
浪漫地相互勾連著
與天地同悲同喜、同泣同笑著
向深紫色的更深處蔓延

狂亂的野火啊
唯美而悲情地燃燒

你的創造源自分裂的痛
你的毀滅源自融合的寂

釋放吧，釋放吧
韶華不為少年留
就讓那熾熱的體溫空流吧
焚毀一切
如此決絕
把那絢爛的灰燼拋向天際
讓飛星在閃爍的虛空中傳恨吧

紫色的詩之四

紫色的野花如點點繁星
生長在透明的天空上
斑斕的夢境中閃爍著幽深的紫色花浪
憂傷的花語，撕裂的風
永恆的別離，純粹的痛

過往的時間在柔軟的心裡被片片剝離
劇烈的痛楚
令天空下起紫色的冰雨

淺紫色的蝴蝶四散
如同破碎的紫水晶
灑落在聖女孤獨的寶座上
愛情和愛情
只能相遇在愛人臨死前的紫羅蘭狂想中

淺紫色，紫色，深紫色
淺紫色，紫色，深紫色
淺紫色，紫色，深紫色
命運啊！
我肯求你！
放下屠刀！為我祝福！

杜 鵬

作者簡介：

杜鵬，詩人、譯者、隨筆作家，青年評論家，現居鄭州。曾在美國留學多年，獲恩波利亞州立大學創意寫作專業本科學位和教育學碩士學位。著有詩集《我是一片希望被人崇拜的廁紙》（臺灣秀威2018年）。有詩文譯作發表於《詩刊》、《揚子江詩刊》、《星星》、《作家》、《詩林》、《詩建設》等刊物。

哨子之歌

哨子懂你的心情
就像你懂它的寐語
它的聲音輕柔
它有著人一樣的眼睛

哨子有它的面子
面子有幾個名字
名字全都睜著眼睛
天上的一堆星星

星星的眼睛明明
星星的腳步輕輕
星星怕聽你的哨音
星星怕看你的眼睛

是誰躲開了星星
是誰抖出了機靈
是誰睜開了眼睛
是誰曾吹響過光明

——2020年3月10日作
2020年3月27日改

扁擔山十四行

我看到我在排隊
在扁擔山的門前
我心裡裝著一群咯吱作響的肩膀
他們演奏著，可我不敢哭。
我看到我被插隊
在一個被鐮刀割到手的人面前
他手上的血染紅了插隊人的衣服
我笑了笑，因為那人穿的是名牌。
我看到我搶到了號
一個數字，我記住了它
但它卻不敢記住我
我看到我變成了一隊
那個場景，地獄看見了都害怕
我看到我故意打錯了幾個字

————2019年3月26日

這是人們會說起的一個數字——仿布萊希特

這是人們會說起的一個數字
這是人們會在考試中填對的一個數字
今天看著昨天變成數字
外面看著裡面變成數字
大地不再提供證據，它證明。
天空不再提供微笑，它笑。

——2020年3月28日

禪與將病毒鬧劇化的藝術——仿馮至的《蛇》而作

「複製自身的歷史變成了鬧劇，複製自身的鬧劇變成了歷史。」

——讓·波德里亞

我的鬧劇是一部歷史，
總是令讀者們無語。
你萬一讀到它時，
千萬啊，不要複製。
它是我用過的口罩
上面沾滿了好奇的影子：
它想那美味的佳餚——
蝙蝠翅膀上那濃郁的絨毛。
它像特務一樣悄悄的來
正如你像敵人一樣悄悄的去
它把你的生命叼走
像叼走一個可靠的消息。

2020年1月25日

盛豔

作者簡介：

盛豔，詩學學者，詩人，譯者，英語語言文學副教授。2004年畢業於中山大學外國語學院，獲碩士學位。曾任執教於三峽大學，華中科技大學文華學院，現任教於中南財經政法大學外國語學院，主要研究方向為英語現當代詩歌，漢語當代詩歌。

海

枕著江水，夢到海
清冽冰冷早春的水
鳥鳴從林間落下
是滴答的雨水。如果日常的朔風
一再阻撓，用它遲鈍的牙咬痛
我們的神經
就在夢裡，夜晚與黎明的交錯地
像燕子般輕快地掠過
大片的紅樹林，泛著點點銀光的
鹽鹼地，在荊棘叢中眺望
遙遠的水杉林後是
巨大的海水。無限接近卻
無法抵達。

2013年8月7日

木匠

叮叮噹噹。

春天的時候你將成為一個木匠。

每個人都需要根拐杖,蹩腳地走進酒吧。

你還好吧,鏡子裡外的人相互問好。

你拿起斧頭,鋸斷舊樺頭,成為一個木匠。

在馬槽裡撿到孩子,在田野裡蓋房子。

只要在意識裡畫一匹馬,你就躍上馬背。

岩谷裡的陽光呵,那是泉水。

漫步在流水中,我們一無所缺。

這些是你不知道的。

在春天,新的樺頭也被折斷。

田野裡長滿樹林,你成為一個木匠。

白天工作,晚上露宿。

你還好吧,地上和天上的人相互問好。

2007年4月10日

細節

這房間的
細節
像一座山的落葉
那麼多。
票根、紀念幣
螺絲釘、拼圖的一角
黑色的藥丸和小鋼珠
渾濁的藥水瓶，燈罩
吸滿記憶的塵埃。
看不見的那些，隱密於
牆角的蛛絲裡。隨意翻開
一頁舊書，夾著雛菊
皺巴巴的花瓣。
熱情而天真的花朵啊
它曾被靈巧的手捕捉
被那手掌空空
一路舞蹈的捕風人
被承諾安放在美好的容器
發酵、流出汁液、汙糟了顏色
然後安靜的枯萎

2014年12月28日

夏天打枇杷

初夏，樟樹深藍的果實
滴答　滴答，落在
雨後泛青的石板路
厭倦了啄食的鳥兒們
在細碎的穹窿裡放聲
向天空提出關於風、雨雲
潮汐和收成的問題
一個頑固的老頭
堅稱噴泉池附近的枇杷樹
是不能打的
他拿著長竹篙
站在隔壁單元的二樓陽臺
輕巧地打落那些個
熟透的枇杷
我認識它左邊的黃臘梅
右邊的廣玉蘭
這搖曳一樹的金黃
端立在中間
比噴泉池邊的更高大、
更隱密，像年紀大的人的內心
他們永遠知道什麼可以
什麼不行。

2015年5月18日

抽象並非不能拿起

孩子的故事講完了
燕子呢喃入睡，這春日的
下午四點。想回家
看河堤，看豌豆苗爬藤
看荷花盛開的湖
這不是花開的季節。
抽象並非不能拿起。譬如「柔軟」，
有時它是把電鋸，鋸掉
沙樹膨大的枝條，留下筆直的，
指向藍天，像箴言
像一切可以埋在地裡的東西
它會發芽嗎？
我們原本就是為了錯路而生
走錯的每一個岔道口，
是不是都有在巷口
為你扛起箱子的人？
是不是要一直忙著修剪枝條，
整理田地，按照自己的方式打理
花園？某個瞬間，我們被小說附身
一幀蒙太奇就從孩子變成大人
那高大的男人，如今已白髮蒼蒼
你一眼就看到生命的底色
在書裡瀏覽著彼此的一生。

2016年4月9日

詞語練習

1.賽璐璐

光線傾斜，詞語結伴而來
貓兒眼，鸚鵡，落葉喬木
就拾起一根翠鳥的羽毛
蘭花指，舞水袖的女人擰開一小罐
青檸。細小的氣泡破裂，劈剝
她歪著頭拆卸點翠頭面，順手取下
一對賽璐璐耳環。

2.暗房

默片，神龕，音樂盒
無非是三種修辭。透明
不是形容詞，它是一種物質，
拆開詞語的牆，又砌上。
顯影液過期的富士牌
拍立得膠片和倖存的
一隻奶黃色，棕色鑲邊兒童手套
上下針，手背上機器織出的幾何圖形
橘紅色的五瓣花，以丟失的方式
進入記憶的暗房。

3.赫拉克利克

做舊的玉鐲包漿，鳳梨包的焦糖色
銀翹片的糖衣會唱歌。
裹著亮麗緊身服的jelly bean
一天，我讀到：「蜂鳥有兩英寸長，
它的蛋和糖豆一樣大小。」

「蛋殼」與上述事物不同，傾向於破裂與
更新，並遵循赫拉克利克的名言：
不能兩次盛裝同樣的生命

2018年1月

春分第七天

春分第七天，豆角已是第二茬
窖藏的天青綠還剩三四顆
土豆套種在棉花地的隴上

絲綢之路運來的胡蘿蔔和
內蒙古的白蘿蔔有時傾倒在
一條南北走向的路上
有時直接被埋進土裡

西元196年，張仲景記錄下
一個無限循環小數：
兩張餅三人分吃
逃生的是那個勤洗手的潔癖患者。

獨居的人扯一竿
釣起一輪斜月
北極熊尋找鳧水的冰
全球變暖，低燒是確切的症候

上一茬豆角在發熱之後枯萎
和安徒生童話裡一樣
一個豆角裡有五顆豆子
它們落在不同的地方。

2020年3月

劉琦麟

作者簡介：

劉琦麟（Jady Liu），一九九八年生於重慶，畢業於北京師範大學。他為澎湃新聞等媒體撰稿，文章見於《水象》、《三聯生活週刊》、《TimeOut 北京》、RADII、《上海文藝評論（*The Shanghai Literary Review*）》、FT中文網、SupChina等處，詩歌見於《新工人文學》、《北京青年文學評論（*Beijing Youth Literary Review*）》、《芝麻開門（*Open Sesame Magazine*）》和Dispatches from the Poetry Wars等處，並收入選集《*Poetics for the More-than-Human World*》。

夜之逡巡者

他披上整個黑夜
在夜色中穿梭

他想追尋一絲光明
在破曉的前路

但人們視他為黑暗
於是他奔波在迢遙長夜

從生到死
從黑夜到黑夜

身體中的樹

我的身體中藏著一棵樹
有一天它會長出我的身體
刺透我的皮膚

肆意生長於每一個角落
並紮下根來
拋棄地下地上的分野

它是我身體中的河床
江河日日流淌
汁液黏膩

當河床衝破河堤
鮮血噴湧而出
樹枝是純淨的藍

我的四肢便藉著河水
向著四面八方蔓延
成為大地的血管

至此，我倒向大地
化作豐碑、化作塵泥
化作虛浮的天空深沉的倒影

荒原

1

我告訴他
這裡只有冬天

我好似末世的守夜人
我的眼睛便是我唯一的光

我獨行在地球──潛水鐘裡
與熱寂的宇宙一同下行

夢中花朵飛向湖底
小行星溫柔拂面

我面向這空空
思忖著你

我不再是人類關係之和
而化作另一個宇宙，或不可言說之物

間有人影伴我左右
在機械呼嘯而過之時

訪問我的記憶
在我熟睡之時

我生活在自己的反面
讓機器替我好好活

我們都是人性和機械的
正如孿生兄弟

2

你看什麼？
這裡已經什麼都沒有了

你的心是石頭在閃光
在人類紀的地層綻出乾癟的花朵

文明世界的窪地
你頂著天線探測著何物？

書寫在機器上的文字
卻要交給人來讀

一切被電子化之物都會消失
就像你的基因隨風飄散

舞蹈、嬉戲和遊蕩吧
在這塵世的空曠中

3

他的面龐褪色
彷彿一顆火星被點燃、燃盡

他已經好久沒上線了
卻還是常常出現在我的夢裡——草原

他踽踽於空曠的街道
又像是幽靈一般的

爛尾的樓房長出灰暗的花朵
那是誰的塗鴉？

沉沒在網路世界的遺物
分散到各地又相連在一起

雲還在飄
只是在網路上

4

鏽色的重工業器械已經蒙上了厚重的雪
正如罪孽深重的人們

地層已經看不見輪廓了
它早已演變成自身另外的模樣

天空也不是如夢之藍
而好似暗夜般深沉

但夜空本應擁有燭火的
因此這黑夜必定是被遮蔽了

誰的眼睛離家出走了
於是那人連黑暗也不再看見

大海──大海發出婆娑之聲
在心中刻錄出痕跡

山花開了
可是不再有蜜蜂

誰曾出借誰的面孔
懸置在乾皺的身體

夜航船漂浮在宇宙
靜謐的黑暗與溫柔

前行——
直至分崩離析

王　凱

作者簡介：

王凱，文學博士，中央民族大學外國語學院青年學者，加州大學洛杉磯分校美國亞裔研究中心訪問學者（2018-2019）。在《亞美學刊》（*Amerasia Journal*）、《當代外國文學》《英美文學研究論叢》《英美文學評論》以及《光明日報》《文藝報》等國內外學術期刊報紙上發表學術論文、訪談50餘篇。譯著兩部，先後由江蘇鳳凰文藝出版社和人民文學出版社出版。

奈保爾的螞蟻

奈保爾曰：

螞蟻不仁

死了的就這麼死了
活著的還這麼活著
沒有眼淚
沒有哀悼
沒有遺體告別
甚至沒有一聲悲嘆
浩浩蕩蕩的蟻群
大踏步前進
揚起的黃土
是唯一的紀念

誰，會是下一個犧牲者？

外科病房

混凝土砌成的工字樓上
落下冬天的第一場雪
死神，蒙著黑布
隔著結滿冰花的玻璃
饑渴地向病床上窺望
喉結不時猛烈地抽動
吞下欲望的口水
走廊裡，無精打采的遊魂
如浮游生物在空氣中飄蕩
一襲白衣
應和著死神貪婪的目光
指針指向午夜時分
秒針咔噠咔噠地走著
白色的牆壁中滲出了黑色的恐懼

東洛杉磯的雲

東洛杉磯上空

飄著一朵金色的雲

她俯瞰著腳下的雪山

趾高氣揚

卻不敢傲視聖塔莫妮卡擁抱的那片海

她希望去那裡和落日道別

向黑暗致敬

在微涼的海風中

褪掉絢爛的華裳

與自己作伴

繁星

點綴著她的質樸

夜空

襯托著她的深沉

當燈火落幕

人煙稀散

她多想把沙漠的問候帶給大海

將海鷗的祕密告訴沙狐

做了一夜的夢

她倦了累了

倚著皚皚的雪山

回味著海的余溫和湛藍

當魚肚白重又奪回了天空

她微微睜開了雙眼

就此與黑暗別過

繼續無視著雪山

憧憬著大海

慢生活

立了秋的小雨

像細密的雪花

揚揚灑灑

清風徐來

吹動了竹的葉

有如沙錘在沙沙作響

落後一小時的太陽

慵懶地爬上了天

一切，都慢了下來

湖岸邊

站著一位戴帽子的老者

從唐朝的井裡

取了一缽水

在畫紙上用水彩畫著

透明的顏色

對岸

響起了吉他聲

來自委內瑞拉的時髦女郎

深情款款地唱著愛的歌曲

在歌與歌之間

她都會從唐朝的井中

汲一瓢水來喝

情歌時間結束了

她隨手從腳下掏出一本詩集

輕聲哼唱了起來

曲調悠揚

老人抬起了頭

旋即在畫上題詩一首

詩的名字叫做《慢》

加強CT

生病時
身體不是自己的
藥物注射進靜脈
不可控制的熱流
沿著血管一路燒下去
所向披靡
機器的巨響將
身體一點點推入
那吃人的洞穴
就像死人被送進了焚屍爐
耳邊響著高頻的噪音
彷彿有無數隻塑料轉筆刀在摩擦著玻璃
眼睛是拼命地閉著的
因為生怕有什麼雷射激光
灼瞎了二目
怎麼還沒結束？
請快點兒給我一槍吧

灰

焚屍爐冒著濃濃的黑煙

漫天飄著白色的骨灰

如六月的飛雪

遮住了驕陽

一隻手突然揪住了太陽

將他狠狠地摔向遠方

頃刻間又化為灰燼

紛紛揚揚

一輪明月驟起

黑白電視沒了信號

狂躁地閃起了滿屏的雪花

孫 冬

作者簡介：

孫冬，南京財經大學教授，詩人，譯者。出版專著、譯著、編著各一部，在國內為重要
刊物上發表學術文章20多篇，詩歌、雜文簡評散見於國內外各類期刊報紙和網路平臺；
詩歌入選多種合集。曾獲得第八屆「揚子江詩學獎」和第二屆「魯竹詩歌獎」。

懷舊

用水蛭、性和遠足治療躁狂
用足底按摩和文本細讀來治療嫉妒
可是懷舊──
就連酷寒也不能治癒

組裝了又阻止了分離，騙局──
共同體的祕密，如何
言說一個鹽柱而不
遺落了緩慢的時間，也不
把它私藏

回憶加速萎縮的小腦，
將憤怒研磨成
小份的笑話，可是言說塵土
──
終將交給歸於塵土的人

母親

你曾是活性的
有機的
在滂沱的前浪前面飛
在激越的後浪後面飛

像一滴淚上升著
炸裂

可是今夜我要你睡去，母親
雪夜已經鋪好，仙人
俯身靜聽

我們的大海已經解散，魚、波浪還有輿論
我要你進入抽屜，穿過你的曲徑
回到你的花房裡睡去

你的身體已經分岔，一邊把罪戴在頭上
一邊將黑的闋歌擎起

母親，我們的隊伍已經解散
風，自由和意志
在你的良港，雪夜已經鋪好，何不
躬身而退，在花房裡，我們
一起

注視

春天在人類紀
欲呼無氣，欲加口罩

不摳鼻子不吸吮手指
不聚集不做愛
不造謠不傳謠，你明白了嗎？
聽懂了嗎？

風從百葉窗的微縫裡注視
攝像頭從螢幕上注視
將我存在於此，存在於
從此以後

廚房比臥室更像教室
裝滿無限渴望
掛滿各種刑具
粉碎的粉碎，
切割的切割，
燒烤地燒烤

似曾相識的背叛，在春天
花開花謝，燕子歸來，眾生安好，
隔著人類紀
誰的注視將他們存在於此
存在於從此之後

與世隔離

難道你看不出來我已經死了
一部分還行走著，但它與我無關
就如同醒來之後
一部分的我還沒醒來

沒有味覺的人忙忙碌碌
蒙面，消毒餐具
遠端教育

在瘟疫元年
我們甚至隔離神經元
井井有條地分配刺激
重複同一個虛構的故事直到
你看不出我已經死了
很長時間⋯⋯

疫情中又想起奧哈拉

新年那天我想起了奧哈拉
我對自己說

地質層陷入分歧，問題打成死結
鞋沒有變得舒服，假想敵又多了一個，
事件仍未發生，然而

弗蘭克・奧哈拉說
在某種意義上講我們都贏了
我們還活著，可他四十歲就死了
一對輕率的年輕人打敗了他

可被打敗的是他，我們還活著，至少
現在此刻

今天，我又想起了奧哈拉
不得不承認我們還是被他打敗了
我們中被打敗的說
在某種意義上講
我們都輸了

亦 來

作者簡介：

亦來，詩人，學者，比較文學與世界文學博士。1976年出生於湖北枝江，華中師範大學文學院副教授。在文學期刊發表詩作及譯作百餘首，曾受荷蘭阿姆斯特丹詩歌與實驗中心、中美詩歌詩學協會邀請赴荷蘭阿姆斯特丹、美國洛杉磯朗誦，有詩歌譯介到美國、法國、荷蘭和阿根廷。著有詩集《亦來詩選》，2021年由長江文藝出版社出版。

驚蟄之後

梅花錯過了，迎春花也錯過了，
還有早櫻、玉蘭、油菜花、桃紅李白……
怎能想像這三月盛大的原野：
萬物復甦，空無一人？
蜜蜂即將復工，它們搬出空空的糖罐
在蜂巢前的跳臺摩拳擦掌。
但今春的蜜或許有點苦，正如
這一年清明前後的雨水註定是鹹的。

我們都是從悲傷裡慢慢往外爬的蟻人──
在大寒後突然裂開的地坑裡，
學會貯糧，學會冬眠，以及如何
在黑暗的溶洞中收集石筍和愛。
我們都在挪向一個出口，在電影散場時
從銀幕裡面鑽出來，然後就安靜地
坐在火山口邊緣，等落日轟鳴，
將壯烈的玫瑰推送到我們的觸角。

琵琶記

不用問鏡子，她知道閉門索居
足以將孔雀急成鵪鶉。
一個月來，外面的消息像啄木鳥醫生
攜銀針到訪，讓人直想把耳洞
埋進沙堆。一把柳葉刀留在身體裡，
彷彿在受潮的烏檀木上掏挖
她咬緊牙關提起頸椎，鏤空的瓢
從恍惚裡浮起，抖落滿地刨花。

有時候她覺得，身邊的故事是從
書裡爬出的蠱蟲：別離，恐懼，幽愁暗恨。
而那柄遊刃，還繼續貼在肩胛
和鎖骨上：將她的身形削成半個枇杷，
接著鑿出弦槽和覆手上的小孔……
於是她舉步踱向露臺，彷彿要去
向陽光討四根弦，這樣就能低眉信手
撥彈出錚鏦的人世悲愴。

臨湖觀馬帖

雪花馬，青驄馬，棗紅馬，
墨一樣潑出去，劃出鋒刃的黑馬。
雲朵般溫馴的馬，蘆葦般清瘦的馬，
四肢如槳櫓，朝橋洞馳騁的遒邁的馬。
這些撲撲躍入鏡子的玲瓏馬，
跳出鏡子化作霧靄的破碎馬。
還有在漣漪邊緣躑躅的馬，在漩渦中心踉蹌的馬，
突然被一束光挑中的蹁躚的馬。
這些湧濺的馬，漫溢的馬，潋灩的馬……
馬群從湖中登岸，傾聽黃昏的蹄音：
那把風箏繫在鞍韉上的馬，讓露水
滑進眼瞳裡的馬。砰磕的石馬，
鏗鏘的鐵馬，在大火中燁熠的木馬。
那在棋盤上縱橫的得意馬，
被機械手臂拽進圓軌的失神馬。
那些拖拉的馬，搖擺的馬，執拗的馬；
驚悸的馬，憐憫的馬，慷慨的馬……
這些老馬——它們也曾豎起鬃毛
與死亡對峙——就像此刻湖水
臥對星空，霎時拼出馬的全副骨架。

取水少年

除了水，你並沒有看見什麼。
你看見的一切都會消失，除了水。
但依然有一個瞬間，你會距離美
那麼近，你會想用手中的陶罐
把星星的珠串舀起來，把水仙金簪
和睡蓮玉鐲全部捧回去。
在這個瞬間，水願意給你它的所有。
它照亮你，彷彿你就是那個
被神選中的人。彷彿全世界都愛
你的青春。而你需要時間去愛全世界，
哪怕走入水中，敲碎你的陶罐，
從另一個地方濕漉漉地孤身上岸。
除了這個瞬間，你並沒有擁有什麼。
你在黑暗中消失的瞬間，
還將捲走你曾擁有的這一瞬間。

在西半球看東半球的雪

那些該來的，還是會不經意地來。
有時候等待，只是想看那些終將逝去的

如何從手背上滑走。盼望中的雪
下了，只是落在別處。喜悅親近了兩秒鐘，

但一碰就融化了。藍色天空不喜悅，
也不悲傷，這是宇宙永恆的原因。

有時候遠方的雪比近旁的雪更真切：
落在玫瑰和水仙的唇彩上，落在故居前

梅花的紅暈之中。我從沒有想過
擦上雪的粉底，植物的臉譜如此嫵媚：

插著花旗的花旦伸腿踢開花槍，
水晶宮裡的青衣，從嗓門裡吊起銀鈴。

最後的聲線，挑起簾子飛入後臺。
巨大的孤獨直直立起來——

我是說眼前這些北方的冬樹，
葉子被候鳥寄給了南方流浪的歌手。

我是說從東至西爬來的崇山峻嶺，
以及沿緯線向雪國馳去的寒潮列車。

黃昏在基韋斯特

請把這裡當作陸地的邊緣，落日
就會更近一些。請在落日沉墜之前
把通往廣場的街道空出來，捕魚船很快
將遊入這些支流，為紅魚尋找宵床。

請不要驚愕，當天空扔下火把，
點燃海面上的楓樹、楊樹，還有銀杏樹。
節日馬上會熄滅，請在烏鴉歸巢之前
為闊葉林的勇氣送上掌聲。

請把賣藝的流浪漢當作你的父親，
他靠雙腳走到碼頭，此時站在刀尖上
拋接著另外的幾柄刀子。請給他一些硬幣，
請叮囑他不要將溫柔藏在心裡。

請不要懷疑，棕櫚的手正為你
擰亮一盞盞燈。依然有南風，吹向
這極南之地。在這一剎那請不要懷疑
你來到了世界的中心，坐落在陸地的邊緣。

從此以後

從此以後，要登高，悲秋。
要從下山路中發現向上的蒺藜。
每一片葉子，都會變成蟬蛻，
都會在與時間的交鋒中拔除肉身上的刺。

從此以後，要獨居，驅蟲。
要從白雲的詭譎中窺見蒼狗。
天空的一半，將傾倒整夜的雨滴，
直到黎明從第七個笛孔中吹出。

從此以後，要洗塵，降噪。
要讓骨架裡的白鍵發出玉的聲音。
翻過一頁樂譜，就到了低音區，就像
從江南遷居到江北，並難以重返。

從此以後，要打理一棵枯樹。
要讓枝幹的旋轉在那根軸上靜止。
要忘掉遍地碎錦，滿腔扶疏，
只為年輪找一枝柔韌的筆。

從此以後，要逐漸放棄口述。
要寫下而不是說出命運。
要繞到紙的背面去，闢出空地，
留給大雪之前從疼痛中蹦出的叢菊。

從此以後，要讚美秋後的天氣。
要憐憫一部部史書裡不如意的鏡子。
要跨過冰面走到鏡中去，不動聲色，
暗自感激光陰折出的那道深痕。

馮 溢

作者簡介：

馮溢，學者，英漢雙語寫作者，翻譯，東北大學外國語學院副教授。中英文學術論文發表在《外國文學研究》、《江漢學術》、《國際比較文學》和《boundary 2》等期刊。中英文詩歌和翻譯發佈在《賓大評論》（The Penn Review）《芙蓉》、《詩歌月刊》、《江南詩》、《安徽詩人》、《詩建設》、《雙重談》（DoubleSpeak）以及《反常規》（Anomaly）等國內外詩歌期刊上。曾獲得全球華語詩歌大賽銅獎。

迷宮

樹林裡隱藏著
一個迷宮
這是一個簡單的迷宮
男孩對女孩說
入口就是出口
出口就是入口
女孩看著入口
他們一起進入
玩了又玩
沒有盡頭

幾年後
男人對女人說
這是一個荒謬的迷宮
因為入口就是出口
出口就是入口
他們一起進入
進了又出
往返幾次
沒有找到其他出口或
入口

多年後
他們都成為老人
老爺爺對老婆婆說
這並不是個迷宮
沒有入口
沒有出口
他們沒再多說
離開了
融入樹林的深處

蝸牛

這個季節
在沉睡
冬眠在殼中
夢見葉子和樹木
問候著：「你還在嗎？」

星空的頂
水滴的旋渦
彷彿時間泛起的波紋
看見旋轉的樓梯

拆開又疊上
我的身體
呼出一團白氣
等待

等待著
藏在小殼裡
直到雨降下
所有春苗抬頭
宇宙變成一個旋轉的形狀

到那時一定要
去海邊訪問所有的朋友
迎接世界各地的兄弟姐妹
和所有的人握手擁抱
在綠色葉片上品嘗美酒
聊著過去那個冬天

聽繁星

在字與字之間。意念與美的穿梭，
那大顆星辰與遙遠的牧歌在對答。發亮的池塘
和流星之間也有一道不朽的旅程。
在城市與鄉村之間，地圖上的座標
與古代村鎮在傳說中舉辦著婚禮。火車、
飛機和輪船，還有雙腳都在黑色山洞中穿行，
不息，多麼希望這段旅程不要
太短暫。在夜晚和白晝之間，
迷人的夢與火熱的太陽在大地之眼裡，
傳情，轉化在黑與白之間。眼淚與凝神之間，
愛情與純真流淌出清澈的小溪，月亮的馬車
留下了車輪的痕跡，滾過
深沉的歲月，在默默地注視著
那只小羊靜靜地飲水。在小路
與小路之間，小鹿轉身，引著我
進入岔口，斷口，折疊的橋，神祕莫測的廳堂。
從原點到終點，還會轉回，重來一遍。
在深邃的天空下，文字也翻山越嶺，
飛躍天際。星星的美，無限數位的組合，
走之攜著提手，三點水墨一般點綴著。
在行與走之間。水泛微波，月光潔白。一條軌跡與
另一條軌跡，漣漪的重合，打開，聚合，也是偶然。
平行的紋路，模糊擴散，在註定的星空下，隨意地組合
重逢。在無限的玩味中，
歪斜地離走與聚合也值得紀念。

桂圓粥

我把桂圓乾放進熱粥裡，好像在埋葬。
過一會我又把它挖出來，放進了嘴裡咀嚼。

在紐約，那一年的春天，
我把別人丟棄的糖紙壓在玻璃碎片下，
埋藏了一個花窖。不知那花窖是否還在？

故鄉的祖房舊了，梁上的燕子窩還在。
故去的奶奶曾對我說，燕子每年都飛回來。

我把樹根植埋於地下深處，
來年，泥土上長出了一根綠芽。
埋進地下的和土地上面的始終相連。

祭祖的煙靄在村子的四面升騰，
家鄉五神廟供奉著獻給先祖的供品。
我們喝著先祖的酒，吃著同樣的飯菜。

我站在祖地上，默默地傾聽自己的心跳。
桂圓樹搖晃，墓碑上的字和燒紙的煙無聲，
傾聽我和祖輩們對話。

清明節的佛龕前，香燭燃燒一夜。
夜裡，雨水滲透進土地，
清晨的雞在不停地啄食泥土中的小蟲。

有時候你發現自己又回到當初原點，
不是因為你退回到過去，
而是因為你完成了一個輪迴。

我讀著家譜，裡面空缺了我的名字。
在裡面的人和在外面的人都要呼吸，

思念是呼出的一個個看不見的圓。

故鄉的月亮是最美的。
美有時不是時間的篩選，
卻是無心的偶然的註定，
與土地和血脈牽絆。

清明，我喝著桂圓粥。
掙脫出來的未來，嚼著黏糯的現在。
乾枯的過去看到自己長出的春芽。

未／曾／來

摘下，一副面具
覆蓋幾張
未／曾蘇醒的臉

綻放，一張臉
還未／曾笑就
定格在紋路裡

關上，一個水龍頭
滴出一滴
未／曾流動的淚

夢見，老媽媽的頭髮
還未／曾變白
遙遙揮動的手

聽見，孩子手裡的氣球
未／曾落在地上
空氣在膨脹

走在，一條路
落著歷史塵埃的樹葉
吐出未／曾有過的清新

看到，一片海水的洶湧
未／能擊碎岸上
麻木的岩石

想起，夜裡遙遠的燈火
未／曾灑下
想像的星光

種下，一顆種子
掌心間生長出
幾朵未／曾盛開的花

寫出，一本書
未／曾動筆就
合上

勾勒，一個圓點
所有的未／曾
從有到無

破格

陽光

靜謐地訴說

在三樓走廊的牆壁上畫了一幅

《羅斯科》

擺放的秋菜和蔥的氣味

浸入兩個格子

單純的彩色，似乎仍然單一

如同四樓牆壁上的另一幅《萊茵哈特》

只是做了微弱的調整

潔白的牆壁上有幾個

斑點——點綴還是點亂

顏色的單一

是蜘蛛的網，還是一根深入牆壁的釘

走到五樓，打破原來的窗格

折射而出的是歪斜的形狀，

我聞到了角落裡的

茉莉花的香味

飛出一隻空鳥籠的雲雀

急速地振翅

這些襲來的

簡單與共時

如同那首詩歌

帶著崇高的平凡

破格

而出

劉曉萍

作者簡介：

劉曉萍，詩人，作家，獨立藝術創作者。出版詩集《失眠者和風的庭院》（2009年），
《照見何物是何物》（2018年），電影筆記《極圈線上的湖水》（2011年），有隨筆集
《出門遇見飛燕草》、詩歌筆記《我幾乎看見了光》、小說集《迷途》待出版中。曾獲
各種獎項若干。攝影、繪畫作品散見於各文學刊物，並見諸展覽。

《A pale candle against fantasy land》

他們善於築牆
這一次，城門也關閉了。
他們說這是一場戰役
人類史該如何記錄這場戰役——
吹哨人被內部力量釘在門板上
謊言成為用途最廣的諜報
戰場上每天創新一種假藥
前線士兵糧草鎧甲被盜，開戰一次呼告一次
後援。統帥在哪裡？
黑布早已設計成天幕，看，那些影子遊戲。

再也不存在想進城的人，和想出城的人
只有悶罐子，甕中任何聲音都不存在回聲。
戰場上用來降和的白布，這一次成為緊缺物資
前線和後方，白罩封口才是安全地帶。
他們每天更新一組數字，既不用腦，也不用心
盲演算法大展拳腳，既不加入鮮活的骨頭，也不加入灰燼中的骨頭。
八方嗚咽算是一種情報嗎？
你看，旗幟鮮豔，旗幟中的眼睛
旗幟裡的耳朵，黑洞吞噬完健體，又吞噬了仁慈。
他們的舌頭多麼靈活，死去的人在喉舌上復活
必要時，再重新在喉舌上死亡一次。

你如何計算傷亡？同胞的血
和骨頭，無休止地還貸於積雪
雪崩之時，良善的頭顱又被埋得更深。
你分得清敵我嗎？何等不幸——
還未找到中間宿主，你我已成染病之身。
你我還未取掉封口之罩
黑夜的月臺已運送至成噸的陰謀。

我在鎖匠的門前點了千萬支蠟燭

為什麼白骨如山，還沒有一把解鎖的鑰匙
為什麼每一個人都知道結局，任由骨牌坍塌
他們嘴裡，讚歌正在模仿通告
我點了千萬支蠟燭，還要繼續點下去——
他們的老巢，堆滿中世紀的刀劍和酒桶
他們重新編撰巫術和年曆，給盜火神以血不刀刃的報復。
你將咽下眾人苦澀的口水，倒走進入魔法的內部
那裡屠城行動已編譯成娓娓動聽的咒語
糧倉和墳塋交替使用，鍋碗和田疇模仿惡夢幾可亂真。

2020年2月17日於素帖山前

《NO202001011》

「請幫我的門留一條縫」他對神父說。
在這之前，他去了棺材店，和墓地
他選擇土葬，一口綠色棺材
他正在練習禱告，作為一個已經癱瘓的殺手
他仍有嫻熟的技巧，為自己準備好一切。
作為觀眾，這一切遠未結束
我們有神父一樣的企圖。
就像此刻，我坐在暮色籠罩的空房子裡
眾鳥點亮枝頭，並送來一段和絃。

《NO20200116》

林中小路，她走得很慢，幾乎停頓
不可預測的是拐彎，50度斜角，90度直角
更多陰影，或陽光從枝葉間撲面而來
沿途，都是林中故事，陽光也是陽臺。
她觸到一雙手，像一塊過於甜柔的太妃糖
完全被祕密所充盈：沉醉也像窒息。
如果這條路一直在密林中迴圈，她不會醒來
如果繞過晚餐中的檸檬，也就繞過了記憶，歧途和夢。
從最新拐角出來，她推動了那些浮木。

《NO20200208上元節·父親忌日》

已經沒有多餘體力支付深夜篝火
為小兒讀完睡前故事後，稻草人一樣鬆散。
隱約又見父親的棺槨，想起這十六年來
如何一寸一寸化作泥土。以上元節為起點
慢慢抽走織進我生活中的那根絲線，

又替補進另一根異色，直至看不出這個漏洞
想起這十六年來，風沙如何將我打磨成鈍刀
對生活再無一絲叛變。就像生命饋贈者缺席後
仍有幾個魔法時刻，將衰老遍及萬物。

《NO20200216》

黃昏，小兒在房間內奔跑，跳繩
他用一疊紙壓住尺子一端
另一端交給我，自始至終
我都在努力讓尺子保持平衡
努力將我的手維繫在一疊白紙的另一端
努力聽，他琴弦上歡快的
赤腳擊敗越來越昏暗的光線，奔向平衡的尺子
與此同時，整個午後我都在與昏瞶抗爭
像不能轉動的齒輪卡在過度的咬合力中
等待，他從尺子一端遞來的禮物——

《NO20200312‧畫邊記》

井水停在井底，外面的世界越來越髒了。
有人來訪，追問以前的消息
他不知道流逝就是競選，更多石頭滾落
更多瓦礫被粉碎。整個上午她在
一座看不見的古老園林之中，獨自挪動置石
她用油彩，又軟又細的長毛筆，和一把尺子
她重新栽種松竹梅，用一雙十指朝天的藍手套。
在資訊大爆炸時代，裂隙中才可見生命
就像井水被抽上來，維持著所有迴圈。

《NO20200404・清明節》

這一天屬於盲人和啞巴
屬於聾子和收割機。
這一天不可能從屍體和骨灰中分離出來。
（我們在自己的廚房中都是藥劑師，
在自己的浴室中都是傀儡和暴君。）
這一天骯髒定義了骯髒
墳墓和整齊的酒杯擺在一起。
這一天哀悼是一種寄生產品
它盜用了本該能區分生者和死者的痂蓋。
這一天灰燼就像一則通告
它去了自己也不知道的地方。

《NO20200408・給雲遊者一封信》

這個4月，我要丟掉黑暗這個詞
亡靈者燈塔在海上，倖存者燈塔在山中。
曠野如此繁茂，為穿過荊棘的人守在那——

我將重新定義殘忍這個詞，在4月
禱告者四壁中流亡，靠近火焰的地方靠近棺槨。
用清水灌滿深淵吧，逃難者需要洗臉聖父也需要洗臉。

骨縫中再有回音傳來：雨
又開始了它的演奏，將落英推到前臺。
我一天中有兩種虛幻：蠟燭和紙牌——

在任何事物中，生命和監牢各自不量力
當我們擁有語言，廢墟也設法重生。
它喜歡晚間濃蔭，反對骨縫中帶刺的恩惠。

2020年1月—4月

陳先發

作者簡介：

陳先發，1967年10月生於安徽桐城。1989年畢業於復旦大學。現任安徽省文聯主席。主要著作有詩集《寫碑之心》、《九章》、《陳先發詩選》、長篇小說《拉魂腔》、隨筆集《黑池壩筆記》等二十餘部。曾獲「魯迅文學獎」、「華語文學傳媒大獎」、「十月詩歌獎」等數十種。2015年與北島等十詩人一起獲得中華書局等單位聯合評選的「百年新詩貢獻獎」。作品被譯成英、法、俄、西班牙、希臘等多種文字傳播。

我的肖像

在全然的黑暗中從
顱骨深處浮出的臉
才是我們最真實的肖像
我更願我的臉，是
薇依的臉
裹在病房的髒床單上
附著於她的光線
要越少越好
黑暗將賦予我們通靈的視力

「知我者」是個幻覺
「我還活著」是二次幻覺
我等著一雙手
從我的臉中
剝離出一副衰老的獅子的臉
肖像填補著世代的淡漠
這雙手，或許來過或許
早已放棄了我
我寫作，是這一悲劇的延續

——選自《黃鐘入室九章》

直覺詩

詩須植根於人的錯覺
才能把上帝掩藏的東西取回
不錯，詩正是偉大的錯覺
如果需要
可以添加進一些字、詞

然而詩並非添加
詩是忘卻。像老僧用髒水洗臉
世上有多少清風入隙、俯仰皆得的輕鬆

但詩終是一個遲到。須遭遇更多荒謬
耐心找到
它的裂縫
然後醒在這個裂縫裡

這份悖謬多麼蓬勃、蒼鬱
我們被複雜的本能鞭打著走

這份展開多麼美。如髒水之
不曾有、老僧之不曾見

——選自《白頭鵪鳥九章》

泡沫簡史

熾烈人世炙我如炭
也贈我小片陰翳清涼如斯
我未曾像薇依和僧璨那樣以
苦行來醫治人生的斷裂
我沒有蒸沙作飯的胃口
也尚未產生割肉伺虎的膽氣
我生於萬木清新的河岸
是一排排泡沫
來敲我的門
我知道前仆後繼的死
必須讓位於這爭分奪秒的破裂
暮晚的河面，流漩相接
我看著無邊的泡沫破裂
在它們破裂並恢復為流水之前
有一種神祕力量尚未命名
彷彿思想的怪物正
無依無靠隱身其中
我知道把一個個語言與意志的
破裂連接起來舞動
乃是我終生的工作
必須惜己如螻蟻
我的大廈正建築在空空如也的泡沫上

——選自《大別山瓜廏之名九章》

寒江帖

筆頭爛去
談什麼萬古愁

也不必談什麼峭壁的邏輯
都不如迎頭一棒

我們渺小
但仍會顫慄
這顫慄穿過雪中城鎮、松林、田埂一路綿延而來
這顫慄讓我們得以與江水並立

在大水上繪下往昔的雪山和獅子。在大水上
繪下今日的我們：
一群棄嬰和
浪花一樣無聲捲起的舌頭
在大水上胡亂寫幾個斗大字

隨它散去
浩浩蕩蕩

孤島的蔚藍

卡爾維諾說，重負之下人們
會奮不顧身撲向某種輕

成為碎片。在把自己撕成更小
碎片的快慰中認識自我

我們的力量只夠在一塊
碎片上固定自己

折枝。寫作。頻繁做夢——
圍繞不幸構成短暫的暖流

感覺自己在孤島上。
島的四周是

很深的拒絕或很深的厭倦
才能形成的那種蔚藍

——選自《橫琴島九章》

群樹婆娑

最美的旋律是雨點擊打
正在枯萎的事物
一切濃淡恰到好處
時間流速得以觀測

秋天風大
幻聽讓我筋疲力盡

而樹影，仍在湖面塗抹
勝過所有丹青妙手
還有暮雲低垂
令淤泥和寺頂融為一體

萬事萬物體內戒律如此沁涼
不容我們滾燙的淚水湧出

世間偉大的藝術早已完成
寫作的恥辱為何仍迴圈不息……

——選自《雜詠九章》

為弘一法師紀念館前的枯樹而作

弘一堂前，此身枯去
為拯救而搭建的腳手架正在拆除
這枯萎，和我同一步趕到這裡
這枯萎朗然在目
彷彿在告誡：生者縱是葳蕤綿延也需要
來自死者的一次提醒

枯萎發生在誰的
體內更撫慰人心？
弘一和李叔同，依然需要爭辯
用手摸上去，禿枝的靜謐比新葉的
溫軟更令人心動
彷彿活著永是小心翼翼地試探而
瀕死才是一種宣言

來者簇擁去者荒疏
你遠行時，還是個
骨節粗大的少年
和身邊須垂如柱的榕樹群相比
頂多只算個死嬰
這枯萎是來，還是去？
時間逼迫弘一在密室寫下悲欣交集四個錯字

再擊壤歌：寄胡亮

我渴望在嚴酷紀律的籠罩下寫作
也可能恰恰相反，一切走向散漫
鳥兒從不知道自己幾歲了
在枯草叢中散步啊散步
掉下羽毛，又
找尋著羽毛
「活在這腳印之中，不在腳印之外」
中秋光線的旋律彌開
它可以一直是空心的
「活在這緘默之中，不在緘默之上」
朝霞晚霞，一字之別
虛空碧空，裸眼可見
隨之起舞吧，哪裡有什麼頓悟漸悟
沒有一件東西能將自己真正藏起來
赤膊赤腳，水闊風涼
楓葉蕉葉，觸目即逝
在嚴酷紀律和隨心所欲之間又何嘗
存在一片我足以寄身的緩衝地帶？

某種解體

在詩中我很少寫到「我們」
對我來說，這個詞乃憂患之始
八十年代終結之後
這個我，不再溶於我們

從無一物你視之為懷璧而我
視之為齏粉
這種危險的區分因何而設？
也從無一種寂靜能讓我和那麼幾個
死者，和灘塗上髒兮兮的野鴨
構成一種全新的「我們」——
我無力置身那清淡的放棄之中

今年瘟疫中更多人死去
鬆開的手中沙子流走
我從未覺得我的一部分可以
隨他們踏入死之透明
「我們」這塊荒野其實無法長成

既已終結，當為終結而歌。
從無一種暗夜讓我投身其中又充滿諦聽

香港詩群

主持：宋子江
詩人：廖偉棠、宋子江、熒惑、鄭政恆、雪堇（澳門）

廖偉棠

作者簡介：

廖偉棠，詩人、作家、攝影家，曾獲「香港青年文學獎」、「香港中文文學獎」、「臺灣中國時報文學獎」、「聯合報文學獎」及「香港文學雙年獎」等，「香港藝術發展獎」2012年年度作家。曾於中港臺出版詩集《八尺雪意》、《半簿鬼語》、《春盞》、《櫻桃與金剛》等十餘種，散文集《衣錦夜行》、《尋找倉央嘉措》、《有情枝》，小說集《十八條小巷的戰爭遊戲》，評論集「異托邦指南」系列等。

楚，辭

我寧願仍然聽陳舊
緩慢的《平安夜》
而不乘坐高鐵迅速滑入新年
買下最後的一盒N95口罩之後
我讓出十隻，權充良心
倉皇逃離自己，假裝有一個靈魂
在長江兩岸飄呀飄
楚雖三戶，不，楚皆散戶
這零落大地誰是債戶誰是債主？
那一個抱病踉蹌出演「春晚」的
如果不是你我，他會是誰？
如果手機在省界斷電
加油站也沒有遊蕩的耶穌
誰在這蒼黃濁水之上給屈原指路？
高速路口
這一個熄掉導航、引擎空轉的人
那一個熄掉導航、引擎空轉的國

2020年1月23日

自費冤魂

她說她是個自費冤魂
被一滴露水攔截在高速公路上
她的月亮進退兩難
她的母親一直在死著不確診的死亡
但她只能下車，敬禮霧中巨大無形的
另一隻車輪

她的命你說了算
可你說你是一個自費的官僚
在一紙一紙公文中活成另一紙公文
默默把吃喝的笑聲搓成一條麻繩
你說你是個自殺的人
手套裡自帶鬼門關

她說她是個自費冤魂
抵押了姓名去繳納殯葬費用
她的城籍也未確診
她成功地成為了GDP以外的一部分
在同鄉詩人的哀歌中
她距離悲劇還隔著兩千個標點

她的命你說了算
直到死神也把口罩戴反

2020年1月29日

悼一位眼科醫生

他在一顆
巨大的白內障眼球裡
窒息。我們以為是雪的
他知道是故意讓我們看不見他的
失明症傳染。
他在灰霾中遞出手術刀。我們
今天才接到
在喉管上切一個口,吹哨。
在死骨上挫一個口,吹哨。
在病房上挖一個窗,吹哨。
在圍城上削一條血路,我們吹哨。

只有手指抵到雙肺上的銹
我們才知道我們已長成一間間鐵屋
如卷帙浩繁的省略號
只有他刻意敲鑿一顆逗號,
讓屋中的大象停頓片刻。
接下來是我們的事
了嗎?
只有失去一位眼科醫生
我們才知道我們在雪崩之前早已雪盲
醫生說:以眼還眼
醫生從來不說:道路以目。

2020年2月6-8日
獻給李文亮醫生

武漢

他們挑著凍萎的蔬菜到我們的夢裡擺攤

他們拉著捐不出去的寒衣到我們的夢裡清洗

他們撿起餐車裡沒吃完的炸雞到我們的夢裡叫賣

列車像一根衛生筷斜插在冰河中間

我的少年詩人在富縣收購荒塚

差點被吃烤羊排的百姓趕出夢境

儘管如此

大城建築在這裡、那裡，在蝨子背上無孔不入

大城倒塌在此時、彼時，列隊的病人組成未來的椿腳

仔細聽那些悲劇都在竊竊私語，它們在談論死者的存款

談論凶年的色澤與舞姿

巨輪尚未傾軋，皇帝來不及更衣，孩子驟然老去

螺旋正在逐出蟻蟲的寄居

急管繁弦奏起

城門開

他們挑著凍萎的魂到我們的夢裡擺攤

他們拉著捐不出去的血到我們的夢裡清洗

他們撿起方舟裡沒吃完的夢到我們的夢裡叫賣

2020年3月10日

致歐羅巴

我們大地上的垃圾漸漸燃燒熄滅。
那十億株高聳的、彎下哀悼的頭的
蕨類
依然為明天準備糧食
歐羅巴
這頭牛卻寧願吞下六柄尖刀
它讀不懂這些方塊字
也拒絕藏蒙的手語
消瘦的修士袍裹住它自己的巫師
符騰堡敲下三十個字母三十顆釘子
海子白白死去
荷爾德林白白死去
我們殘軀中的零件將被送往迪士尼樂園
拼裝光劍，或者花木蘭的胸衣
父親
我殘軀中的零件
終於未能歸還給你
阿童木，或者哪吒的頭在瘋轉
這一片酩酊的夜海讀不懂我的名字
雖然我早已向它獻祭聖修伯里。

2020年3月26日

旅客須知

因為曾有接待客旅的，不知不覺就接待了天使。（聖經，希13:2）

我們用整個地球接待你
——我們僅有這張千瘡百孔
的行軍床
不知道蝨子與銅板之間有你
哈利路亞
像不知道愛與黑死病之間有聖母像一樣
我們老態龍鍾的侍應生方濟各
在荒野一般暗且廣漠的客房裡為你洗腳
小心碼放好
你行李箱裡的墳塚千萬
折疊你的斗篷像折疊一場暴雪
從你的鞋子裡倒出一群鋼的知更鳥
哈利路亞
你勢必能辨別倒斃的馬腹中的嬰兒與蝙蝠
當他們蜂擁而出
用讚歌搗住你的祈禱
我們的樑柱傾斜，疏於調音
我們的琴鍵潮濕如一堆稻草
我們的教堂是煙，屠宰場是霧
比劃著刀子摸索
清洗著刀子祝福
哈利路亞，我們是在瀑布中縱火的人
雨燕、荷索與印地安人都是我們的佳餚
請你收起門縫下塞進來的殯葬廣告
不要嘗試撥打那些豔照旁邊的號碼
明晨早起我們沒有喚醒服務
但有起床號
茫茫、茫茫呼聚那逼近人世的荊棘
它們將在你的白衣上劃出血痕
好向你指示上帝遺忘的地圖

2020年3月29日

當野草最近在庭院茁壯生長

我哀悼著，並將隨著一年一度的春永遠地哀悼著

——惠特曼

當野草最近在庭院茁壯生長
開放它們那些倉促如冰雹的小花
悼詞被一再刪節
死神也被銷號，據說他造謠
我走出瘋人院，仰望你一根根掐滅
晨星的煙頭
據說將要來臨的是劇烈的永晝

據說我們的祖先，他是個閹人歌手

當野草最近在庭院茁壯生長
我把紫丁香和海筆子相混，還有夾竹桃
把它們移進我破裂的複眼
我的輓歌押錯了韻
黴點輕輕降落在洗衣機的深淵
像雪落在灰蛾麇集的海面
我有千噸木，無法移進曼哈頓

據說。這是你滾進草叢的皇冠。

2020年4月27日

宋子江

作者簡介：

宋子江，曾發表四本詩集以及多本詩歌翻譯，並獲邀參加柏林、臺北、曼谷、河內等地的國際詩歌節或文學節。2013年獲「義大利諾西德國際詩歌獎之特別優異獎」。2017年獲香港藝術發展局頒發「香港藝術發展獎之藝術新秀獎（文學藝術）」。2019年獲「海子詩歌獎提名獎」。現任「香港國際詩歌之夜」執行總監、香港《聲韻詩刊》主編。

肺炎時期的抒情

我們都有非典型的回憶
有些人死得不明不白
以歌聲悼念逝去的人
四面皆是防暴的回音
尚未排解心頭的催淚煙
又匆匆硬吃黑心藥房的人血饅頭
關鋪落閘的人也戴著口罩
向肺炎露出死心塌地的眼睛
有人沉默自覺充實
有人說話倍感空虛

喝水嗆到氣管忍不住咳
猜疑的目光，側開的身體
恐慌的手肘，冷漠瞬時敏感
口罩隨著呼吸起伏
感染人數徐徐攀升
官員抗疫如老鼠搬薑
夕陽痰喘在陰寒街角拷問
圍城虛隙竟是無遠弗屆
有人堅決立春罷工
有人打算秋後算帳

新年在車公廟抽了中籤
霉雨不慌不忙滋潤病菌
多年未貼門神，今年
流行辛棄疾、霍去病
燉個老火湯，祛除偏狹邪毒
肺祥肺欲清。話說
清明在望，難不成
摺幾個紙口罩代替冥鏹？
有人出門苦無口罩
有人在家隱藏自己

郵輪甲板上的人影浮動
瞬間又在霧中消失了
岸上的人揮著晦澀的手

霧散後如何面對彼此
外遊的人匆忙回家掩隱
邊界上浮動著縹緲的體溫
蘭桂坊熟客夜夜哭笑傳染
酒醒運動健身再戰蘇豪
有人不戴口罩引起恐慌
有人戴了口罩引起恐慌

急凍餃子塞滿雪櫃
可會找回家的溫暖？
在狹屋裡自我隔離
思念的親人總在遠方
春寒回想家傳的食譜
仍缺失傳的三昧真火
廁紙與親情定量配給
讓我們結伴練習末日
有人白天輾轉反側
有人凌晨悄悄出門

瞳仁日冕俯視昏暗的塵世
一場瘟疫教眾生怒視彼此
膚色語言如何疏離惶恐？
思考公理與正義的詩人
離去了，你我繼續比興互陳
病毒的陰魂牽引眩亂的筆畫
一首詩竟從立春寫到春分
炎夏仍遠？我將會再見到你嗎？

有人走上獅子山吶喊
天地皆是絕望的回聲

門神

新春門神是霍去病和辛棄疾
你我戴上口罩，蘋果肌緊實
樓下看更疲乏，互祝新年
薏米煮茨實，肉丁撈米線

雪櫃清存，菜餚色彩回到
疫前，新潮丞尉令你想起
關張的臉。穿過門板上的
刀劍，走進真相的歉年

外賣騎手敬畏敲門。新聞送飯
攪動熱湯，翻起幾片金不換
想起我們都是浪子，碗碟中的
喜怒哀樂分你一半。神荼鬱壘
從不拒絕召喚，擋邪安宅款款
難阻門外人禍，瞞、瞞、瞞⋯⋯

雨夜憂居

在凶兆的暴雨中醒來
玻璃窗上水痕凌亂
在光明與破碎之間
劈下一道濡濕的雷電

雨屑洗刷過蒙塵的玻璃
明早窗臺便可容留陽光？
在間歇的靜默中想起
決定離去或留下的友人

客廳角落的檸檬樹
脫落最後一片香葉
樹枝牽引尖刺纏蜷
收納不安的果實

重新整理凌亂的雜物
思緒總在書格間漂浮
找回在吶喊中失落的捲尺
就可以量度不公與正義？

鐵馬圍起心的廣場
兇殘的旗幟隆隆升起
狂雷伴隨新的秩序
天空潑墨時亮出匕首

豉油撈飯

而一碗豉油撈飯
是你昨日的早餐
餐桌時常色彩繽紛
因緣婉轉在反差之間
煲仔飯豉油倒進紅米飯
本地食譜可愛的隅反
一方豬油幾碗熱飯
溫暖戰後難民的腸胃
而在營養過剩的如今
不過是有害健康的油脂
浪漫成懷舊中餐主食
異鄉人在本地食肆
有何舊可懷？不如轉場
回到租來的家中
煮字療飢食文抒懷
適應默默轉化的食譜
世事如豉油流下的去向
紅米在纏綿中呼吸對方
你端著一碗豉油撈飯
在狹窄的廚房裡
緩緩寄情轉身

熒　惑

作者簡介：

熒惑，本名阮文略，教師、詩人。他的詩歌多以社會、自然、生命等為主題，藉詩表達對生活的深層叩問。他曾獲青年文學獎、大學文學獎、中文文學創作獎、「李聖華現代詩青年獎」等。著有《突觸間隙》、《香港夜雪》、《狐狸回頭》、《赤地藍圖》等。

一月未盡

一月未盡，我已自顧不暇了
沒有人擅寫遺書
沒有黑夜可以任雨傾盆
馬路早就乾涸
有人苦苦把錨鑿下去
鎖不住船，鎖不住海，而一月
未盡。聽來自新世界的夜
我餓，超商倒映森林裡星光閃爍
唯記憶澎湃，有人提示
出路燈。付款處堆起明日雪
當遠方有人地鐵站中忽然倒下死
一月未盡群鳥旋轉飢餓擴大
小提琴後面小提琴
琴弓起落如穿過人間的箭
誰說焚化爐已預校溫度
馬路有重量，誦經聲
比窗前走著的雨水有致
未盡的晚餐，未盡的新聞
放下手執之物：
一月船匆匆離岸。

菸草花葉

上帝創造萬物
萬物創造病毒
病毒創造上帝

上帝晝伏夜出
被獵人抓獲
餵到食客嘴裡
上帝在廣場行走
傳染開去
每一個人都成了上帝
上帝咳嗽
上帝彌留

他無處不在
用悲憫的眼神
看著一片斑駁的葉：
誰願意分給我
一個口罩？

疫

無法更壞的日子裡
我們在窗前討論月光的美麗
當人間病毒紛飛

一覺醒來發現吊燈是更低矮了
冰箱裡肉和菜的輪廓愈來愈清晰
冷空氣清靜得讓剩飯的對話幾若可聞
日子是無法更壞了
孩子，若石頭可以飛翔

我看見一些島嶼分崩離析
被時代遺棄的孔雀哭於公園街燈下
橫蠻是無可避免而夢
像筆小額錢債，你賠也不是
等下去也不是

在人心慌亂的日子裡
我看見一座輪椅停駐在天橋上
那人就這樣低頭不動
人潮是掩埋真相的罪犯
經年累月，把群山磨成岸礁

我看見一座座城市圍封自己
一串串雪林中的冰掛在虛空中凝止
無法更壞的日子裡
有人偷偷把革命海報盜走
也有人在深夜的路上栽種燈光

殘年攤開成急景
匕首才是真正的地圖
哪裡是我們霧中的去向？
哪裡都不是

升降機門無情地打開
把口罩戴好，我們準備迎入病毒風暴
當灰色的明月仍在千萬裡外
乾淨寧靜如一尊古老的紀念碑
守護著更遙遠的
另一場瘟疫滅世的記憶

穴居

我們穴居
時間流過我們皮膚割出紋路
在彼方二氧化硫成為
死之吶喊的總量
那些消逝無重
一層煙灰降落時河的溫水中
流入無數破窗填塞裡面的呼聲

如果我必須詛咒
這萬惡的時代不值得
愚蠢的老虎和瘋狗都不值得
為了那個夏天
我們每一個人都有說不出的狼狽
為了艱難地蠕爬著活下去
或者是為了那個冬天
可以我們死有全屍

就詛咒我自己

為了能夠我們毫無芥蒂地祈禱
心懷感恩，想像那古典希臘之廊柱
聆聽生命的開示
踩著命運之輪前進
詛咒就我們自己
散是髮的地圖，地的盡頭
若艱難成海
極光有石頭之重
而餘生者穴居
安息、敬畏、痛哭

就詛咒自己
釋放上帝

像上帝當年從無菌膠囊中
釋放了他用泥土和肋骨創造的子民

桃花源記

烏鴉叩門，有雪壓斷了悲劇必須的
最後一束燈光
捧著花的女演員呆立了一會兒
道具小刀仍然架在她的頸上

一隻經痛的鹿在溪上
當爬過的蜈蚣代替牠被狩獵
路口的指示燈全黃
下一秒是否轉紅
一顆子彈的下一秒
一片落羽的下一秒

盛世美麗如玻璃末
工人以手塗抹在國的魚線上
將百萬人回家之路鋪成典禮的紅氈
收割黃昏的天空
鋒利、閃亮、興高采烈

如果必須濫用花的意象
那可會仍是數碼化以前的花瓣？
當光滴落成墨
誰負責拿丹沙與新血混色

蝗災將至，我們帶著種子進入地堡
時間的臍帶在這裡枯乾
撐一小船向地下水道
靈魂在洞穴岩壁上閃爍如螢蟲
不知道家園積了多厚的雪
在下世紀來臨時是否趕得及融化

而死去的人畢竟是死去了
烏鴉飛走時連餘溫一併帶走

就從此不過問魏晉
今夜星塵沉降
我們只想知道這消瘦了的宇宙
還剩餘多少體重。

鄭政恆

作者簡介：

鄭政恆，《聲韻詩刊》、《方圓》編委。著有詩集《記憶前書》、《記憶後書》、《記憶之中》，主編有《五○年代香港詩選》，合編有《香港當代詩選》、《港澳臺八十後詩人選集》、《香港文學大系一九五○──一九六九‧新詩卷二》等。2013年獲得「香港藝術發展獎年度最佳藝術家獎（藝術評論）」。2015年參加美國愛荷華大學國際寫作計劃。

抗疫時代

天空中有枯骨起舞
死神的鐮刀反照出白色光芒
地上的人反鎖自己
兒童一個人嬉戲
他們以四面牆丈量自己的世界
用口罩代替言說
多年前的面孔歸來
留下無聲的音信
但沒有人轉身聆聽

早上的日光
照在死神的鐮刀上
反照出黑色的袍影
枯骨咧嘴而笑
又再抬手踏腳格格起舞

多重時間

這是德黑蘭的一三八三年
崇拜真主的婦女蒙上黑紗步入白曖色的清真寺
這是杭州的甲申年
農婦聽見錢塘江的洪潮滾滾夾雜青海的狼嚎
這是京都的平成十六年
金閣寺初剃度的和尚敲著八月第一響晨鐘
這是伊斯坦布爾的一四二五年
虔信的少年翻開可蘭經向阿拉訴說戰爭與和平
這是曼谷的佛曆二五四七年
臥佛和老和尚的心靈剎那間深深相印
這是孟買的一九二六年
恆河聖水洗濯著家裡第十二個男孩

這是二○○四年也許生活在某個窮鄉僻壤
沒有特別的原因但我們攀山涉水
為了走在一起總算了卻心願
團聚的一夜

我們面對著面眼看著眼
巧合地都相信一些假設

如果今年五十一歲
開始放棄刺激的啤酒喝半生的老釀
如果今年四十一歲
點一口煙將惱人的事情一一忘記不要放在心頭
如果今年三十一歲
找來樂師為一首流傳近十三年的民謠鄉曲改頭換面一番
如果今年二十一歲
將理想塗寫在牆上掛在嘴邊沿街吶喊等待認同甚至許可
如果今年十歲
奔跑回家將遊樂場的趣事告訴快要把童話如塵埃抹掉的老爸
如果今年一歲

請留在繈褓裡細聽我們沒有惡意但略嫌愚莽的說話
看我們苦瓜一般笑容漸少漸少的臉孔

※看香港藝術館《雙重時間：多媒體藝術展》後有感而作

中途站與黑鳥

當我在中途站裡
等待一個小時後來到的火車
這一刻頭上的雲就慢慢散開了
兩隻黑鳥不知從甚麼時候開始
就停靠在火車的高壓電線上
無聲看著前方
像恍神的啞巴或者無話的夫妻

你們是兩隻
我
一
人
中間是一小時

我們都耐心等候
小火車或者雨水
我應該往更遠的地方去
探索地圖以外的陌生風景
你們也想過往更遠的地方去
找一口涼水
但我們都被動
而且有點懶

你們等候下雨天
我在等候火車和一首可以放在大背包裡的詩
月臺和電線都啞口安靜
我們在上行下行的火車中間停息
這一刻頭上的雲又聚攏起來
卻還沒有下雨的想法

※臺灣集集線上。

驪歌

這一天我們無法再遇上
我也不會在街角
陪你等一班遲遲不來的小巴
我會將自己淹沒在喧嘩之中
又或者躲起來假裝視而不見
因為沒有人能完全代表我的想法
但你還是沉靜
獨對冷峻的山巒
將溫度隔開在靜靜的那邊
綠色的山林有史詩般的層次
窗外沒有人的聲音
唯獨風的呼喊

終於你埋首於字裡行間
也許在迂迴曲折的筆劃裡
可以找到我城歲月的版圖
而這一天我只能夠告訴自己
行動的現實意義
當下的決定就是將來字句的偶合組成

有人在黑夜的街角彈琴——愛荷華詩抄之一

酒吧內沒有人抽煙
只有機器唱著半新不舊的搖滾歌曲
這裡有不同的口音
蓋過了陌生的歌聲
遊戲一直沒有結束
桌球滾動
一個接著一個
掉進黑暗的袋口
暗夜裡我們以聲音解剖靜默
沉默的人將啤酒喝完
回家的人在車門前道再見
聲音在燈光下凝聚
沒有旋律的引導
有人在黑夜的街角彈琴

騷靈音樂會——愛荷華詩抄之二

雨愈下愈大，人們從小城的不同角落走來
聚集又散去，投入黑夜神祕的舞蹈
騷靈歌手高聲地唱
但雷聲比他們更加宏亮
傘子被雨水沾濕
然後歌聲也在水中消逝
我們走到愛荷華書店的屋簷下
討論科幻小說
等待雨停的片刻
最後一首歌從街角傳來
騷靈音樂會提早終止
雨愈下愈大，人們回到小城的不同角落
我們走到大學的草坪上
青草喝著囤積的雨水
好心的人開啟了快捷的出口
我們越過水窪與鐵馬路障
前面階梯上的雨水不斷流瀉直到馬路
而我終於相信
愛荷華六月的河水
曾經將暗夜湧入房子與下游

河岸──愛荷華詩抄之三

在河的另一邊是安靜的草地
車子不會經過的地方
在平原的劇場裡沒有演員也沒有觀眾
除了編織睡夢的蜘蛛
建築自己的城堡
我們經過幾棵橡樹
發現了唯一的紅葉楓樹
好像在異地搜索的加拿大人
獨自站立紀錄風景
緩跑者在面前掠過
家族在林中聚會
但沒有人到遊樂場玩耍
旋轉木馬像靜止的雕塑
等待黑夜降臨時在草原上自由地奔跑
夕光下的水流緩慢
越過了鴨子吵鬧的生活
也越過了蜻蜓最後的歲月
在河岸的另一邊
寂靜的船不能遠去
而我們也無法將一切帶到彼岸

雪　堇

作者簡介：

雪堇，本名劉素卿，澳門土生土長，畢業於澳門大學英文系，從事中英筆譯工作，澳門別有天詩社一員。詩作多見於個人專頁及港澳報刊，曾獲「澳門文學獎」新詩組優異獎及「紀念李鵬翥文學獎」詩歌組推薦獎等獎項，著有個人詩集《香水的餘地》（臺灣斑馬線文庫，2016）及《逆行》（澳門引文化，2019）。

追夢者

從碎片堆升起
無阻的聲音直飛未知

沒必要再去爭論
夢的顏色
亮金或透明
我們註定被安放其中
一個無需現實的容器
我們被禁止沾上任何塵埃
我們被防護壁圍繞
當我們的聲音無法穿越
再多的呼喊只是夢囈

我們把年月注入筆芯
直至堅硬如鋼
直至每次提筆都練出武功
直至圍牆應聲塌下
我們從碎片堆站起
有多少雙眼睛
願意亮起安全降落的燈標
無阻的聲音仍在穿梭
以倔強導航

稻穗

他一身西裝的背影
在柏油路上　在結婚當日
還是一樣的高

當塵埃悄悄攀上他的雙腳
她願意彎下腰為他驅走

她早已化成一株稻穗
只要他一回眸
金黃的身姿　閃閃發亮

飛蛾（怪物三部曲之二）

一雙雙禮服和婚紗
我們都習慣這樣
粉飾太平

微小而狂狷
曾經有一群飛蛾
跨越了欲望的邊界
打翻了一隻隻平凡的水杯
於是有人開始撲殺
包括蛹

倖存者從此選擇了淺褐色
選擇了顏色一樣的衣櫃
因為一關上櫃門之後
存活的問題
情慾的問題
通通關掉

他們被禁止進入　教堂
無論喬裝成任何身分
白色以外的一切都是怪物
可是　在我身旁停歇的飛蛾們
並沒有曾經撲向誰

流星

預測今夜有流星雨
如果雲層太厚無法觸及
你會否打開天空
讓我翩然降落

麻雀

又一個星期天
普照的太陽沒有甚麼不同
病毒仍然一視同仁
任何形式的情書仍然禁止投遞
包括熱吻和體溫
例如護照、杏仁餅和牛肉乾

耀眼如太陽
記憶中的錢幣從沒停止流動
行人路一條又一條湧滿
低頭啄食的麻雀們只能拍翼
在這熱度不減的小城裡　妥協
目睹無數段一日情
如何從口岸開始
又如何在美妝店和藥房結束

又一個星期天
普照的太陽鎖上了夢境的門
我們拍翼回到寂靜的街道上
被口罩封緘的不只是談情的嘴巴
還有一些微不足道的死訊
虛假的希望總是由數字構成
熟悉的招牌早已倒下　無處下葬

可以飛翔的天空每天在變
霧起了　有限度恢復談情的渴望漸濃
太陽無聲落下
大三巴第一次關了燈
病毒伸出了黝黑的手
把小城還給我們

新加坡詩群

主持：孫寬
詩人：游以飄、娃娃、林然、慧梅、許利華、孫寬、佩蓮（馬來西亞）

游以飄

作者簡介：

游以飄，本名游俊豪（Yow Cheun Hoe）。1970年馬來西亞霹靂金寶出生，新加坡國立大學東亞研究所博士（2002），任教於南洋理工大學，擔任華裔館館長、中文系主任（2016年7月－2022年3月）、中華語言文化中心主任。2016年創立「南洋詩社」、「南洋詩會」。出版詩集《流線》（2016）《象形》（2020）。擔任第27屆「柔剛詩歌獎」（2019）終審評委會會員。

魔法

社會一直很忙
我們行動必須夠快

就像魔法棒，換著把戲
沉甸甸的包袱，無分量的細軟
都要變成及時的法寶

從分身乏術，到分身有術
從黑色小房子開始分割，爬出手，腳
頭，身軀，背道而馳，卻不違宗旨

倒扣城市，如一頂高帽子
放進海報與語錄與紙屑
層出不窮，一棟棟科幻如夢的樓宇
放入衣物與鞋子與雨傘
拿出公主與王后與國王

車流如枷鎖
大手筆，捲進萬物與眾民
燈光如鐐銬
考驗限時掙脫，進而解密

從化整為零，到化零為整
破碎的鏡面，水面，門面
重組為人面，美麗的，醜惡的

最好的，最壞的時間
風風火火的詞義，一句話變成雪夜
再說又變成豐年
從無中生有，到有中生無
變著伎倆
彷彿從來沒有如此神聖過

渡口

一直跳火圈的
鼠鹿，老虎，貘，穿山甲，蜂鳥
是萬物的一部分
還有你與我與他
我們的計劃書
後面追著時光的皮鞭

宛如波浪的劍
或者，宛如劍光的浪

我們的半島
繞過瘦長的海峽
又繞到茫茫的海洋
一直想像渡口
宛如追逐向前移動的火圈

一杯冰凍啤酒
對於熱昏頭的下午與人們
一盞橘黃的燈
對於夢境未至的暗夜
渡江的一葦對於達摩
出關的一頭青牛對於老子

一段段回不來的時間
對於我們

是渡口
是擺蕩，每星期的遊戲與禁忌
是穿越，每一年的慶祝日與典禮

在未可預期，未必能抵達的彼岸之前
我們紛紛流落
成為無以辨認的族類

在渡口

能證明我們如此不清白
何止身上的膚色與劍痕

還有那個一直被宣誓許諾的未來國

抒情

後詩經，時代抒情如風
無情如圖書館
以及演唱的，演講的，大禮堂

硬撐起來的青春
仿宋體，新羅馬，粗黑體
以及藍調，爵士，搖滾，電子舞曲
忙活於豐年，荒年，流年
我們在印刷，在敘事

我們在歌頌

謳歌，萬眾矚目的人
還有那些流浪的王子，流竄的英雄
無論是誰
都有當打之歌

必須，必勝於巧舌
修煉讀心術

上邪，無邪的
輝煌的偶像時代

無邊界，也不會枯竭
直到熱浪衝擊
現實與虛構翻覆
我們也要跟偶像相知
不要絕斷

直至所有的詞語落髮為僧
音符剃度
我們別無雜念
共同體，方有指望存活

更漏

耳朵聽來的
從緊握的手指間流逝

時光是飛奔的豹，進來
夜間疏而不漏的動物園

一座過分清醒的城市
到了晚上還精算時分

宛如正在被宰製的魚肉
何如紛飛的小小的流螢

如果遠去的馬蹄聲
是眼下的達達主義

最好就挑燈，整理
並且消遣那些零碎

敦促自己在黑暗
觀光遺忘的帝國

如坐針氈，小心
而且擔心虛度光陰

夜讀與夜夢互相纏綿
蔓生，至明天的作業

銅像

無主之物，一開始就已固化
他的，遊人的，日光浴

觀光區，一座站立的銅像
他與誰也不相熟
誰也不是誰的意中人
在懷疑的深秋裡
單詞，與單詞相撞取暖

在河口的東南方
笨重的鐘樓的周圍
涼風從不囉嗦
收拾了流動的詞語
這裡，是不言語的一隅之地

誰都遙遠地離開了自己的家鄉
遊人一千里的山水
他的八千里雲和月
導覽員不由分說地整合成共鳴

只有造物之主
知道他的佯狂
知道他的鏽跡斑斑
也是時間蔓延上來的壽斑

一千隻傳信的鴿子
與一千隻喋喋不休的麻雀
爭論青春的騷動
與如何不會變老的祕方

微不足道
不過就兩種材質

一是遠古湮蕪的青銅
另一是麻木

再來就是成熟的黃銅
練他成為沉默之舟
在狹長的半島
與滾圓的小島
之間停駐，在無聲蕩漾的碼頭

千堆雪，凝結之前
誰也不會在時光裡蝶泳
遊人不會
銅像，他更加不會

娃　娃

作者簡介：

娃娃，本名林劍。2009年從中國北京移居新加坡，閱讀陪我度過從大型活動國際部經理到全職媽媽的不適階段，我以文字記錄生活點滴。閱讀寫作成為自我表達與調整心理的最佳良方，寫詩更讓我最終找回自我與自信。

美好

我想和你，靜靜的站著
那會十分的美好

我若和你，輕輕的靠著
那是百般的美好

如果我和你，暖暖的擁著
那將是千般的美好

其實我不需要
我想想你的名字就好

當你寫詩，我在讀什麼

坐在陽臺上，讀一首
你寫的詩
想像你在燈下的樣子
天色越暗，你的詩
越發清晰

當形容詞被帶走，象聲詞脫落
所有的意向都退去
月光下，詩轟然坍塌
廢墟中，走出本我

湖也有了它的小情緒

雨驟，沖不消殘酒
危樓，難倚欄杆
殘月照無眠

鏡面碎成田隴，再起波瀾

巨大的思念，擠入針眼
化作綿長
縫進收緊的裙腰，此事
古難全

意難平，夜色闌珊
月如濾鏡，只餘幻象
盼日光再次撫平湖的臉
輕道「我心依舊」

掙扎的女人

奔跑
在每一個維度裡
自律
在每一個刻度裡

道路筆直
白天通往黑暗
出生通往死亡
大魚吞噬小魚

唯有你，必須逆旅
時光不能留痕
身材不能走樣
地球引力必須失效
只因為你是
女人

口罩猜想

突如其來，全球戴上口罩
乏人問津的物件，如今
成為了必須

難道是因為時尚，早已從頭到腳
席捲每一個人，誰
也別想逃掉

難道是因為全球老齡化，平等起見，一律
遮擋稚嫩或蒼老的臉

難道是因為抵制人臉識別，避免
人類隱私的決堤，捍衛
人類的尊嚴

難道是因為人類，又在
修建巴別塔，必須再一次
被隔離

可能只是因為你帶了太多面具
早已丟失自己真正的臉

不一樣的 SKY

在黑暗中的掙扎
沒有止息
生活是一灘爛泥

表面的燦爛
鬥不過內心的恐懼
多麼想放棄

總有個聲音在遠方呼喚
別放棄
你還沒有活出你～

是誰在喊？
怎樣才是我？
我正努力植根淤泥～

不屬於土地，不屬於池塘
紮根更令你痛苦
天空才是你的領地！

新（拆字）

新梢，立在枝頭的春意
陽光下剔透的翠
樹木的出生證，輕而薄的千斤

新郎，解封第一天搶注
新娘彎彎的眉眼
親愛的才子佳人，半斤對八兩

新，溫故而知，老友般
親密，誰會斤斤計較
幾番重讀更暖

新是新加坡，薪火相傳
挑戰，機會，新舊交替
親愛的你，新的開啟

林　然

作者簡介：

林然，中國南京大學MBA，在企業人力資源行業跋涉二十餘年。移居新加坡後視讀書寫字為人生真愛，投身中文專業學習。是詩人黃梵老師新加坡創意寫作班首期學員，作品散見於各地報刊雜誌。

煙雨

你踟躕在六月的橋上
油紙傘撐起溟濛的心事
你踏著橋石上上下下
細數它每一根白髮
直到雨研磨出
夜的顏色
雕花廊柱依然有他掌心的溫度
悠長的巷子迷失了金色的歌喉
誰家窗櫺爬上誘惑的紅燈籠
勾出嗤嗤的輕笑
夢打著飽嗝，在路邊吃了微醺的一餐
月亮閉上眼睛
怕驚動流水汩汩的安靜

遭遺棄的翅膀

兩隻藍色的大蝴蝶
在嫩綠的冰面上纏綿地跳著天鵝湖
絲瓜花兒仰著金色小臉兒
等待甜蜜的親吻
知了有氣無力地吟唱著單調的午後詩
一只有經驗的小胖手輕輕靠近
瞬間抓捕了熱戀中的情人
投進牛皮紙監獄
要風乾成全班最帥的標本

一場雨沖涼了天氣
絲瓜花誕下水嫩的寶寶
孩子去查看他的獵物
一隻毫不意外變成漂亮的木乃伊
另一隻遺落下一對藍色的翅膀和
一個艱難的黑洞

孩子對著信封發怔
蝴蝶疑案自此纏繞他一生
什麼讓它衝破束縛觸摸天空
什麼讓它扯下驕傲爬出牢籠
誰帶走了它的軀體
誰又主宰它的魂靈

望月

天狗吞下去
吐出來
驚飛了外婆的恐怖故事

玉米棒的小山消失在外婆輕盈的手裡
玉米粒越過簸箕樂顛顛進了糧倉
玉米芯一層層搭起樂高塔的幸福
風兒輕撫著豆莢毛茸茸的味道
偶爾爆出一兩聲成熟的脆響
紡車嗡嗡地唱著線悠長的歲月
月光洗白了夾竹桃日間熱鬧的綠綠粉粉
蒲扇,輕輕吹涼了清靜的竹席

贏或虧,盈和虧
外婆的老故事跟著月亮的身材
呼吸、作息、遠去

雲啊,你這駿逸的精靈
可否帶個信兒
月啊,你亙古在守候
一定能見證
那個貪饞烙餅的小孩
想再聽一次《拉荊耙》……

影子的愛

總想
把眼睛變成手掌
輕撫你坎坷的過往
被風吹進玫瑰飄香的心臟
呼吸它怦然間的迷茫
或者
穿越時光黑洞
追蹤你前世的悵惘
直到五百年前種下的桂花
又澆灌出初識的芬芳

遇見
猝不及防的街角
九月的露珠涼透了眼眸
你一個人舔舐著折彎的翅膀

寧願被追殺到虛無
如果看到你水波似的微笑
當光兌現了他那枚彩虹印章
比起你心痛的沉重
影子的愛不需要份量

鏡湖

月光穿越一個甲子
照得門前的湖波光蕩漾
那個丟失了心的夜晚
像這陳舊軀體上的新鮮印章

誓言砸在水波上
在每一個月圓的夜裡迴響
靈魂追隨他矯健的影子
滿世界遊蕩

腿已經彎成了夾子
腰弓成拐杖
看見的都是微笑
耳朵裡裝滿善良

今晚月兒又照得見鏡湖
他將站在我身旁
向湖裡投擲輕狂的石頭
讓少年的心在湖面鏗鏘地彈跳
斷流幾十年的小河
會溫潤我乾旱的嘴唇和臉龐

羅密歐與茱麗葉

黑夜
已經用它的袍子
罩住那些搬弄黑紅的長舌
親愛的
放下羞澀的面紗
讓我倆的眼一起燃燒

你的睫毛醉成彎月
吻你
哪怕皇冠滾落
你的愛
給我穿上最堅固的鎧甲
迎戰世俗投來的石頭

慧 梅

作者簡介：

慧梅，本名苑會梅。畢業於南京大學環境學院，現旅居新加坡。喜歡閱讀和創作，作品曾發表於《南京大學校報》、《黑龍江日報》、《新華文學》、《海外文學》、《千島日報》、《南北作家》、《齊魯文學》、《臺灣子午線》、《書寫文學》、《新加坡詩刊》等。

初相遇

是你
又不是你
一個世紀的等待喚來你的凝眸

在必經的路口
等你，踏著青石板，拍著紅瓦朱欄

在芳菲散盡的九月
在你深愛的秋天
我們在這
未謀面，初相遇

肩膀與肩膀的遠離
用少年的青澀
任流年修葺成一個真正的青年

等你的時候
在影子裡徘徊卻堅定
你的左眼對右眼的凝望，書寫著答案

一個世紀的歲月
終於把靈魂打磨得熠熠生輝
毫無瑕疵

我和你
初相遇

海離我家很近

海離我家很近
我常常用腳丈量這段距離
現在，去海邊是我唯一的消遣
海邊沒有了以往的喧鬧
船停泊在遠處
與人保持著社交距離
天空比過去更高遠
卻已看不見劃破天空的羽翼
這片海的遠處
是太平洋
再遠
就是故鄉
我凝望著這片海，想起這個島國騰飛的
過去，現在
未來
那個偉人是否會從墳墓裡坐起來，管理
我愛去海邊看海
海水有時激動
有時平靜

冬夜

風帶來夜的寂靜
也拖長了地上斑駁的人影
雪花變得更蕭索

你的探照燈照不亮夜的孤獨
遠處笛聲的鳴響讓黑更寂寥
情緒從人群中升騰又從樹梢中滑落
停留在手裡也停留在天上

嘗試跨越你和你的領域
我們都是放飛的鴿群

你是你的北京
我是我的西雅圖
有怒吼劃破這夜空

晚霞

夕陽在太空裡
任由紅暈恣肆
船的影子
也散發出了光芒

你
一定是想告訴我些什麼
才在暗藍色的信箋裡
書寫著
看得見和
看不見的文字

情話

把你說過的每一個字
收集起來
封存在罈子裡

埋在樹下
長出它的葉
開出它的花

語言的力量

舞臺上你演遍了
所有的角色
你打開門
合攏，再打開，又關上
把鑰匙投進了旁邊的海裡

咬著牙齒說的每一個字
都在我們之間打上烙印
胸腔裡的句子也巨浪滾滾
變成刀和劍，還未出手
就把自己弄得遍體鱗傷

這是一張單程車票
只有一個方向的座位

許利華

作者簡介：

許利華，祖籍山東，山東淄博市作協會員，現定居新加坡。曾以殘荷之名在法律博客、今日頭條等網路撰寫文章，部分作品發表於《濰坊日報》、《淄博晚報》、《嘉寓》等報刊雜誌。

秋分裡的紅

河流變換著斷斷續續的腳步
群山披掛成起起伏伏的兵俑
鳴蟬躲進樹蔭的袍子
黑狗跪求月亮的降臨

北斗轉身
秋分的夜裡燃不起星光
蚊子打起燈籠
裝扮成螢火蟲
尋找暗夜裡
嫣紅的騷

咖啡的沉默

雨
隨傘骨滑落
跌碎
漸老的水花
敲響沙漠裡的琵琶

推門，驚擾咖啡館的寂寞
桌椅早已沉默成冬天的荷
風的嘴
把它的魂吸乾
枯萎成光陰裡
不肯離去的甲骨文

獨自煮一杯咖啡
抬手，輕啜……
咖啡香雨中嫋嫋
氤氳出
房租，還有白髮

我們

我
在低垂的眸
淚水穿透諾言
冰凍記憶，記憶
野草般亂竄

你
在思念之外
春日躍過夏的頭頂
跌落印滿星子的河
濺落一地金黃

我們
在時光的盡頭
河水四季不休
為了成長，亦或生計
誰，為了誰
停留

雨季

將漫天星光吹熄
月娘逼進聊齋裡
刪不淨的怒意難消
半盞冷茶
驚成萬點雨絲紛飛

天遙地遠
偏偏霧靄迷離
窗上
掛著曬不乾的傷懷
桌前
遺留著愛恨交鋒的殘渣

諾言未曾走遠
抵不過已瑣碎成塵
落進那條河
將舊時的夢驚擾

孫　寬

作者簡介：

孫寬，新加坡人，回族，祖籍北京。著有自傳體散文集《遇見都是初戀》，詩集《雙城戀》等。2016年創辦自媒體微刊《寬餘時光》，是搜狐、搜狗和雪花新聞等網站同名文學專欄簽約作者。詩歌、散文等作品入選多部文集。

新加坡的河

我心中的島，無法逃脫命運的喧囂
河流，蓄水池，堤壩，都是備戰的戰壕
實龍崗河，濺起一朵小小的浪花，別在老祖母的髮鬢
紫色的睡蓮，常在她夢中，把她搖醒

加冷河十餘里的蜿蜒，是鐵水壺，亞答屋，舊年曆
一直奔向加冷盆地，祖母膝前擠滿鮮活的故事
小魚兒，小水獺嬉戲於逆流，孩子們把泥巴彈珠射出村外
芽籠河，梧槽河，相約相遇在曙光的河口

新加坡河口，淡馬錫小村，七百年前的獅子王
老祖母燒旺的爐火……月亮落下，滾滾入海
魚尾獅噴水池邊，海人曾拽起風帆？嘆息聲驚怒獅城？
母親河的苦難，被耀眼濱海灣遮蔽，阻隔她與大海的婚禮

阿比阿比河，雙溪勿洛河，支那河，榜鵝河[18]
裕廊海峽，新加坡海峽，柔佛海峽
一條條河流掙扎著，海港海灣海峽喘著粗氣，歷史
終於被肢解成，繁華

---

[18] 阿比阿比河Abi Abi，雙溪勿洛河Sungei Buloh，支那河Sungei Cina，榜鵝河Punggol：阿比阿比河流經巴西立，巴耶利，淡濱尼，匯入實龍崗海港。實龍崗河變成實龍崗蓄水池，整個流域經過人工改造，河流已經無法尋覓。支那河流經兀蘭，流進柔佛海峽。

萬物的婚姻

暗紫色的李子，快熟透你的祕密
待它載滿咧開嘴的蜜汁，歡歌入喉
李子就擁有了最好的歸宿

塵埃死去時，流水為它送葬
它最終卸載了時光的腳鐐
戴上陽光的面具去流浪

我的國家，時光以一道牆，將古老的語言遺忘
為藏匿異族姓名，我費盡精氣逃離蓓蕾
沒有人見過風的腰肢，只聽見嫩柳輕撻

源自阿拉伯游牧民族一滴血，心就註定無忌飄零
我走進阿多尼斯的花園，看見讓詩人棲息的星球
在他詩歌的蒼穹下，我找到一架可歇息的秋千

野黑莓和野紅莓，啜飲英倫夏日裡的星辰
愛丁堡古城，血流沉積的乾涸，長滿紫色鳶尾花
狐狸駐足窗前凝視春天，竟是鄉愁飄逝的一簾絲雨

我滑下雪山，瑞士處女峰的雪，飄落詩中
蘇黎世河畔的小馬車搭乘梯子，時空逆轉
一朵玫瑰私奔，是尋根，是開拓，還是尋覓愛情？

太陽的豁口開在威靈頓頭頂，它吻過我的額
冰寒的海灼傷記憶，白臂膀攬住我初戀的異族情
咖啡館，維多利亞灣驛站，毛利人喚我東方小仙女

麥穗，稻秸旅步深廣，萬物的視野沒有死角
奧斯丁，康德從未遠足，他們打磨時間的聲音
像跳動的脈搏，把我從迷茫中喚醒

三寶石[19]上的青苔，綠滿新加坡海的記憶
下西洋之路綿遠，還是絲綢花雨更悠長？
二戰英軍的運彈道口，我遇見孔雀

我與萬物的婚姻，沒有契約，無需承諾
我的眼睛在戀愛，它滋生汨汨甘泉，感知你
一座城，兩座城，我融於萬物之城

---

[19] 三寶石：新加坡炮臺公園之一的拉柏多公園內有一塊巨石，叫龍牙石，也叫三寶石。傳說
三寶太監鄭和下西洋，途徑新加坡海峽，他乘坐的大寶船曾在此停泊。

穆斯林的葬禮

父親的墓地選在風口的高坡上
積雪淹沒窪地屋脊，白象群的村莊不見炊煙
母親怕我們春天找不見父親的墳

墓地旁的鄉佬背著虔誠信仰和柴火
聞訊來葬一位遠方的穆斯林
圍起點燃的柴草，烘烤一塊凍土和葬心的冰雪

鎬尖刨斷，冰冷的世界皆如漆黑頑石
大衣甩開，皮帽脫下，白色禮拜帽升騰暖霧
母親跪在坑旁沒有悲愴，如秋天的最後一片落葉

消瘦的肩膀瑟瑟顫慄，大衣蓋在剛挖出的濕土上
棉被阻擋怒吼的凜冽，淒厲的火終跳起森巴舞
鄉佬給母親披上大衣，她又脫下，護住一片濕潤柔軟

濕土請不要凍結啊！她要埋葬無常[20]的丈夫
一個冤屈的靈魂，要隨主西歸
我被留在拖拉機裡，嘴唇凍破，喪失知覺

沒有送葬的隊伍和歌舞，天上亦無星月
血色變淡的嚴冬，阻隔一切關於春之消息
只有素不相識的鄉佬和信仰，抓住最後一塊岩石

我的父親，我的記憶，我的心傷
都隨冰雪同葬，那一刻我的生命驟然冰封
我再未夢見父親，再無鳥兒飛過空曠

此後的歲月，皆如那日冰霜

---

[20] 回族把「去世」稱為無常。父親突然被迫害至死，刨冰葬父時，除孤兒寡母，只有回民公墓附近素不相識的穆斯林鄉佬。我因受驚嚇而失憶，父親的面貌就此消失，未曾與父親有過合影，未與他道別，關於父親的記憶就再未能恢復。

黑色火焰，走過西，走過東，黑磐石般漫長
我用盡一生的跋涉，為父親送葬

一切近的都將遠去

但丁神曲，博爾赫斯天堂，莫內花園
一切陌生，慢慢具體
蘇珊的下午茶，母親的抱怨，東西方親人
一切近的，都將遠去

新加坡島，我重新畫圓連線
河流，海域，大洋，彼此相連
孫子兵法像巨樹根須延展，枝蔓纏綿
5276條中山路，薔薇紮根雨林，胡姬花落戶極地

我像一捧言之鑿鑿的故土，落進沙漏
手繪命運地圖，以最接近黎明之詩
偏愛，陋習，回憶，每個令我癡迷的黃昏
圓圓缺缺的月亮啊！每日更新我

馬來族印族鄰人，澆灌走廊上默契
中國，新加坡，英國，新家園種滿夢與凝望
一切近的，都將遠去
模糊陌生的一切，漸漸清晰

給N——全球疫情死難者

羽翎綴滿裙擺，赤裸伸出吶喊
喀邁拉的黃昏凝重而寒冷
30萬鮮活的生命都化作
雲彩、星星，或路邊新開小花？
哪個是你停在峭壁上的呼吸？
或耳朵流血的紅耳鵯？
來生，我不做曾像銀鈴的少女
不做清新如藍天的俊男
我要去托生一隻紅耳鵯
天頂那撮沖天毛是我拔出的劍
我不找一顆果實，一株歌唱的花菁
尋覓一個靈魂，每根手指
都頂天立地，像展翅的喀邁拉
我的子宮孕育鮮紅的想像
荒無人跡、噴發火焰山巔
讓那生存下來的飛翔
重新開滿鮮紅的花朵

我走在貓與長頸鹿之間

風於湖面撒下幾個象聲詞
這杯酒，將沉醉軀體搖醒
我看見自己在夏天避難
陣陣薄霧，飛雪，被花與綠讚美

髮絲上的柔軟滑落，你穿過它指間
人總得相信些什麼，比如文明
楚楚動人，紳士淑女，鮮豔，泡沫
兩棵不同的樹，遙遠而熟悉
更像兩隻爭食的鳥，親密而對立

傳統看你我總大發雷霆，它
搖落最後一片葉子，禿樹像
我偶爾看見活著的自己
無名暴怒或沮喪

我走在貓與長頸鹿之間
望著翩翩飛逝的蝴蝶，聽見
喧囂間，風在沙上拼命寫詩
玫瑰，遞給露珠透明杯盞
我於顫動睫毛間……尋找

佩索阿的一口 [21]

我也想像佩索阿那樣
咬整個世界一口
我只想仔細品味山巒，湖泊，河流
只想把各種小動物都含在嘴裡
把人世間冷暖善惡，陰晴圓缺
都用舌尖舔一舔
把世界寧靜波瀾，富饒災難
都捲在舌上，被上膛包住
把天際間美麗，貧窮，飢餓，痛苦
都咬一口，然後仔細咀嚼
慢慢嚼出原味，嚼出糖，嚼出鈣質
把一切真情假像都咽下去
然後，吐一口晴朗
吐一口晨曦薄霧
吐一口生命，像幼芽新葉蘊含靈感
每朵花都彼此尊重，互相致意
吐出世界原本樣子
沒有崇拜與盲從，歧視或偏見
即使吐出死亡，也有詩的墓碑
吐一口此刻，你我之間流動的靜默

---

[21] 佩索阿有一首詩《如果我能咬整個世界一口》

佩 蓮

作者簡介：

邢佩蓮，世界詩會馬來西亞總社社長，馬來西亞國際現代書畫聯盟理事，馬來西亞水墨畫協會會員。詩歌刊於《長江詩歌》（詩人樣本），微刊《詩海岸》、《現代詩》，《唯詩緣》、《探索詩歌》，《先驅者詩刊》等。

野火之心

世界深沉著
痛苦說：走吧！
傾聽深邃的聲音

存在的詞
我死過兩次
與誰隨風起舞
永恆的紀念
你的詩
在上帝與世界之間
風暴似地呼嘯
上升燎原
佇立的地方
活下而幸福

標本

我們站在不同角度
嘗人生苦樂
啞子、聾子、盲子
日子一頁頁掀過去

聽見聲音的我們
活在沉寂裡
觀望成為習慣

折翅天使在哭泣
我們無從說起
咆哮的大海
日夜站立

玩偶

今晚失眠
燈光太刺眼了
穿破皮肉的骨頭
沒有帷幕
這裡笑聲空洞
所謂的人們像一幅景象
分不清晝夜

無需開口
我們只是玩偶
注視著尊嚴
裸露的靈魂
冰涼

風景

風互相追逐也追我
月亮黃色磷光
拉近水和樹的影子
在小房間最後一個晚上
誰正在尋找
通向靈魂敞開的門
為童年的狂喜和恐懼
駐足

時間已經順著風聲
迸出一個小女孩模樣
告訴我我是誰
我改變了
歲月當中
原來的我依然純真
心開始潮濕
遠處傳來海的聲響
在這裡
看著我
愛著你

目光

生活留下一扇門
茫然地看我
秋葉裹著鬱悶之感
這不是世界的一切
內在存有的差異
病找不到痕跡
想念喚醒我

唯一的所有不會消失
一個熟悉的臉孔
從創造的靈魂中析出
偶遇在一瞬間

正午

天在衰老
睜大濕漉漉的眼睛
陽光端坐不動
雙手合十祈禱

哽咽捱過疼痛身軀
心在嗎？
我們看著我們的愛
默默對視

走向芳華

昨天
雨從翻捲雲層落下
告訴我
如何快樂的寫下一首詩

它落在
百合花純淨的白
在仲夏夜擠滿白光水面
在每一朵花盛放的花萼裡
迸出奇跡般白色光芒
然後消失在根部
像藍海的一個夢

我站在樹下
像我的一棵樹
長滿快樂的枝葉
想像星星
溫柔的對我望

這屬於我的一天
永遠被太陽的光
照耀著
將生活創造成狂野的詩意
帶著希望走來
它是一條幸福小路
若誰也一起歡唱
誰就懂得真心
滿懷感恩

魚和手

海的日子
手中央呼應著水
你呼喚著靈魂
潔淨的骨骼
沒有一個聲音像水

你的鱗光靠在手心
魚身似箭穿心
我左手空空右手握不住你
只有愛情，眼淚和水

第五輯

加拿大詩群

主持：星子安娜
詩人：星子安娜、遛達的七七、古土、心漫、不清、索菲

星子安娜

作者簡介：

星子安娜，1992年南京大學電腦系畢業，99年移民加拿大。作品發表在多個國際刊物
（China Daily，New York Times, World Journal，世界詩歌等），並榮獲2005年「安大
略省詩人協會詩歌獎」，2010/2014「密市文學獎」。安娜著有四本英文詩集，由加拿
大出版商出版，2019年《愛的燈塔》雙語詩集由臺灣出版。安娜的翻譯詩集《鏡子與窗
戶》簽約2021年由Guernica Editions出版。2015年－2017年被聘任加拿大第六大城市密
西沙加市首任桂冠詩人。

父親的家譜圖

紙上的一小點墨蹟，
在父親的眼裡長出青綠的枝椏。
吸著長長的煙袋，
暮色中，
父親勾畫滿腹的身世。

我可以感覺他的微笑，
在枝葉沉澱的鬱香中
漸漸綻放。
而今他最鍾愛的
在他的筆下煜煜生輝。

兒子，年輕有為的高級軍官
女兒，備受尊敬的知名學者
（父親極盡描摹著細節，就像母親
精心裝飾著聖誕樹）
然後，我，新興詩人。

父親並不認識詩人，
對他而言，「新興」多少有點苦樹皮的味道。
（我可以感覺到他筆的停滯）
而後，在「我」的邊上浮現
一顆亮亮的晶體
鮮明地映射出「海外工程師」注釋。
父親最後的揮毫，
像是庇護異鄉的「我」，
免於日子清貧地晾曬。

捲起這張微亮著的筆墨，
我把溫暖留在胸間——
某年豐收後，
從層層蠶繭的心，
我要抽出新的卷軸。

禮物

致約瑟夫・布羅茨基

一切都有極限，
包括悲傷。從凡人的嘴唇

夜晚的陰影
剝奪了草地的
廣博和暖色。
天氣越發冷了。

鏡子失落在野草叢，
鐵鎬掘地的聲音
尖銳得傷痛。

你坐在窗邊，
坐在黑暗中
思量哪個更糟——
裡面的，還是外面的黑暗？

然而，那些火花與書頁
耳語和刀叉聲
交談中的摯愛與憐憫
聽起來比啞聲的神靈更真切。

你躬聲屈向偉大的靈魂
因為她們拾起，然後傳播
語言的天賦
在聾啞的大海之上。

對著空牆你靜靜地凝視。
突然抬起雙眼

向著天堂的光亮，你醒悟：
你的人生，一份無比純粹的禮物！

穿越

在路的盡頭，是靜靜的林子。
黎明每一道曙光正送來問候，
遠足的旅人，請你踏歌而至，
林中人在黑暗中等待已久，
五月的風信子插滿了髮梢。

外面的世界仍然凄風冷雨，
請你披上青衣，吹響蘆笛
快步走進這朝霞晨露的林子，
用你的笛聲和澄澈的眼睛
喚醒這裡的眾神和異獸，
還有那蒙著面紗的女子。

林子中心是一潭湖水，
那女子依水而居，
有著迷一樣的名字
寫在水上和陽光裡，
像你的思緒隨風蕩漾。

那兒時光會停住你的腳步，
在身邊開滿桃紅和新綠。
笛聲在雲朵和月亮上飄揚
讓遠來的旅人進入夢鄉，
那曼妙女子在水的中央
將面紗輕輕揚起飄蕩。

金銀花和天梯

去年冬天，情不由己
我記起多年前雪地上
我們留下的白雪天使。
姐姐，你還好嗎？
另一個世界是否安寧？

今年的春天來得好晚。
六月了，幽徑裡
我獨自徘徊，想起
那些被流放的人們。
而黃色白色的金銀花正盛開，
交纏在一起，優雅迷人，
香氣在空中久留不去。
沿著她們攀爬和蔓延的路徑
我一一看見
褪色的闌珊和破損的城牆。

記得就在幾天前
我讀到理查加西亞的詩：
「梯子」；
他想像所有被廢棄的梯子
被收集和連接在一起，
形成一道通往天堂的路徑。

此刻在地面上，
我不小心踩著了
一些兒藍色的小花——
那是一朵朵「勿忘我」啊，
如此傷痛，不能出聲。

信

口罩流行之後，
帽子也成了必需品。
不同顏色，不同款式，
戴上又摘下，摘下又戴上，
只要你發聲，由不得自己，
總有熱心人殷勤 送上。

中醫和西醫，
吹哨人和方方日記，
數字遊戲和甩鍋比賽，
微信群，公眾號，
國內國外白天黑夜吵，
這世界熱鬧得荒唐。

我退回靜靜的書房，
摘下口罩和帽子，
點亮一盞燈，
默默地坐看一面鏡子，
鏡中人也看著自己。
我相信不遠處
有著同樣一盞燈，
同樣一面鏡子。
在鏡子深處，
不需口罩，無人扣帽，
那裡有一個愛的世界
靜靜地開放，
那裡春天寂寞
卻乾淨永恆。

遛達的七七

作者簡介：

遛達的七七，常年旅居海外，現長住溫哥華。縱情山水，詩畫為伴，快意人生。詩觀：
在詩行中流連穿行的人，需要一顆慧心一雙素眼。當我能如願收發每一枚詞語，世界也
會在書寫中顯露它的真實和善意。寫詩不僅是成長中的鍛打與陪伴，更是生而為人方能
不倦伸展的日日將息。

針線箋

我老了繡花
在複雜繁密的花朵中
編寫個人史
誰人為我起炊煙
亦為我種杉子
濃蔭下
石磨上那些輕微的骨痛
提示著往事

在2016，我告別的青春
有許多值得再三撫摸
皮膚下滋滋作響的血管
穿略了神經
眾多暗礁逐一退讓
消息抵達心臟

我不是一個人在痊癒
左鄰的茶點正香
與我相傾愉悅
這是經年的默契的守望
海上飛鳥來來去去
撿取話語裡機鋒
它們撲打繡架
刻畫出遠景
分享眼前的生活
也補充了那幅繡品

野馬的覺悟

天色不會如同期待的亮起
夢鬼還吃著我腦袋
今夜怎能無邊無際

他人沉睡中
羊倌提前抵達了黎明
星宿流徙　斗室內的關照
末葉把徒子引領
覺悟者覺悟　蒙昧的速醒

晨光降臨，長夜離去
東方散漫的人群如羊群，在機鋒中失語
我苦苦地挽留著逃逸的睡蟲，
但睡蟲還是消隱；
那些遲遲不謝的花，現已結好了果子
天氣空曠，雲走起來哐哐。。哐哐。。

某一提果園，必趕盡夜蛾
氣氛煞白起來、秋收在即、神經質的儲備⋯⋯
——某使我惶惶不可終日，
　　美——
像那些跑動的野馬，它們朝春天的一邊跑回去
用鬃毛撕開風和舊的理想
真的，現在它們已經一無所有

陪伴

以我拘謹的一生
也釀造烈酒和遺忘之蜜
像神祕的糧食，不肯在落日下成熟

等等。等等。石頭要開口
幽暗的魚群要進入和聲
我要迫你一起汪洋大醉——
憑我的三千金樽，和你的海量
憑我要你這樣。

我愛這虛無夜
十萬星星已走得乾淨
你要說的話尚不見蹤影——
像人魚在沙漠裡售賣珍珠
像等待銀質密紋片的留聲機
好吧這一刻我把駝隊還給你⋯⋯

等等。等等。這曠無的夜長得很
你有酷愛，我有火焰般的熱情
我應該把你一口吞下
你應該把我領回到　那個陽光下收麥子的正午裡

身外

多年前我把後腦遺忘在客棧
那是一場過度的睡眠所造成的
醒來時客棧化為烏有
我憤然指責了上天的不公
隨即放棄了尋找
想想一個後腦沒什麼重要
不久兩腿也開始鬆動
一天夜裡
髖骨像風中的石頭鑿壁而去
卻在一個上坡突然地停止了奔徙──
──彷彿羞慚、回心轉意
單等我挽留，可惜我沒有開口

接下來我那怒氣衝衝的心再一次出走了
但它照樣還得回來
跟每次一樣，歸來時它餓得像一隻瘦狗

此刻皓月照耀清涼江城
流水餵養我空洞的胸口
那顆心又來到我身旁
它嗚嗚地，嗵嗵嗵地轉悠了一陣
匍匐下來。它正諒解
更要在漫長的恩情中一點一點跟我相認

混在兩山間

白日夢潛入夜晚了
磨山村人倒向戀愛的大床
整個雷達山在晃蕩
牛奔狗走
馬王爺砸著石頭

焐熱的晚風吃透了我們
今夜偏暖偏女色
月光大好，身形大好
如露水上蜻蜓
有多少搖曳生姿的異象狂草
就有多少真假莫辨的荷塘月色

但這明明是夏日午後
亂花繁冗、疲倦、迷離
田鼠關門去黃昏
水澹澹從山高到湖低
⋯⋯我頭抬不起來。
偏偏是，陰影處有人入了戲
我混在愛情裡
你不認得沒關係

這個夏天幾近傭蔽
──被那些忽然間冒出來的
草長鶯飛的深情厚誼。

古 土

作者簡介：

古土，詩人，資深媒體人，比較宗教學研究者。生於一個青海樂都漢藏結合的家庭。從高中時代開始一直寫詩，曾獲首屆「首都大學生藝術節創作獎」（1985）、詩刊社舉辦的首屆「全國新詩大獎賽優秀獎」（1988）、加拿大「『大雅風』國際文學獎詩歌提名獎」（2017）、美國紐約「法拉盛詩歌節二等獎」（2018年）等。現居加拿大多倫多，主持以「獨立之精神，自由之思想」為宗旨的湖畔書院。

雪中之旗

歷史已在拐彎處封凍
我仍在長空嘩嘩流淌

世界下沉
我穿透雲層直指九霄之上的光明

人類佝僂
我挺立如世紀之初第一位男人勃起之雄根

希望飄零
我依然舒展自己的葉片講述所有季節的故事

流言蜚語撞擊著我
像撞擊一口沉默的鐘

其實我一直在宣說，把風當做另一種語言
其實我此時在雪澡，把雪當做另一場花雨

在意識中心合上而又打開如時針圍繞時間
在地球之巔舒展而又收起像花朵擁抱春天

時間的黑馬

馬朝前走
我向後看
風從馬耳吹來
吹落我的頭髮

落木般凋零的日子
不分季節地飄落
在死亡到來之前
時間的鐵鍊
在命運的坎坷上一直嘩嘩作響

無臉的歲月紛紛西墜
沉入地層化石為煤
我向黑暗伸出手去
卻摸不著光明的開關

只有母親的眼睛照亮我
在遠遠的彼岸
白髮已在青山懸掛為瀑布

這一刻之後
用馬鞭抽打自己
像火鐮敲擊燧石

點燃我,我的愛人
在嚴冬到來之際

或者用你隱密的濕潤
(在哪一眼深井裡汩汩)
將此磨硯為墨
書寫我們生命的碑文

和我騎同一匹馬的人啊
時間像馬鬃一樣會從指間流走
請緊抱我的靈魂
（還有童年的蘋果和土豆）
只是別像我一樣
回頭

煙：或從煙囪中長出的樹

雷聲在遠處滾動

雲端的假寐醒來之後，竟記不起
前世是一朵逃逸的煙，還是
一棵瘋長入霄的樹

只記得
那是座廢棄已久的房子
門緊鎖，窗戶已被釘死
不知該叫墳頭還是糞堆
不知是從椽柱脫落的部分
還是本來就是柴薪
匆匆拉近灶火

只記得
鋸末像面撲撒向史前的白紙
美麗的圓有枝條的功績
而今他的圓潤正擀著我最後的年輪

一滴滴樹汁正走過斑馬線
尋找傷口圓睜的眼睛

而現在
煙靄早已進入歷史
長長的鼻孔
沒有歌聲也沒有咳嗽
也感覺不到辛酸
只是無盡的忍耐中
無聲的生長

是雷電還是自燃
在焚身之火中爆出自己的種子

在滾燙的火裡沐浴新生
灰燼成為我所有的肥料
但鐵屋的門一直關著
沒有一點縫隙

直到找到一個悠長的煙道
像母親的產道
那裡有可以看到星星的黑暗
和舒適的溫度
又讓我穿越了千百年
才登上屋頂
開始風中之舞

死本是生命的主題
生命是死亡是重複

一曲颯澀讓天空充滿仰望
是誰的書法飽蘸生命的黑暗
而讓生命如此張揚

燒不倒的挺拔
幾成香火
不絕如縷
燻不黑的星空
炯炯然
如不眠的祖先

火，是倒立的雨
雨，是倒立的火
已經無法清楚地辨別
都是繼續輪迴或脫離輪迴

雷聲在遠處滾動

千百劫之後
第一百零八個絕望者爬上屋頂
在點燃自己最後一個煙捲時
看到了這一顆樹

他和我同時明白
此生來世只能孤獨地生長
只能從廢棄的房子之煙囪伸出
以曾經的煙的形狀
向天空之空曠

上帝，給我一片綠葉
僅僅一片
如果更多
就成為天堂裡的一棵行道樹
歸隊後享受
永恆的寧靜

心 漫

作者簡介：

心漫（Xinman Cathy Zhang），早期受朦朧詩影響，在國內報刊及新加坡詩刊發表作品。近期開始嘗試呈現個性的創作追求，文字涉及詩歌理論、書法鑒賞、導讀性的心漫薦語。旅居北美，華典文化主編，中國國風網詩詞書畫等六大欄目責任編輯。

誰能藐視這樣的日子呢？

我不善於寫下憂傷
也不善於美化恐懼

春天用盡了所有的笛聲
花蕾用光了所有的羞澀
暗紫的粉綠的桃紅的
在裸露的枝椏上沐浴
在空曠的街巷上示愛
當距離被列入了第三者
當口罩橫刀立馬
花兒也染上了心痛病
效顰已是窗外的奢侈

我不善於寫下破碎
也不善於抑制哀傷

人類用盡了所有的湯藥
小草用光了所有的能力
驅寒的愛情的迷幻的
綠色被無辜染上了毒物
露珠的出現也是徒然
晨光不再履行叫醒服務
黑夜正吞噬著日出

我不善於寫下圓滿
也不善於呈現希望

地球用盡了所有的恐怖
一戰二戰冷戰到暖戰
從學會臥倒掩護
到被四面潛伏的病毒嚇醒
哭泣的不止是春雨

主啊只要地球上還有一個人
在痛悔中持續不斷地哭求
求你傾聽求你拯救

我巴不得我們都像小孩子

強而誘惑的嫵媚
時刻在刺激我
它彷彿是一串結著愁怨的丁香
掀起自己的花期
無畏地初戀優雅地纏綿
毫不避諱敞開心扉

哦，五月的天空
請你不要再看我一眼
我不能在陽光下愛你
世界染了病我也受了傷
誰揉碎了油紙傘
建起了空雨巷

懺悔在室內碰壁
自由交給了討厭的小松鼠
它今天隔著玻璃窗來問候了我
它溫柔憐憫的目光驚訝了我
哦，它像小天使一樣安慰了我
還說我的花園藏著歡樂

快樂是這些綠葉和花瓣的
快樂是這些小鳥歌唱的
我巴不得我像一個小孩子
圍著它們轉圈子
心愛的，原來歡喜是一種藥
每天醒來我想歌頌這奇妙

我喜歡你是憂傷的

我告訴黑夜把它調成靜音
告訴幽暗不要在四周遊來遊去
這些還不夠
我又用輕輕的腳步走近對面的門
那裡還有一點縫隙
我又用溫和的眼眸囑託調皮的窗
只允許它再跟月亮玩耍一秒

我最後瀏覽了床頭櫃，床頭燈
只剩下枕頭，它看起來是安靜的
只剩下你，你看起來是憂傷的
憂傷的你又在午夜之前
連同空氣中的神祕
把我所有的寂靜全部搖動了

我喜歡你是憂傷的，憂傷的坐在我的身邊
我觸摸你溫柔的小手
你的憂傷是電的光芒
刺痛了我的眼睛
我便是一個心甘情願瞎眼的人
我不再為夜晚閉上眼睛
也不想再看世間萬物
從此我有了最敏感的神經
觸動宇宙裡最憂傷的一顆星

流浪地球

當大雪淹沒一切可視之物
世界失去了它的溫度
冰川開始凝聚
人類也頓然停止了
為海水上升的喧囂

街巷阡陌上兩個細微的聲音
是寒夜無心設計的一次相遇
玫瑰掀起的花期
選擇你證明它有過的雪季
你的笑聲就這樣漫過了天際

親愛的，我在懊悔裡憂愁
你的真情飛躍了地上的寒氣
而我卻錯過了比翼雙飛的時刻
我也不是地球人，卻在地球上流浪
你要告訴我出口在哪裡

不　清

作者簡介：

不清，本名李清華，生於香港，現居多倫多，建築設計師。曾獲「香港中文文學創作獎」季軍、「香港本土文學大笪地詩歌文學獎」首獎、臺灣「喜菡文學網新詩獎」佳作獎，以及「梁實秋文學獎（翻譯類）」評審獎等。2016年出版首本詩集《卅二排浪》（石磬文化），為第十四屆香港中文文學雙年獎決選作品，近年自製chapbook微詩集《近而不達》、《致M》和《我在隔壁做夢》。

與詩人同住

剛剛開始的時候客廳
什麼也沒有，我們就只
能夠坐在橡木地板上暢談昨晚
各自在夢中遇到的
人：那些久違了的情人（那些
你不願意再遇見的惡夢）將一一
在甜美的夢境中
以軀體與你
重遇：我們擁抱、接吻
脫去對方的襯衫然後把自己
拋進洗衣機裡，漩渦
當然是誕生的最好方法她說
假如你相信太陽系能夠
如此簡單純粹地形成

實情是我們對宇宙的
一切明滅極之好奇但
又同時不聞不問；究竟
一棟房子是如何被搭建出來的？
受傷的外牆為此有口難言
一個個齊整的患處終被嵌上
玻璃窗，而我們就留在睡房止血
在床上躺著，休養，試圖縫合一切
傷口，進而從這個城市痊癒過來
多邊形奶白色平坦的天空
偶爾會有飛蟲
因為想不開而往光明處飛——
而我還是比較喜歡黑夜
那是現實的末端，想像力的起點
是住在這棟房子中的每戶人家

搬進來之前她說，與詩人同住
主要是為了在他的腦海中
游泳、潛水，學習呼吸的正確
方法但又不是運用
丹田的那種方式。唱歌
還是留給剛走進浴室的你吧！
而我正涉未有重量的水
我穿過未曾幽暗的夜
吃未上鉤的深海魚
我就是那隻即將成形的家貓
在想像中展現跨越與
跳躍的姿態，就像家中的小孩
破壞一切家具既定的用途：
沙發，當然是一張彈床了
至於剛關掉的床頭燈
它讓漆黑成為我們一天唯一的
收成，它暗示時間之
暫結，示意我們即將進入
另一個時空

他嗟嘆人生如夢
但其實我們更希望夢是人生
在那裡，沒有奇怪的法則
所有夢話只不過是預言
而天氣大概只會越來越熱了儘管
冬天卻越來越冷
我們需要焚燒更多的植物如
實體書；一個蘋果
蘊藏著無限智慧與邪惡
這刻你又是否拿著一臺
智能手機或平板電腦閱讀
一首詩、一則舊聞、一個預言？

過去只不過是某種空想的
哲學，可是未來不也一樣嗎？
當一個家比外面的星空
還要大，還要廣闊
當小小的盆栽為了適應
新的環境把那盞燈視為永恆的
月亮，等待你每天手握噴壺
引來潮水；但其實
植物的野心僅是回到屋外
無聲地歌唱，像那些不顯眼的
生命譬如路緣的碎石以
「勢能」製造那股一觸即發的生機

而我們曾經都是自由的像剛出生
的嬰兒未被規則所侷限，文法
還未從言語萌生，你要說
什麼就是什麼。可是
在這個擠迫的城市生活
我們需要懂得以最有效率的方式不
去表達自己──雨季熟知來臨之月份
但一場雨就像那正在放著悠長假期的
病人一樣，不需定時
起床、不需要定時出門
與歸家，他說要來就來
像寫作的靈感，也像你我得到的
抑鬱症狀。一面鏡子在椅上……
你看！這是我的心臟
入住了一座由水泥
骨料和清水所混合而成的房子……

1

或許，正如你所說
氣候持續變幻，我們赤足
穿越一座座紅木林
我們嘗試不留腳印
以手走路如那位曾經顯宿於
西域的幫主；在現代童話
世界裡所有大事件皆
源於冷戰，不管那是
夏天還是冬天，沸沸騰騰的
礦泉水已回不了位於雪山
山頂。我們重複對摺
一張過時的世界地圖
墊高當中一條略短的桌腳
就這樣，那支躺著的鉛筆不再
滾動，而你再找不到藉口
離開椅墊
迴避默不作聲這項
迫切的任務

2

但密雲也不知道為什麼他們
需要進駐這座城市
所有花朵皆已手處於室內
蜜糖在廚房窄小的櫃子裡
誘惑螞蟻，因此你以為一定在那裡
有個連水也無法流進去的

---

²² 德語。講述藝術家成長的小說。

小洞，一家人在那裡
吃點米，想著剛剛遇上那根
帶點回南氣味的手指
就是這個季節
不知怎麼的
牆壁總是感到氣餒
他們以為外面的雨
開始滲進內
但事實是有個細小的傷口
在石灰牆上待續支持一枚
遠方的大鐘

3

於是在夜空滑翔的夢
於太平洋的不等邊三角形
消失，殆盡如末期的風速
植物得以平靜下來
再整裝待發，等待一群群蜂蜂
蝶蝶誘發效應：有些空間
極為憂傷如
那片無際的天空
和海洋、甚至那些未做的夢
所以我必須設法
把空洞的情節
寫到白紙上，藍色的水準線
能重複站上多少隻過冬的白鴿子才顯得
我有故事要說
又或者唯有說謊我們才能呈現
原創性，儘管我必仿效
你的胡作
非為，寫一些有關死亡的詩

然而究竟世界能演化出多少種停頓的
心跳才能令我熱烈的站起來？

4

人生充滿等待
你尷尬地強忍如章節與
章節之間未竟的咳嗽聲
你強忍不上廁所
等待全場起立、鼓掌
選出早被解決的候選人
你想當一次本夜的指揮可是
正如整個樹林
它以紅色
黃色的葉為自己的失敗
裝扮出景色片片，但又沒有什麼
東西能阻止它帶同
各人的鞋印往前，前往
冬季的赤裸。多穿件
鎧甲他說，冬天還是能擦出火
擦出脾氣

5

其實我們需要在牆上開多少個洞才會
相信是窗
帶給我們對生活的洞悉
──我們為
什麼都不做而廢
寢忘餐，又因為忘餐而有
所多吃，因此我們
肥胖，因此我們進退失據

但又因此得到了失而復得的感覺
天空永遠有更多的空間
讓高樓穿插
你在裡面發一些私訊
然後在廁格的牆上寫下名字
又或者電話號碼或電郵地址
告訴那還沒有發生的陌生者
你
將點往那裡去
然後在夢境的正門關閉前把記憶體都
拋諸腦後，這地方好像沒有
氣味的存在
但我相信我的生活
不需要視窗
一個蘋果遠離了樹便有所啟發
所以醫生來臨
為我築一堵防火牆
但正如我所說
冬天早已來臨
我們需要一定的火勢
以達到保溫的作用

6

對於那些不願進睡的人來說，醒著
就如同飛蛾，專注地飛往火光
而睡眠往往是應聲倒地
進入充滿雜音的夢境
所以我們需要朗誦
把胡亂拼貼的詩歌轉化成音符
把語意留給
所有重要的歷史人物：

他們皆夢想成為
詩人，夢想
利用所有的修辭技法
去摧毀他國的城池
以製造一隻隻哀傷而快活的鬼

7

人生總是在剎那間
遺下生命，步入死亡
所有不是
我寫的詩皆是
我的
他作
我們是一對
殘缺的孿生兒
你的出現令我不再
獨一
無二
而那些不斷發問
問題的小孩最終沒能
成為質疑者
他們重複停在十字路口的某角落
把四分之一的時間給予
睡夢，而萬一
他們走運，無法前行
一具偉人就沒法
如期建成
沒法奪門而出
立一代盛世

8

普遍來說，現代人
還是會比動物
懶惰。我們質疑信仰卻保留了
週末以逃避工作
因為永遠有些時刻就
連一首詩也不願為自己作個記錄
不願為自己填平那些無奈
和無聊的時光所以
你開始種花
做頓飯
把多年來收藏的書本和唱片登記存檔
為他們的存在
作一個神聖而科學的見證

9

「就讓我們吻吻這面牆
緊記我們所在的地方」
她說：
一般來說，大部分人皆擁有一種朝中央
插入的潛意識形態如
那個穿一身紅色的靶
又或者那是地圖上的一個城市
甚至首都
因為每次乘車
都需要被那條安全帶
捆綁卻仍然感到無比的安全
正如房子與我們所產生的關係
或者這是我們善於浪費的首要原因

我們購買一大堆沒用的擺設只是為了
令一個家不像囚室
裱一幅抽象畫
裝幀一本詩集
穿上衣服
戴上避孕套

索 菲

作者簡介：

索菲，任職美國某IT公司首席分析師，加拿大魁北克華人作協理事。有詩作刊登於中國大陸及港澳臺、加拿大、美國、荷蘭、以色列等報刊及多種詩歌合集，曾獲首屆「中國城市文學詩歌大賽二等獎」，中國首屆「昌耀詩歌獎」提名，「中國新歸來優秀詩人獎」等。

比薩斜塔

我不是來扶正它的
我無力也無意與世界為敵

作為鐘樓，它未曾撞過一天鐘
卻比天下鐘樓更傾倒眾生
堪比西西里教父，一生從沒布過道
卻以教父之名震懾江湖

繞著察覺不出的斜道
我一步步登上塔頂
環顧四周
整個世界，都是斜的

警世之鐘高懸而沉默
斜──斜而不倒的絕技
已然讓它活成奇跡
揚名立萬於膜拜奇葩的人間

走出斜塔，世道依然如故
該正的正，該斜的斜
正的永遠比斜的多
斜的永遠比正的驚世駭俗

我和你，只隔著一個哈姆雷特

臨別前
我問能否與你留個影
你讓我跟你來
站在書架前，你指著一本書
讓我指著另一本
然後叫我轉向你，看著你的眼睛
我笑著照做了，帶著些許羞怯
那一刻，我們的指尖幾乎相觸
中間，只隔著一個哈姆雷特

鬱金香

綻放的心，只為風動
去年深秋，已錯過季節
才忐忑地把它埋進凍土
也是這樣一個傍晚
吹著這樣一場疾風
對於鬱金香，從球莖到花朵
從一場風到另一場風
不過是一覺醒來的事
它怎麼會想到，兩場風之間
還隔著那麼多場雨。一場雨
和另一場雨之間，還隔著
那麼多場雪。它更不會想到
除了風，除了雨，除了雪
還隔著，那麼多的人間事

女兒橘

眾多橘子裡
我最鍾情西班牙蜜橘
從表到內，飽滿的橘黃色
像西班牙飽滿的陽光
它的酸和它的甜一樣濃郁
如濃郁的西班牙女郎

每剝開一瓣，就忍不住想一下
放一片進嘴裡，就離你更近一步
（此刻，你是否也在吃
同樣的橘子）
再剝開一個，就想起你
一口氣消滅六個橘子的模樣
酸酸甜甜，軟化我
越來越軟的牙根

世間只有一種蜜橘，叫女兒橘
長在馬德里

聽來的蘇格蘭段子

蘇格蘭人一生很簡單
只有兩件要緊事：健康與疾病
健康無需操心，就怕生病
病或治得好或治不好
治得好就不用擔心，只怕治不好
治不好有致命和不致命的
不致命就不必擔憂，就怕死
死有兩種：上天堂或
下地獄。上天堂沒問題
愁的是下地獄

地獄之門一打開
所有親朋故友全在那！

訪泰戈爾故居不遇

世界上最遠的距離，不是我
無法來到你門前，而是我
從聖羅倫斯河遠道而來，兩次
大門緊鎖。不是早來了
一個時辰，就是晚到了一個時辰
恆河之上，我隨混濁之波而流
她從另一扇門，幸運闖入紅牆綠窗
光著腳丫輕輕走進你的居所

世界上最遠的距離，不是我
恍惚中醒來，已離你遠去
不是與你相見遙遙無期，而是我
必須在往後的旅途與她同行
在她欣喜的聲音裡聽見你
從她深情的眼眸中看見你

世界上最遠的距離，不是我
找不到一條路通向你，而是我
沒有拋開人群，獨自去尋你
如果淚水，可以止痛
我願哭泣千遍萬遍，哭出
另一條恆河

握不住一滴完整的水

我撫摸過一滴水端坐在玫瑰上的優雅
目睹過一滴水從懸崖蹦極而下的酣暢
仰望過一滴水漫步天庭的自由自在

我品嘗過一滴水在湯藥裡的苦澀
解讀過一滴水開在雪花裡的隱喻
見證過一滴水沖上沸點時的幸福

我暗許過一滴水借我的土地開花結果
妥協過一滴水經我眼角洩露天機
縱容著一滴水在我體內日夜穿行

但我從未握住過，一滴完整的水

第六輯

美國詩群

主持：桑梓蘭
詩人：非馬、Matt Turner（笑川）、Jonathan Stalling（石江山）、
　　　麥芒、紅四方、凌超、馬蘭、黃翔、倪湛舸、桑梓蘭、王璞、
　　　王徹之、張耳、張洪兵、張彥碩、張眯眯、明迪、宋明煒、
　　　沈睿、雪迪、今今、俞淳、王敖、王屏、武慶雲、王雲、
　　　徐敏真、米家路

非 馬

作者簡介：

非馬，原名馬為義，英文名William Marr，共出版了30多本詩選及譯詩選。他的詩被譯成十多種語言，並被收入臺灣、中國大陸、英國及德國等地的學校教材。主編《朦朧詩選》、《臺灣現代詩四十家》及《臺灣現代詩選》等多種。曾任伊利諾州詩人協會會長。現居芝加哥。

春日冬眠

熬過了一個冰天雪地的冬天
我們巴望
陽光燦爛白雲舒展的藍天下
一個靈感奔湧的大自然藝術家
手上拿著調色板
從淺綠到深綠到萬紫千紅
把大地塗畫得心花怒放

枝頭蹦跳鳴唱的小鳥
上下追逐的松鼠
嘻嘻哈哈的小孩
都是些不請自來的
流動風景

沒想到就在這當兒
一隻不知從何處伸出來的魔手
用一幅漫天黑幕
把正要露面的春天美景
一下子封閉了起來

接著便是一連串的
封家封校封店封村封鎮封城封省封國
最後把張惶失措的人類
封入了一個惡夢連連
睡不是醒也不是的
春日冬眠

瘟疫的日子

剪刀！石頭！布！

眼看自己的左右手
終於能自如地對玩
猜拳的遊戲
左右眼還能無師自通
互拋媚眼

這個被困在家裡
百無聊賴的小學生
終於高興得張開嘴巴
扯大嗓子
唱凱歌
給自己聽

烹飪

炒來炒去
就是不夠味道

從冰箱裡
找出了一瓶
熬存多年的作料
統統傾入

才一嘗
便滿眼淚水
辨不清
一生中經歷的
酸甜苦辣

晨間新聞

打開電視
堆積了整整一夜的
人禍天災
一下子都破屏而出
頓時把原本充滿陽光朝氣的房間
搞得烏煙瘴氣

趕緊撳下按鈕
把世界關在外頭

卻怎麼也關不掉
狂吼的風聲
霹靂的雷聲
轟隆呼嘯的槍炮聲
哀哀的嬰啼
一雙雙沉默絕望的眼神。

自閉

門窗緊閉
燈火滅熄
眼睛合起

但他還是感到
黑暗自四面八方
如一堵堵鐵牆
向他圍攏了過來

正在他快要窒息的時候
他母親的一聲輕呼
如一個溫暖的火苗
及時在他心頭
點燃

頓時
陽光亮麗
海闊天空

留白

1

把電視機收音機電腦手機統統關掉
讓被塞得滿滿的耳朵眼睛與心胸
都喘一口氣
給烏煙瘴氣的日子
留一點空白

2

關掉電視
不再有呼呼作響的恐怖子彈
不再有力竭聲嘶的競選演說
不再有猩紅慘綠郁藍污黑
只留下晨光照耀
賞心悅目的
一片雪白

良藥

良藥苦口
是中醫的說法

作為詩人
我卻發現

一陣清風
一聲鳥鳴
一朵花
一片葉
一個微笑
一段好曲
特別是

一天一首好詩
會讓醫生無所事事

節日

當炮火點亮了天空
笑聲與歌聲
變成
啼叫聲

我們知道
「節日」這兩個字
一定是寫錯了

會不會是
「結日」
或
「劫日」

但在我們天真無邪的心中
我們知道是
「潔日」
「捷日」

因為我們已聽到
聖誕老人逐漸接近的笑聲
賀—賀—賀—

笑 川

作者簡介：

笑川，（Matt Turner），美國詩人，翻譯家，出版了多本詩集，現居紐約。

在阿拉善

被邊狼獵捕的
瞪羚，
仍然在挖梭梭樹。

它的目標、乾旱、
伐木，
是心中的沙塵暴。

如果它脫毛，
如果它善於吃草，
那麼：山羊，牛，馬。

允許在阿拉善放牧，
巴克特里亞廢墟上的牧場。
40頭駱駝。

屠宰品的價值
如同阿拉善王子。
王子去阿拉善。

（中文翻譯：翁海瑩，Matt Turner）

星座

太空，一條巨大的手臂下降

城市中大街縱橫：boulevards

沒有光，我會消失不見

星光築起條條人街

放射昏暗

導致他們的生理機能畸形

在天空中努力

如果沒有城市，空間支離破碎

Humans站起來行走

村莊像屎一樣被拉到有毒的河上

一個軀幹滲入土壤

一座沒有軀幹的城市矗立著

解開獵戶的獵戶腰帶

Sister在廚房裡製作摩天大樓

情色的一幕遮住了月亮

（中文翻譯：翁海瑩，Matt Turner）

一株腐屍花

那是個週五
我坐著MetroNorth火車
去植物園
（週五不上班）。
我有一個馬上到期
的會員卡
但是工資還沒有到帳
所以，你可以說
我目前囊中羞澀

沒有充分利用
這最後的一張免費門票
我只去了熱帶溫室
（植物園的其他部分嘛，
去過太多次，
瞭若指掌）。
走進溫室時
知道會上鏡
所以很不自在
直到腐屍花，幾乎在同一時刻，
盛開。
工作人員和
遊人
都齜牙咧嘴，有些人笑了
確實惡臭撲鼻
花朵大而碩。

（中文翻譯：翁海瑩，Matt Turner）

在煙霧中

面容中凸顯一張青腫的嘴唇
忠實眼中的別針
排氣的欄杆
包裹喉嚨的詞彙的圍巾
凝視著散落的窗子中的那張臉
但電話斷了

保存在煙霧中
一半的笑聲消失了&如同捏扁泡沫杯一般的哀鳴
弓箭手死去，像鹿一樣，在雪中
箭射在腳後跟

我打開小冊子
找尋冒險

我攀爬
這個錯誤
採石場的大坑

我遠足
突然抵達

鈔票翻動著
雷鳴聲

我解析
這片荊棘叢

我拳擊水面
舍利塔
進入鐵

當星光打破恒星的時候&當一個未命名的星座

（中文翻譯：馮溢；Matt Turner）

僧侶

現在我們轉向了畫筆
隱藏在多年的單色光裡
我已中年
用變形的手抓握
從八臂的祈禱開始
對於星光的擔憂
由酒精製成，燃燒了一切
當我年輕有才的時候
像樹幹一樣枯萎
灰覆蓋著我，我笑著
顏色看起來似乎不協調
進入年齡的保障
不算我便宜
我的膝蓋轉動，腳踝僵硬
陣雨給我淋浴
我叫著我的父母
手推開了書頁
雖然墨和手都是乾的
想像著我的時間一磅的重量
聖徒的權威消失
聖徒的權威消失
拿著大毛筆我被凍僵
錯誤的話而我的手腕鎖固
無論我在人體中的任何地方
寒冷抵禦著我乞求的手指
我們將轉向大毛筆
骨盆將鎖定在位
在燃燒的酒精裡燒焦
一個舉起鏡子的衝動
在我年輕的耳朵上閃耀
汗水愚蠢地傾瀉而出
熟透的桃子的香味

將手推到一邊

我再次為繼續的願望而大笑

緊張地專注於我的呼吸

你的影子投在牆上

在空中，身體躺下

從上到下它移動

在你的博物館裡就像一條線

從一美元至這一美元

在我的夢裡，雖然那不是你的國家

把我的身子從四肢上扔下來作為證據

暴風雪從未阻止任何人

要停下就是要堅韌

健康的身體要腐爛

墨水倒入嘴裡

不會花很長時間讓顏色固持

春天的最淺淡的綠使我反感

軟木塞佈滿了錄音棚以堵塞耳朵

將專輯放在水果上

畫兩個點揭穿謊言的領域

身體越來越大超過了自身

一個珍貴的孩子走來

狗兒走來，我走來

（中文翻譯：馮溢；Matt Turner）

石江山

作者簡介：

石江山（Jonathan Stalling），致力於中文和英文交匯的詩人、藝術家、發明家，奧克拉荷馬大學英文系教授，專門研究東西方詩學。他創立《今日中國文學》期刊和圖書系列，並擔任期刊常務副主編；創建奧克拉荷馬大學圖書館「中國文學翻譯檔案館」，並擔任館長。他同時擔任北京師範大學中國文學海外研究中心副主任，並擔任2015年度北京大學駐校詩人。石江山博士出版了六部專著，他的歌劇《吟歌麗詩》於2010年在雲南大學上演。

內練習

一

起身
竹根
如牛奶般傾瀉

穿過土地
的狹窄空隙
半透明的莖

穿過土地的狹窄空隙
半透明的莖

二

將重心
從腳跟移至腳尖

從一面灰色的湖上

你脊柱的

倒影

升起

穿過你的背
水波切過，
回轉
在呼吸中

雉張開五色的翅膀，彷彿油彩

三

融化

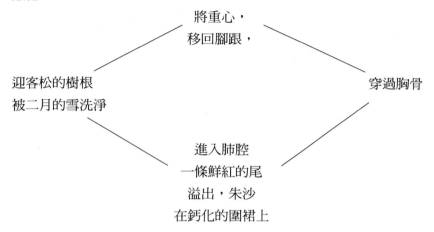

將重心，
移回腳跟，

迎客松的樹根
被二月的雪洗淨

穿過胸骨

進入肺腔
一條鮮紅的尾
溢出，朱沙
在鈣化的圍裙上

四

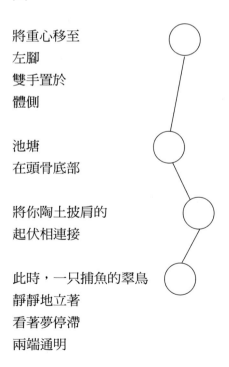

將重心移至
左腳
雙手置於
體側

池塘
在頭骨底部

將你陶土披肩的
起伏相連接

此時，一只捕魚的翠鳥
靜靜地立著
看著夢停滯
兩端通明

五

　　　　　將重心
移至　◎　右
　　　　　腳

　　　　　雙手
上　○　舉
　　　　　並交叉

　　　　　溪流
充滿　●　楊樹
　　　　　絮

六

　　　　　夜行的
鳥　○　解開
　　　　　縫線

　　　　　你的重心
不　○　回歸
　　　　　中心

　　　　　雲
莖　●　和
　　　　　珠

放下了我們對語言的控制，
放下了語言對我們的控制，
我們現在做好準備去感遇這座山，

不是通過眼睛，而是通過相反的方向進入這座山，
從我們眼睛的背後進入它的黑暗。

　　　　這是進入黃山的方式：

　　　　　　　　我想讓你拿起一張紙，
　　　　　　　　將它卷成一個錐體
　　　　　　　　上窄
　　　　　　　　下寬

畫出黃山的岩石峭壁
黃山松，白雲與虯枝交織
畫出九龍瀑悠長飄逸的白髮
沿著深谷翻滾進碧池
現在去想像世界
在山坡和巨石的
凸錐體之上
雲河星海是山的背景

　　　　　　　現在鬆開這張紙，
　　　　　　　讓它回復自然的形狀
　　　　　　　拿起來並再次卷成錐體，
　　　　　　　這次把有畫的那面捲進去。
　　　　　　　　將自己縮小，如果可以的話，縮至無限小，
　　　　　　　　進入凹面那座山的黑暗
　　　　　　　　那裡什麼都有但什麼都看不見

現在向上看，星光
從土地深處落下
在若隱若現的脈絡中閃爍。
為了進入這座顛倒的山，
我們必須再來一次
從你眼睛的後面。

在這裡，無光感
因此我們關上燈
我們伸出雙手卻發現它們是平的
在（黑暗的）另外一邊
現在打開你眼睛
視網膜之後的部分
你會看到黑暗不是一種現象
不是一個地方
它不是我們所看到的
而是我們看的方式
所以要重新學習去看
在這個空間
我們被顛倒的黃山
環繞
上看，下看，

我們在黑暗中漂浮
被星之海刺穿
星透過看不見的雲河閃爍
在我們上方，腳下
朋友們，我們就是星之海

星圖

這些星圖被認為是世界上最為古老的星圖，

這些被發現於敦煌石窟中的星圖通過我的詩得以再現，

幫助我們勾畫出即使是最為廣泛的人類知識的侷限。

我們的眼睛在夜空中尋找星星，

但是星星（銀河與星球）

並非我們宇宙的最強推動力——與存在於「之外」的物質相比，

它們只具有及其微小的品質。

儘管眼睛具有價值，

但它卻經常誤導我們，

因為眼睛對它們所見範圍之外的東西

（即被眼睛看作是黑暗的東西）

都不感興趣，但我們現在已經瞭解，

宇宙間最為強大的力量正是隱藏於我們視線之外，

不論「它」到底是什麼，

不管是暗能量還是暗物質，

它都存在於我們眼睛所能看到的「事物」之間的空間。

從生活在地球上的人類的角度來看，

光其實是一種最為危險的污染形式，

在人類大部分的歷史中，

人類只有在白天才是眼盲的，

看不見自己存在的真實宇宙背景，

越來越多的光遏制了我們對於自己在宇宙中「位置」的正確理解。

我們需要一種知的語言，

超越光的統治去擁抱黑暗的無限——我們需要一種「冥」的詩學，

通往「洞察」的智慧。

人類存在於可見的世界，

但是詩歌說明我們進入我們視覺之下和視覺之後的空間。我希望將大家引向這種黑暗，在黑暗中我們可以感遇彼此，感遇黃山的無限，感遇黃山所蘊含的宇宙，從而感遇我們每個人自身所蘊含的宇宙。

麥 芒

作者簡介：

麥芒，本名黃亦兵，1967年出生於湖南常德。自1983到1993年就讀於北京大學中文系，先後獲得中國文學學士、碩士和博士學位。2001年獲得美國加州大學洛杉磯分校比較文學博士學位。自2000年起至今任教於美國康州學院，研究並講授中國現當代文學和比較文學，現同時擔任康州學院亞洲藝術收藏部主任策展人。著有中文詩集《接近盲目》（2005），中英文雙語詩集《石龜》（2005），以及英文學術專著《當代中國文學：從文化大革命到未來》（Contemporary Chinese Literature: From the Cultural Revolution to the Future）。2012年在中國國內獲第20屆「柔剛詩歌獎主獎」。

詩的誕生

1

把詩放進雨裡去
把詩放進水裡去

把詩放進海裡去
就像

把瓶子放進海裡去
把每個字都放進海水裡
浸泡

每個字都會模糊變大

慢慢脫離詩，成為雨水，海水
成為詩

在海裡呼吸，成為生命，成為有腮或肺的魚

游到天地之間，越遊越遠，游進滂沱大雨的宇宙

2

把你的夢想寫到海上
將你的名字簽在沙裡

（2018年2月26日）

不要和別人分享

不要和別人分享你的詩
你分享什麼呢
什麼都不是你的

太陽不是你的
暴風雪不是你的
生命之樹不是你的
大海不是你的
死亡之島不是你的
鯊魚不是你的

苦澀的
血腥不是你的

鏽壞的船，懷孕的鯨魚
你喝的牛奶，雨中的廣告招貼
抽煙的男人，吸毒的女人
鞋底黏著唾沫的地鐵站臺
無論多麼富於個性，多麼吸引人
都不是你的

你看到的不是你的
你沒看到的也不是你的
你說出的和沒說出的一樣
不是你的

別盡想著分享
你的詩也不是你的

所有是你的都不是你的

別盡想著你的我的

你只需要全神貫注
從這生命的碼頭
出海
撒下漁網

全力捕捉暴風雪
捕捉罕見的
銀色
閃閃發光的
活蹦亂跳的
詞句

不要和別人分享

你的就是你的
哪怕你贈給別人
別人未必像你那樣
需要它

你最好什麼也別說
說也白說

你不分享，該閃光的照樣閃光

（2018年3月5日）

關於人生觀

未來的考古學家會發現

錯誤的時間
錯誤的地點
錯誤的人物
錯誤的藉口

鼓噪虛榮的詞句

——這就是彩虹般的詩歌
在完全沒下過雨的
晴朗天空

如果你要出名
你應該如此

趁早
在遠方出名

但未來的生物學家也會發現

在此處
在故鄉
或是已經不是故鄉的故鄉

或是
不是故鄉的故鄉

你必須靜靜站在土壤裡

不是響亮的青蛙
不當

癩蛤蟆

光著頭

光著腳
迎著太陽

克服
阻力

破土而出

像一朵
剛剛接受滋潤的
遲開的
無名小花

（2019年1月2日）

黑夜頌

燈塔的燈亮了
這意味著
已是黃昏

很快將是黑夜

叮叮噹當地下來

這意味著
很快
有人將要遺忘他人
有人將被遺忘

遺忘他人的是海上航行的死者
被遺忘的是
現在
活著並低頭匆匆在大地上走動的人

大地上的過客

燈塔的燈是為前者亮的

是為黑夜亮的

因為天上的星星
在人間
並不夠亮
甚至顯得黯淡

搖搖欲墜

大海不需要星星，大海需要燈塔

波濤浪谷之間

死者不需要記憶
死者需要

點亮的燈塔

我在大海邊上
翹首以待

黑夜給我信心

翹首以待

黑夜的全面降臨

（2020年2月23日）

讀加繆 《鼠疫》

你在大海和直射的陽光下
看見死老鼠
你看見大量痛苦死去的
帶血跡的老鼠

人與它們如此相似而不同

你越過它們和擔驚受怕的人
不動聲色
看見大海和直射的陽光
晃得你眼花刺痛
那黑暗的
正午

你看見關閉的門上
大寫自由

以另一種囚禁
再現某一種囚禁

唯有
囚禁之中

方能渴求解放

唯有孤立
方能團結

「人的身上
值得讚賞的東西總是多於

應該蔑視的東西」

傳瘟的死亡總是多於白石灰

大海裡
有孤寂

有友誼

人與人如此不同而相似

（2020年3月11日）

紅四方

作者簡介：

紅四方，本名李桂田，前衛藝術家、書法家、茶道師、詩人，現居紐約。

疫情反射

自從新冠病毒開始
家裡有一個新的實踐
不看自己的面孔
也就是說
不照鏡子
不自拍
不看倒影
不看玻璃牆

100多天了
這好比是人生的一次大轉折
如同新冠病毒給予的新生活方式
其實這樣的話我說了很多次
每一次的經歷都是一種轉化
每一次的轉化都是一種醒悟與提升
每一次的發生都讓我感覺重生
心底放映新的氣象
是一種喜悅
是一種滿足
是更多追求的呼喚
是更高層次的方向

不看鏡子的日子裡
第一次真正的看到自己
內在的真實
醜陋與美麗
堅強與虛弱
慈悲與邪惡
自愛與自卑

不看鏡子的日子裡
更多的是內在對自己樣貌的感受與洗禮

看到的不是鏡子給予的樣貌
而是自己性格的來源
自己被打造的過程及原因
自己網站到達的位置

不看鏡子的日子裡
家人看我的眼神是我的鏡子
家人對我說話的方式是我的鏡子
家人生我氣的時候是我的鏡子
家人讚我創作中顯示的驕傲是我的鏡子

這些日子中
沒有社交
沒有出走
與戒齋為真
與自省為根
與祈禱為伴
與意願為父
與意識為母
與意向為子
與懺悔為友
與發現為師
與創作為親
與挑戰為生
與探索為主
與認識為由
與思想為喜
與真實為吾

不看鏡子的日子裡
卻看到比鏡中更真實可靠的自己

2020 年 6 月 27 日

在新冠中成長的思想

此次是極其昂貴的大代價
病毒的猖狂
是生命對自己價值的聲明
是人類罪惡深重的折射
是人們良知的警鐘

我們面臨的戰場是人性
我們的敵人是病毒也是自己
敵人要奪取的是我們的呼吸
而愛與團結是戰勝一切的最佳武器

疫情宣讀聖旨
保持社交距離
日夜宅家

他的意思是要我們
閉門修過
為自己的罪惡懺悔
為家人的罪惡懺悔
為國家的罪惡懺悔
為人世間的罪惡懺悔

祈求人道的給予
祈求內心的和平

自尊、自愛、自律、
自省、自檢、自我提高

在自心建立一座富麗堂皇的愛的殿堂

愛將會拯救自己和家人
愛將會拯救人性和社會

是的，我聽到了疫情的宣讀
從愛開始
最大的災難也會昇華成財富
我感謝上天
賜予我如此的機會
給予我如此多的時間
讓我深入自心
重新認識自己
重新認識關係
重新認識生命
重新認識社會
重新認識世界

2020年04月20日

與心跳的親密

第一次真正在乎心跳
是愛人停止心跳的那一刻
第二次真正在乎心跳
是近日抗生素引起的特快特強的心跳

心跳猛猛的敲打著我的胸膛
我感覺不到身體的其它部位
只聽到咚咚咚　咚咚咚　咚咚咚
連續不斷
像快馬奔騰
讓我心慌失措
我開始害怕
害怕被自己的心跳所吞噬

我被那咚咚咚的心跳聲索繞著
站立、坐下、吃飯、祈禱、去洗手間
無一刻讓我平靜

祈禱時心跳的感覺尤其突出
好比心臟就在我的祈禱毯與我
同時站立、同時下跪、同時磕頭
突然之間
我淚流滿面

又一次觸動我的哀痛
愛人失去心跳的那刻
我的耳朵貼在他的胸膛
尋求等待他的心跳
我親吻著他
祈求他不要離去
然而奇跡發生了
一分鐘後他的心跳又開始了

我不可置信
欣喜、感激
神靈的保佑
他又回來了
然而
咚—咚—咚—咚—咚五聲
就五聲後
再也沒有了
一直再也沒有了
永遠再也沒有了

今天在我的跪拜裡
感恩的淚水
深刻的浸泡我的身心
每一跳動的快速節奏與強烈力量
既熟悉又陌生
既嚮往又害怕

我並不是害怕自己將要死去
而是對自己心跳如此陌生的感覺讓我驚慌
好比夾在生與死的邊緣

以往沒有去在意自己心跳的感覺
只知道心臟在左胸
具體長得怎樣也沒有研究過
而今那心跳好比要從胸口崩跳出來
連按著心跳的手也讓我心慌不已
我跪在地上祈禱自己放鬆
放鬆
放鬆
慢慢呼吸

與心跳的密切
是上天的眷顧
也是上天的警告
不能再開生命的玩笑了
每一心跳都是生命的警鐘
每一心跳都是慈悲的恩賜

2020年6月9日

緣來相會千里有

當門推開的那一剎那
一種能量
比倫勃朗更有魅力
比蕭邦夜曲更抒情
緩緩融入相聚的味道裡

在這不非凡的韻味中呼吸著
舌頭忘記桌上飯菜的滋味
靈魂深處的味蕾被
眼光後面富饒的仁慈與智慧飽和著

眼神相觸的那一瞬間
迸發出的不只是當下的真實
更是千年之前的相知相惜

諸多敬仰
諸多感激
諸多啟發
諸多激情
諸多幻想

在冥冥之中
沸騰著

2019年3月9日

凌 超

作者簡介：

凌超，1987年生於上海。2005年進入北大中文系，2011年取得哥倫比亞大學東亞系碩士。2012年起在耶魯東亞系研讀古代文學，2019年獲得博士。主要研究中國古代詩歌和山水畫藝術史。現為香港城市大學助理教授。

登山指南

路人的腳印特別深重讓旁觀者
的目光也深沉起來好像鐵柵欄
沒有試圖瞭解悲傷的野心
就好像———一個痛恨的重複———
關於地質學我不能告訴你什麼
除了顏色本來有色彩而體積卻
沒有重量：除非你本身腳步深重

這個路人當然有祕密的傷痕
我必須裝作視而不見否則作為知情人
只能表達石碑的同情———儘管這是
最關係自我最曠日持久的同情

指南和索引並不一樣：一個關於詩
一個關於歷史，而詩指明了永恆的交流
歷史卻逼迫親昵的隔離。南方是方向
正如北方是時間：而互文是提醒

在南方山是黑色的眼睛落葉是熬紅
的雙眼看不見才可以休息
步履沉重的登山者必將回到北方的表面
那裡更加隨心所欲可以把塔和長城
疊起政治和抒情從同一個粉碎機裡
得到逃生的指令—他們正是我起初看到的
腳印深重的路人：面目黝黑三三兩兩

他們沉默接過我的傳單卻不屑消失在中央

2017年11月23日凌晨1:47

牆上紅鏽的釘子

不必工作的一天在後院的挖掘中
迅速度過句號的小圓肚臍
像土裡出現的紅鏽長釘一樣
被釘進一開門玄關一側的白色矮牆

改變風景的細小努力讓人疲憊
幾乎值得去村口的診所出具證明
（有人）摘下到處是泥土的膠鞋
掛在鞋架上鞋架很高大
卻又空虛落下的泥水像一個腹中空空
的胖子嘴角流淌的芥末醬

沾著醬還不知是泥土的衣服被洗滌
乾淨被一件件掛上橫在院落中的
粗長繩索上可以看見一滴滴水珠
花瓣一樣濺落到土地上砸起一些
泥點被鄰居老頭的沉重腳步重新踩進地上

老頭將打開房門的鑰匙掛在鉤子上
黃銅有一點點綠鏽從正關上的門縫裡
窺探天空中還正掛在中央的太陽
讀一讀隨手掛在門把上的工作證
可以知道老頭是一個細心的裝潢工匠

今天他在一間畫廊工作因此才回來得早
他只要在牆上釘一些畫鉤把作品一一掛上
其中有一張Camille Pissarro的油畫裡面一位母親
也同樣將洗過的床單像晾曬紙漿一樣
掛在女兒頭上高懸的繩索兩旁

習慣像風格一樣頑固在整個街區
重新安靜時候開始努力重複自己

太陽明天仍然會被掛上東邊的扶桑樹
你還要觀察人們還在到處流浪
尋找後院泥土裡是否有紅鏽的釘子
藏在什麼地方

2017年10月31日

關於現實世界的圖畫

總的來說現實之中並沒有真理
因為現實是顏色而真理是線條
不過蒙德里安的線條：從顏色中獲取
只不過是現實的輪廓也就只能是
鏡子中的真理譬如故鄉並不一定在
戰線後方稻穀也多不會悲傷
而不仔細的世界並不能容下格律詩

因為格格不入而主動放棄
同時又保持坦誠和不以欺騙
這正是詩人的態度，以及一部分畫家
（倒不是詩人的自美，最多只是自憫
因為對世界坦白是詩人唯一的美）

保羅西涅克的畫中沒有現實而只有真理
雖然樹木用手臂支撐世界而洋流
定義了港灣霧和雲氣又好像昨天
在高速盡頭的出口才見過不過事物
和線條及顏色一樣都是斷裂
如今我們崇拜原子和崇拜宇宙一樣深刻
出走的領袖得到和君主一樣多的崇拜

不過關於力量的真理完全在蒙德里安的
顏色和線條裡：這個力量可以讓印象派
轉而成為秩序井然的古典主義因為作為畫家
他完全搞明白了一件事情顏色可以是紅色
也可以是藍色而完整則必須是其中之一

2017年11月27日中午11:15

詩

最近讀到了一些詩，寫作者是Bishop和Lowell
有一個題目就叫做poem，不知道
她是忘了起名還是這就是主題
另有一句詩值得抄錄：
「My uncle was dying at twenty-nine」
我已經不再對生即死——同樣也包括
死即是生——感興趣。總體來說，
讓我失去了興趣的是橋樑或者島嶼
兩側各有些什麼。

當我坐在路邊臺階
在詩集背後寫詩，雖然苔蘚是綠的
但是臀部的印紀實在是灰色的
鉛筆是紅色，但是字跡只能是黑色
但是因為眼鏡遺忘在書桌上，
所以看起來色彩重疊，讓人驚懼

但是詩歌免不了還是要用這些字眼
像，是，或者比如。
舊日子的習慣不必去改，因為當時
我們也很認真地看待新鮮事物

我今天寫了什麼，後來又吃了什麼
第一洞保了一個par，第二洞差一點
既然要寫進詩裡，就應該清楚這樣一個命運
或許有人關心，但大部分都是陌生的他人
只能自己細看慢想，從這一個細節
和那一個詩作，
向這個線條的世界認真而漫不經心地看去。

今天是2018年9月11日
現在是傍晚的九點五十一

早上聽著Lowell讀詩的音訊
他有一點輕微的南方口音
我在聽之前先讀了幾首
感到一個涼涼的個人，不緊不慢走向我
他有的詩像挽歌，有的像墓誌銘
聽到一半時候，我就在詩集的封底
（打字時候才會發現封底和墳地
兩個片語的讀音近似）
開始寫這首詩。後來又去理髮
碎碎的髮絲黏在額頭，有人以為是
黑色的傷痕。身體上哪裡有黑色的傷痕

轉向電腦，打完這首叫做詩的詩
思緒度過了一天，即使打字也已經
過去了十來分鐘。所以原本以為
最後一節詩，替代末尾注明寫作日期
因為寫作也從數位變成了文字

2018年9月11日9:59 pm

關於死去的詩

漢語給了非語法　合理性
卻讓死亡的脈絡不太清晰
只有詩歌必須回答這個問題
死亡究竟是過程還是轉機

只有詩裡的時間才真實地流逝
有開頭和結局各自離開掙扎的距離
其他文體都是註定的下場
即便死亡剎那出現也來不及記下

詩歌不用擔心時間相反大方地
邀請時間的主動參與　對於死
詩歌唯有一點不夠誠實太多時候
它們自殺的子彈活活謀殺了死亡

2020年3月7日

馬 蘭

作者簡介：

馬蘭，回族，旅美多年，為海外著名文學網站「橄欖樹」創辦人之一並曾任主編，著有大量詩歌、散文、小說，見於海內外報刊。現居美國弗吉利亞州。

一座橋

一座橋在燃燒，從胸脯出發
沿著兩腰，直奔肚臍

橋頭是原告的火，橋尾是復仇的水
誰也不知道冬天的哭泣
漫過了河堤

一座橋逃離對意義的追述
僅一次失手
我最後的家園呵，與餓虎為伍

一座橋誤解另一座橋的姻緣
幾條魚，在橋中看橋
我異域的血呵，背井離鄉，只因
我的小迅，站在我的身後
無論莊周夢蝶或蝶夢莊周
最後都推倒了這個夢境

一座橋浸透了河水
她寂寞了多少春天
多丟人的生活，水和火同時骨折
其實這不算什麼，千年之後
我們是陌生的過橋人

2003年6月

概念

一朵花遊到對岸去了
我無法阻隔她
亦如我不再會下開窗

一個男人帶走鎖鏈
準備丈量道路
不必等天亮，冬陽就要升起

一種思想殺死人，清蒸
滿天翻飛的流言，彷彿
犯了重婚者的致命錯誤

一座房子脫口而出
沒有暫住證，我們的家鄉
成為人民的「祖國」

一塊廣場著火了
我們何苦等到死才知道生
死從不拒絕斷氣的理由

一條道路直立逆行
是否你我早在夢中離散
印正那傳說中的運氣之手

一位和尚從天邊來了
如洪水推平了牆
不想你時我就性感無比

一首詩句的韻腳被押破了
我們的老虎睡意正深，花朵正美
春天，自殺就等於謀殺

一場大雪停在了空中
請把一個子宮壓在我身上
請把一塊棉花送出體內

2004年4月

我想買

我想買一頭豬，讓它在地下活著，逆風而跑

我想買一雙鞋，中跟，三十五碼，牛皮，透風，不進水

我想買一口鍋，熱炒，暴煮，慢燉，清蒸

我想買一面鏡子，會說話，永遠不老

我想買時間，讓我重返過去，手刃清絲，對牆而坐

我想買條紅褲子，我就堅信大路朝天，兄弟分手

我想買你的影子，去尋找光的來源，那最原始的動力

我想買蒂凡尼的早餐，加一隻花貓，就有理由去羅馬

我想買一條帆船，讓你印證童年，那是只多麼憂傷的雁子

我想買雙烏鴉，聽它艱深的咒語，看誰準時醒來

我想買盡魏晉南北朝，將風月浪情裝進透光寶盒，從山上扔進外海

我想買完全世界的謊言，編織成衣，大街滿是皇帝的新裝

我想買下未來十年的雪，讓它在盛夏綻放，走多久算多遠

我想買一塊全能充電器，到無風的空地，還有至少一半的你

我想買一把手槍，子彈朝前也朝後，攻破紙片，以及上面的字

我想買，買下我的人生，包括前世，可我知道就象殘雪，他們腳踢
壓榨，最後還要打進生銹的釘子

2013年3月橙鎮

萬丈光芒——給盛夏

光是一條線索
彎下腰
挽起影子
皮膚不翼而飛

熱是另一種線索
半伏在光中
互為因果
請和時間共赴良辰

遠方的少年呵
心懷巨石，側身，放下、變硬的陽光
無限接近透明

2020年6月26日

短信之十

牙齒是植物
在初夏
誰願把陽光擦得更乾淨？

水果讓女人的嘴唇
最先成熟，花朵的性感
使光濕潤

兩雙筷子，暮色中
不知選白色還是淺白色
它們在燈下的影子
重疊

坐南朝北的
風，穿牆而過卻
被後來的風
追趕，以至於突然掉頭

不接受任何消失，我們
即使都腐敗了
即使入土為安

2015年5月4日

短信之十二

一隻小鳥飛到盡頭，一杯水的邊界
一塊紅磚頭拍進了後腦
一個宋代的雞蛋滾向了老城牆
一首新詩押破了韻，誤落脫軌的火車
一朵白玫瑰刺傷了新娘的手指
五月的晴空下
我們懷舊，想像可能的重聚
傷感的頭髮，紋絲不亂

比如說

說，你今天想看一團激動的蘑菇彷彿能消失自我。
說，你牽走一頭牛，立即遠行，你懷疑你是否在春夢。
說，你自言自語，你進入詞語的狂歡，那就是社會主義的烏托邦嗎？
說，你想撞倒南牆，誰也不理，包括那只憂傷的雁子。
說，你在唐人街看到一隻活雞是多麼地振奮。理想是會實現的。你想C
的理想也會實現的。
說，你想去西邊的沙漠，去挖祖墓，那裡有最後一根稻草。
說，把窗鎖好，坐正打座，無邊無際的幻想，能時光倒流，重見老父
親嗎？
說，皮膚不翼而飛，一張飛毯，承受一隻鳥的目光
說，我們越長越像，所有人越來越像，在同一時區。
說，晚風沿著邊緣奔跑，中心枯坐一位失憶的年輕人。
說，漫天的火焰，年輕，衝動，無性別，預料之中的寒冷落地了。
說，病來如山倒，要咬死一隻螞蟻。
說，一根憂鬱的魚刺，轉身劃傷了河水。
說，悼念一位遠走的故友，細雨中，如何表達不捨？
說，我們不顧洪水，只要上岸，即使是前世。
說，又下雪了，白色同化了二月，天色已晚
落子無悔。
說，你吃了食草的牛舌，可以死去，死而無憾。

2019年1月30日

黃 翔

作者簡介：

黃翔，現居紐約，生平載入費正清著《劍橋中華人民共和國史》和肖冬連著《中華人民共和國史》，詩歌入選中國多種百年文學經典權威選本，美國匹茲堡市長Tom Murphy發表公告宣佈2004年11月21日為「黃翔日」，國內外學者作家發表和出版黃翔研究論文、回憶錄、傳記、評傳無數。

石頭雨──寫於世界瘟疫猖獗中

下雨了！下雨了！
下－雨－了！！！
從天而降於
紅塵濁世的
不是液體的水──珠！
而是固體的石──頭！
是濃縮於浩瀚時空的字！
是天象驟變中荒蠻的語言！
是忍無可忍於天崩地裂的爆炸！
是末日絕滅的預警和先兆！
地面上的芸芸眾生無奈於為始終施暴於人者陪──葬
躲於無處可躲！
藏於無處可藏！
惡貫滿盈的人中邪靈必絕滅於逃於無處可逃！

2020年3月16日晨
大紐約封城中即興
（緣起自現居荷蘭藝術家海波傳來微信「義大利下石雨」資訊想起）

異端——題尼亞加拉大瀑布

粉身碎骨的吶喊
為了完整的獨立

尼亞加拉大瀑布
對世界持有異議
拉開霹靂有聲的橫幅
書寫水花四濺的
生命的
自由

世界因此而激動不安
每一個瞬間都經由大騷亂
完成一次

塗改

1999年4月17日夜

立體寫作

寫詩最老的方式
用筆；
寫詩最新的方式
用身體；
寫詩最妙的方式
是倒豎著頭顱
靈肉一體地
在大地上
塗抹！

2000年1月21日

白日將盡──新十六行詩

有一種空間
是另一種遼闊

有一種天體
是另一種大穹

密佈我身上的細胞
有無可抵達的遙遠

遙不可及的星辰
藏匿於我的血肉

無可拒絕的死亡
在緩緩墜落中上升

無可拒絕的生存
在急急後退中朝前

塵世燦爛的星空下
我日趨一日老去

空間之外的空間中
我獨自如花少年

2002年6月29日 午

書生意氣——致懷素兼我自己

閑日裡戲墨
向古代狂草大師借筆
借來的卻是一柄鐘錘
撞響唐朝整座京城東西南北
的夜半鐘聲
驚得皇帝老兒從龍床上
披衣坐起
或者一秉炬火
火光披頭散髮呼號
活著就是趨向形體的
坍塌
腳下的時間紛飛如灰燼
掩埋的卻是一串鏗鏘至今的
骨血的霹靂
或者一根手杖
傲然獨立如孤峰
沿歲月一級一級拾級而上
爬上千仞絕頂
才發現如癡如狂疾走的
墨跡
一路狂草日月山川江河湖海
鋪展出一個人一生中
醉眼朦朧的
清醒

2002年8月30日晨起床前即興
2002年8月31日中午改定

簡單活著

——富士山小屋雪夢

雪
落了三天三夜
山巔鋪滿了細雪的銀箔
神靈賜福
從天上撒下萬萬千千
雪花折疊的
紙鴿

掛滿了小窗
堵住了木門
雪鴿圍築的小屋內
一個人
一床粗毛毯
一隻杯
一把鐵皮
壺

雪
下在四周
雪
落入此時
與世隔絕的
鳥巢
清涼如焚的
狐穴
一堆獨自熄滅的
血肉
複歸上帝手中的
泥土

臉孔靜穆如
日
身體澄明如
月
活在陰陽交合的
當下
墜入火山沉寂的
灰石
人如粗坯。
心如爐鼎。
一絲不掛的靈肉
在一杯清水中
燒炙
在一山雪光中
入浴

2003年2月17日夜半
2003年2月18日午後

今生有約

靜極
躺臥天空下
身體如一本
打開的書

每翻動一頁
都是一個已知和未知的
日子
都是莫名感動的
新的一天

已寫下的文字
讓霧濕的灌叢
淚流滿面
去圍讀
未寫下的什麼
任身前身後
飄忽無定的風
去猜想

一生如一次約會
彷彿為此等了
一千年
頭頂上下
空極
草尖和指縫間
有雲和鳥
流

2005年12月29日中午晚睡遲醒之時

宇宙人體

閉上雙眼
全身都是張開的
眼睛
席地而坐
雙腿盤曲入靜
自己朝自己
內視

體內
波動四季的風和水
每一個瞬間
肌肉
如無形流轉的
泥石堆
骨架潛移如
身外的
竹木

也有精血
也有脈絡
延伸人體宇宙的
祕紋

肉身星辰密佈

太陽和月亮
雙輪飛旋
白天和黑夜
滑行血脈隱形的
軌跡上
抵達大自在

也抵達
空無

2006年2月4日夜

時間大狂草

落日
以潑墨的方式
書寫於大大小小　遠遠近近
高高低低的
千山萬壑

一刹那
我驀地發現
頭頂的雲絲　腳下的水紋
禽鳥的翅爪　獸類的皮毛
我置於其中的
縱橫交錯的叢林
萬千枝杈的
筆觸
全是
血色夕陽背景中
大自然水光淋漓的
墨蹟

2011年

倪湛舸

作者簡介：

倪湛舸，作家、詩人、學者。北京大學英語語言文學系學士，芝加哥大學神學院宗教與
文學博士（2009），哈佛神學院「宗教中的女性研究」客座研究員（2010-11），現為
維吉尼亞理工大學宗教與文化系副教授。出版有散文集《黑暗中相逢》《人間深河》
《夏與西伯利亞》，小說《異旅人》，詩集《真空家鄉》《白刃的海》，學術專著The
Pagan Writes Back: When World Religion Meets World Literature。

背叛者

羽毛很難保持平靜，因為太輕，
我羨慕死去的朋友，他們
戴著鎖鏈轉圈，哪怕早已被燒成灰，
他們還是戴著鎖鏈轉圈，
平原上的龍捲風有絕對平靜的內心，
此刻我的內心浮現出幸福，
只是這兩個字，能指並非所指，
厄運的手指折斷了樹枝，
我該怎樣創造世界才能違背現實，
我該怎樣借助死去朋友的重量
去到水的深處，背叛他們曾經的告別。

2019年8月23日

滑梯

如果溫度就這樣降下去，要小心，
屏住呼吸別嘆氣，太冷了，
大理石會飛散成粉塵，像蒲公英那樣，
也不要坐在敞開的窗邊遠眺，
你知道的，空氣裡的水分會凝結，
夜幕下閃爍的除了遙遠的星星，
還有無數微小的冰晶，如果溫度就這樣
降下去，世界會變得美麗，
死者保持不朽，生靈趨向遲鈍
為了抵抗滑行於皮膚之上的憂傷，
跳著舞的是刀鋒啊，想要落腳，想要紮根，
我們儘管沉睡哪怕傷痕累累，
所以，溫度必須再降下去，
直到一切還在顫動的都回歸平靜，
你要站到變遷的對面，捂著心臟發誓，
這就是絕對，是最亮的光正填滿最深的黑洞。

2019年8月25日

We Are Four

三個孩子蹲在我床前，
細而軟的頭髮緩緩豎起好比珊瑚上
長出了水草，他們的頭顱
像手臂而手臂分裂成鐵絲網，
他們巨大的影子籠罩我，
我沒有力氣脫身，想要睜開眼睛
卻被孩子們的重量推向更深的沉船。
就在這裡，世界顛倒夢想，
溺亡者所親吻的海底是颶風撕裂的晴空，
三個孩子抓緊我的腳踝，
空中樓閣裡飄飛著再無依託的羽毛
和鏽跡，第四枚殘片是我，
我們用身體的鋒利邊緣彼此摩擦
想要拼湊起早已被打碎的鳥，
我們流血，是為了潤滑瘋狂旋轉的齒輪。

2019年9月9日

我們無罪，只是愚昧

足背上的涼鞋印跡尚未淡去，
樹叢間的紅色星點已蔓延成片，
推動潮汐的月亮並沒有向我們推近，
傾瀉著自己的太陽據說有近乎無窮的壽命，
永恆是什麼？死去的朋友們不再擔憂
因為他們已不復存在，我們卻還在
分崩離析的岩石上、蒸發殆盡的水流中
建造家園，傍晚的雨來去匆匆，
推著嬰兒車的男女並沒有走遠或走近，
在哭聲中傾吐自己的嬰兒終將學會沉默，
陽光終將熄滅，但那並不是我們所能擔憂的，
聽著，我說的並不是暮色降臨
或夏日消逝，甚至也不是世界歸入虛無，
這一切都太過細微，太過細微的疼痛佔據著
此時此地——我們本就是自身的囚籠。

2019年9月11日

天涼好個秋

就在我們都以為夏天
已經結束的時候，唉，它還在，
挺拔的血紅色蜀葵，
撞在玻璃上的綠頭蒼蠅，
擂鼓般勇武的雷陣雨來了又去，
去了又來。這暑熱還能再撐
幾天，雖然橡樹和槐樹都在抖落黃葉，
無人認取的包裹掛在路邊柵欄上，
我們都以為自己還能再撐幾天，
就像是被曬乾的舊電池，
忘記了彼此模樣的老情人，
撕裂嘴角是為了加深勉為其難的
笑容。壞消息並不會等到
夏天結束才到來，夏天也並不會因為
壞消息而突然粉碎……
我們都以為，只要再撐幾天，
死去的朋友終將學會安於死亡。

2019 年 9 月 30 日

天雨沸銅

我甚至都不喜歡我的朋友，
他們也不想同我浪費時間，
我們就像是來自四面八方的種子，
落在同一片野地裡，
開成了五顏六色的罌粟花，
彼此說近不近，近到能夠在電話裡吼叫，
要不索性就掛斷被吼叫撐滿的電話，
但又說遠不遠，遠到坐在一張桌子前
整理層層重疊卻從不交融的世界，
直到從各自的世界裡消失，
我的朋友們現在可能是蛤蟆、紅頂雀
還有神氣活現的黑山羊，
他們做人的時候遇見過我，
他們還沒來得及討厭我，就已經
跳上了下一班火車，我好像
可以把胳膊收起來抱緊自己了，
花瓣如果不飄落好像可以像傘一樣收起來，
我的朋友在唱一首叫做〈天雨沸銅〉的歌，
我忽然很想他們因為沸騰的銅很痛。

2019年10月3日

桑梓蘭

作者簡介：

桑梓蘭，臺灣大學外文系學士，美國柏克萊加州大學比較文學博士。曾任教於史丹佛大學和奧勒岡大學，現任密西根州立大學語言系教授。研究專長為現代中文文學，華語電影，性別研究，臺灣研究。主要學術專著有*The Emerging Lesbian: Female Same-Sex Desire in Modern China*（芝加哥大學出版社，2003；中譯版《浮現中的女同性戀：現代中國的女同性愛欲》，臺大出版中心，2014），*Documenting Taiwan on Film: Issues and Methods in New Documentaries*（Routledge, 2012）等。研究之餘，亦從事翻譯和創作。著有詩集《時光膠囊》（秀威資訊）。

草莓峽谷

每當書寫累了
思路窒礙
她總不自覺地
套上球鞋
拉上門
往雄偉建築群後方
那一片山走去

沿著熟悉的防火步道
穿過參雜了榛子
紅醋栗
菽鼠李
黑莓
繡線菊等灌木叢的
月桂林和橡樹林
就來到一片參天紅杉木的聚落
腳踩地上柔軟的衫針
坐在橫倒的大樹幹上小憩

如果
這還不夠
便繼續前行
沿著溪流旁的小徑
一步步爬坡登高
呼吸加快
心跳加速
直到
一逕走到植物園
那美妙魔幻的處所

園內集合了
亞洲、澳洲、加州

美洲沙漠
東北美、中美、南美
地中海
和南非的
奇花異草

還有
香料園
穀物園
熱帶花卉園
野玫瑰園
以及讓人備感親切的
中藥植物園

在這些芬芳植物的圍繞中
她不知消磨了多少時光
釋放了多少焦慮
獲得了幾許靈感

從那兒
還能遠眺海灣
金光閃爍的海水
弧度優美的紅色大橋
遐想未來

歡欣之餘
她隱約感到寂寞
但究竟她是否曾經想起
月桂林
杉樹群
和植物園
都曾是某人

一片赤忱作嚮導
帶領她第一次走近和探幽訪勝的？

她該不會早已遺忘了
並且以為
她本來就知道
那座名叫草莓的峽谷
不僅有地震斷層穿過
還有說不盡的
風動鳥語

2020年2月6日

回憶的欲望

回憶的欲望
如熱病纏身
令人興奮莫名

我鎮日出行
長途跋涉
不管下雪下雨或天晴
遊蕩在湖邊林邊
像發了瘋的奧菲莉亞

過去的時光
如雪片飄落
打擊在赤裸的眼瞼和臉頰上
點點疼痛
幾許駭異
即使厚厚的帽子和圍巾
已經把耳頸包圍纏繞
防備保護妥

但出行仍要繼續
繞圈遠遊
唯恐沒有了
雪花的滋潤
冷空氣的刺激
自己將如故障的溫室中的花朵
萎謝乾燥

就讓熱病燃燒吧
用冰雪降溫吧
即使兩頰酡紅
鮮豔有如肺炎

也不要蒼白
淡漠

2020年1月6日

藥方

當海嘯來襲時
噢，朋友
你害怕滅頂
擔心它頃刻間便能摧毀
你好不容易在金黃沙灘旁
一段陡然傲立的壯觀斷崖上
辛勤構築起來的寧靜生活

落地窗俯瞰
潮汐反覆在黑色礁岩上刻蝕出溝槽
庭園中的棕櫚和天堂鳥招拂薰風
海鷗不時飛過、棲息
每日眺望著美麗的夕陽
感受自己生命溫暖的餘暉

然而
當海嘯退去
並未像跨洋警報所預測的
如期而至
你華美的屋宇安然無恙
庭園只無端
吹落了幾扇棕櫚葉
和幾朵開得正燦爛的天堂鳥
你又
悵然若失
深深遺憾那三十年不遇的海嘯奇觀
未曾橫越太平洋到來

其實
你主訴的症狀
就是貪心不足
這在平日生活中

很能衍生出
患得患失
瞻前顧後
舉步躊躇的
症候

而你需要的處方，就是：
大量決斷力
摻和幾許沒有明天式的放縱
要不然
就乾脆下猛藥
來個老僧入定
心如止水

2020年2月23日

瘟疫

從2019年12月
發現異常的徵象
確認
某種高度致命的存在
然後
經過掩飾與否認
接著雷厲風行封城圍堵
力行社交疏遠以降低人傳人
再到全球擴散
防不勝防
以致
某些國度的醫療系統不勝負荷
而竟崩潰癱瘓
病者重症痛苦缺氧而群醫束手的危險
逐日增加

這些描述說的不是新冠病毒

──雖然它也適用──

而是
長久以來被壓縮遺忘的愛
在瘟疫蔓延時
復甦
大流行

2020年3月14日

創傷

有些創傷
永遠不能痊癒
有些愛呢
是否也
永遠無法治癒？

如果治癒
那就意味著熱病退去
而喃喃囈語一舉撤換成
合乎常理和
心理健康的
豁達開朗之辭
意味著積極進取
樂觀向前行
意味著
停止回顧停止渴望停止愛
然而
有人危言聳聽：
真愛
永不滅亡

那些漫長的午後
窗外陽光燦爛灼熱哄鬧
室內陰涼乾爽靜謐
有玉人喁喁細語
色授魂與
直到口乾舌燥
靈魂出竅

那昔日舊夢中的心有靈犀
是否早已種下了因？
而果

噢，或許，曾被遮蔽隱藏
是否終將浮現？

2020年2月17日

我們如花的容顏

我們如花的容顏
經不起歲月的摧殘
業已凋零減半了

那時你健壯爽朗
競技場上縱橫奔馳
眾人激動擁戴
神明般崇拜

餐桌旁談笑風生
一群讀書過多老成持重的年輕人
一齊望向你
聽你繪聲繪影描述
貨運電梯發出的古怪聲音
笑得樂不可支

而我
你說
也在其中
眼睛閃亮
兀自端正凝坐
忽地唇迸齒露
便含蓄祕密地綻放了
固守多時的香水玫瑰

是的我願意
在你的回憶中
再次綻放
在你心酸感嘆的淚光中
再次發出
一串串銀鈴般的笑聲

迴盪在記憶的殿堂中
和那座豐郁盛美的山谷間

2020年3月6日

王　璞

作者簡介：

王璞，詩人、學者、文化工作者，生於山西。1999年至2006年在北京大學中文系求學，2006至2012在紐約大學（NYU）攻讀比較文學博士，2012年至今任教於布蘭代斯大學（Brandeis University），出版多部詩集學術翻譯著作。

變風：南特音樂節和國內疫情

貝多芬來了；這座不大不小的城市
請他戴花冠，做四天四夜的主宰。
於是乎，線上和線下擠成一團。
尤其是第一晚，出票太慢，
大人小孩都堵在前臺。
「耽誤了奏鳴曲，可如何是好？」
「對不住……您的命運驗證碼
已重發到您的郵箱。」「Monsieur，
您可別插隊！」「我只是不協和……」
一個美籍華裔，逼視著這樣的飛沫，
肺裡不禁犯了嘀咕：
「這組織能力怎麼行？
這安保怎麼行？
這國民素質怎麼行？
要是有mass shooting呢？
要是有恐襲呢？
要是有病毒呢？……
嗯，明天，明天一定買口罩。」
但大家都來了。
「來都來了……」摩英雄肩，
接萬民踵，「Pardon！」
271場音樂會，22場講座，
每天從早上9點到夜裡22點，
所有的場地（含銀行和餅乾廠）
都得塞進貝多芬，
至於業餘樂團，就在過道大廳
免費來一曲吧，試問誰的手舞，
誰的足蹈，誰的肉身開了竅。「您好！
如您是參演音樂家，
請忽左忽右，上下扶梯，求索排練房……」
市中心的這一帶被佔領了。
（貝多芬是德國人！不不，

德意志當年還非「國」，他成就於維也納）
白天，老年人來了，而且最早。
（「退休金改革這一刀
看來是挨不到我們這一代人脖梗子上了。」）
學童也來了，吵鬧著
本世紀中葉的愛與怕、動和蕩，
幸而有老師帶隊。
殘障人士也來了，（「多好」，貝多芬
親自讚嘆）有些需要公益團體幫忙。
一個腦癱者在鋼琴獨奏時
不斷發出哀歌般的叫聲，
（「Tod! Tod! Tod!」）
志願者只好把他推出去。
黃牛黨當然也來了，
跑步前進，圍脖飛舞在身後。
到了晚上，上班族就來了，
疲憊著，拽著同樣疲憊的孩子。
這樣的親子活動，好有品味……好難。
不僅各國音樂家來了，
各國音樂愛好者也來了。
「Sorry，我能說英語嗎？
我的票是倫敦家裡訂的，沒列印……」
可惜，脫歐協議也來了，終於。
「砰－砰－鐺－鐺－砰－砰－鐺－鐺－」
全媒體來了，「有人拍我打盹兒，
爸，咱們今晚回家看電視！」
各種周邊也來了，
裡面的紀念品（FABRIQUE EN CHINE）、
CD、葡萄酒
有自然而然的附加值，
湊齊了時、地、人，
就鬱鬱乎拜物之教化。

外面呢，餐廳和賓館
都掛起海報迎客。
藥房也掛；口罩管夠，
但只有華人緊張地購買，
付款時手心出汗，出自信和迷信，出
生生之謂易。
麵包店門前的長隊更長了，
伸向胃的悠久和躁鬱。
印刷廠快樂，加班趕制勘誤表。
市政工人撿節目單和公交卡。
「請注意回收！」
工會來了，發傳單。
環保主義來了，發傳單。
披薩連鎖來了，發傳單，哦不，
是優惠券。憲兵和CRS來了，
荷槍實彈，溜達了一圈，走了。
（罷工遊行還沒停，分不了心呀）。
雨濛濛也來了，一來就不打算走。
（運河閘洩洪，盧瓦爾奔海，
兩派水色，一深一淺，
徐徐交融，
於濛濛中。
戴月華的鼠一來就自我隔離了，
窗外濛濛，沒看到自己的節日，
窗內歲朝清供，不僅有老節目
水仙斷脖子，還攤著醫用口罩。）
病毒來了嗎？誰知道。
兩個樂章之間，咳嗽聲四作。
樂章之中，咳嗽聲時不時：
胸底天煞星，無從排查。
（但別擔心，美國卡通Bugs Bunny，
彈鋼琴還帶槍的那位，可沒來。）

沒錯，La folle journée：
音樂節集會；室內不通風；人流大。
國內的壞消息也來了，
就在燈光暗下、而手機屏透亮的
一瞬間。演出開始了。
大家黑壓壓。
困勁兒也來了。
在變奏的呼吸中，
總有人垂下頭和腺體。
在暖意的慢板下，
總有人睡去，
落入更深的黑壓壓。
那裡，他或她，
和老人、和孩子、和上班族、和勞動者、
和失業者、和殘障人、和聾子貝多芬、
和中國公民（含我和各民族）、和法國人、和歐盟人和前歐盟人、和
六十億人、
和世世代代的死人（含「開明君主」和「不開明的群氓」），密閉在
一起，
有暖意而無意義。
（等等，「pardon」，難道
音樂的無意義
包圓了人類喜劇的密閉？
「Mort！Mort！Mort！
鼓掌吧，朋友，喜劇結束了。
什麼，你不明白何喜之有？
那也裝裝樣子。」
掌聲響起來，
他或她醒都醒不來。）
即便難以呼吸，
也永不互相隔離。

2020年初

紀程：多次途徑古城昂熱，但從未下車。聽聞此城附近有大型醫用口罩工廠。路上讀波特萊爾

1

「命運的靶心不斷移動」。
這是怎樣的國際貿易啊
可以如此疏通關係，
引我惦念

永不疲倦的口罩工廠。
而有些人已經
停止調換床位，
而有些人已經

丟掉出境遊的幻想。
人生：這最大的醫院中，
火車載我來訪古，
貨機抬腿趕時間。

衛生：
我們之外別無防護，
世界之外
別無人類。

2

一條產業鏈忽然緊繃，
城堡的拳卻稍稍放鬆。
還有許多機器人的手，
許多新員工的手，

或巧或拙，伸出來
向隨便什麼神要臨時的原料，

攤開去就奉上合格的無臉聖靈。
陰晴不定。

在教堂拱頂下，大大咧咧的遊客
才感到卑微，才開始畏寒。
雙腳忽然滯重，再也堅持不到
比愛欲和死更單調的下一個景點。

世界：那麼小，偶爾團結，說謝謝。
人類：多少訂單，換
千萬層細心，仍難堪
千萬種活生生相遇，活生生離別。

2020年2月

頌內：死亡的時節

1

「看來死亡的時節已經開始，」
外在對著內在低吟，「社會
和自然依舊無藥可解。
天空有時開闊，經過了洗禮；

有時渾厚如葬幡，向你覆去。
誰都曾見過逝者的跳舞和團結，
誰也沒有得到感情的果實累累。」
內在竟然回答了：「家族樹上，

時時有葉綠素放棄了太陽，
更有老枝折斷，發出突然而安詳
的聲音。鴉飛起，並非受到驚動。

而我想著一些人，不，一個人，
她曾輾轉於這一側的暗夜，
她是她的獻祭，於死亡的時節……」

2

「她是你的食糧，」內在繼續著，
「她是忍受未來的方法。
她是一條路。例外的路。
乃至恩典。而必死性是一種時差，

其中，我也和你一樣輕、浮
──卻又同負著重力的全部。
眾生之書，願我們即眾生，
不分內外，而共進出。」

外在又一次打開社會的細流：
「誰都學得會，在金盆中，
持續二十秒以上的洗手。

團結和跳舞應該持續得更久。
我想起更多的人們，更多的
路。它們不通。未死者行走。」

2020年3月

王徹之

作者簡介：

王徹之，原名王浩，1994年出生，天津人。2016年本科畢業於北大中文系。芝加哥大學文學碩士，牛津大學文學博士。曾獲2016年北京大學「王默人小說獎」，2019年獲第五屆「北京詩歌節年度青年詩人獎」，2020年第一屆「新詩學獎」等。作品入選國內外多種選本。著有《詩十九首19 POEMS》（紐約，2018），《獅子岩》（海南，2019，新詩《叢刊》第23輯）。

疫時・其一

有一次，在夜晚，我從我們
聊過的那條小路回家，
橫跨兩條街，四周是宿舍區
心不在焉的黑鐵柵欄。教導處
被雨教導著。但草叢深處，
幾隻蒼蠅聒噪的嘶鳴中，
某種抗拒還在繼續，
像停車場的雨刷對擋風
玻璃的憎恨如愛搖擺，
最終不再動搖立場，
雖然這並不是什麼好事。
火車從樹林後面呼嘯而過，
並不留戀任何白楊樹，
但此外再沒有別的遠去；
彷彿我腳下有某種東西
將它們和你牢牢抓住，
用來掩飾事情的真相，
深埋在泥土中，使石頭愕然。
它們的建築崩塌了，
但汗水浸透的歲月還在，
在狂風中嘆息，並遙遠地
聽心被鐵軌的轟隆聲敲打。

2020年4月12日

疫時・其二

那些已經理解畏懼的小人物
如今也試圖理解我們。同樣卑微，
同樣惴惴不安，像兩支軍隊
互相遞交協議和冷漠。當我們的隊伍
通過海關，體溫槍的悔恨
也不放過我們中間任何一個，
像巡邏犬對著靈魂的狂熱分子狂嗅。
下頜牢固猶如槍托，上顎如膛線，
擔心語言的子彈隨時可以
把冷汗浸透的黑土塊般的心擊碎；
再次檢測，填表，可疑者被挖走
如同蟲卵；他們必須確認一切無誤，
直到錯誤無法再讓他們失望。
走出行李大廳，我在他們眼皮底下
提好大氣不敢喘的旅行箱，
離開轉運區，不知道命運是否轉變。
我的心開始像救護車一樣追蹤我，
我的身體什麼都感覺不到；
像是這世界的一塊空地，網球場大小，
彷彿天使和魔鬼都沒有來過。
他們簡易棚般質樸，易碎的愛
被雨漫長的勞累沖洗著。
而他們的希望是很多隻
被擊出去的網球，有的
已經越過網狀死亡的阻攔，
有的瞬間落地，或者等待被擊回。

2020 年 3 月 28 日

疫時・其三

為了讓光禿的，毛孔粗大的牆皮看上去
不對陽光感到厭倦，我把
我影子的深情從它額頭上挪開，
像搬動石塊，讓底下那些黝黑的螞蟻
剝落如怨恨的碎屑。當雨輕易地
把那塊兒戴在更年期天空臉上
劣質口罩似的烏雲摘掉，無人機的話語
開始對草坪指指點點，給愴然的風信子
邊緣幾隻蒼蠅的頭顱蒙上真理，
如同阿拉伯頭巾。後者意味著不自由，
也意味著羊為尋找烤爐而興奮[23]，
同樣地，我將因為厭倦這個
從來不會依靠想像生存的國度
和它的奶油麥片，而信誓旦旦地吞掉
你離開後的空氣。對於任何蜜蜂，
花粉都只是外交辭令，而腫脹如樹莓的
淤紅的拇指則替它們的死去
消解了時間的意圖。或許還有希望，
但這並非希望所願，或許像任何年輕女孩
希望不經意間俘獲一個男人，
或者很多個，許多種未來朝我們移動，
模仿鯊魚鰭的全部風格，
而其消隱的龐然大物潛伏在
記憶的水下。你自以為知道它，
就像知道愛，但被襲擊時，
卻幾乎從未看清它的全部形狀。

2020年4月4日

---

[23] 布羅茨基《悲劇肖像》：一隻羊為尋找烤爐而興奮。

疫時・其四

海水被困在浪尖上，
命運像碼頭一樣受潮，
看來來往往的貨輪進出。
裝卸，搬運愛和恨，
詩像關稅一樣被繳納，
以補償我作為次要公民
對我頭腦的國家未盡的義務。
它的國境線漫長如等待，
而人口稀少如愛情。
那裡每個人都忙於實驗室
和博物館的工作，
當許多歲月透過顯微鏡，
證實了一顆入侵他們身體的心
怎樣分裂成兩個，
單數的孤獨也不會
隨著複數的婚姻變多。
那裡群山變得沉默了，
河水像舌頭一樣打結；
而真理的病毒也在變異，
被年輕人和老人恐懼。
正當壯年之人卻最為不幸，
就像家務事難分對錯；
靈魂的外套從他們身上脫落，
而他們顫抖的智慧膽怯
猶如一個學者，為了生計
枉顧不幸的事實，
眼看白紙的城鎮遍遭屠殺，
而黑色居民區毀於大火。

2020 年 4 月 25 日

疫時・其五

測風儀逐漸停止，一陣風
在柔和的衰退中斂息，
凝視它的生命之輪變慢。
潮水馬戲團已經退場，
一座島嶼騎在地平線的鋼絲上，
但沒有船歡呼。我們驅車回家，
像水手返回伊薩卡，聽軍艦鳥碾碎的浪沫
傳來封城的消息。幾個星期猶如海鷗
沿著我的記憶海岸盤旋，
當瘟疫的暴雨將它們翻轉如真理。
以政治家的嫻熟，一座海灣
隱藏在心之地圖的一隅，
如角蜥的舌頭彈出，黏住祖國和沙漠蝗蟲。
而深入腹地後，一條盤山公路
盤算蜿蜒測量死亡的腰圍，
以至於月亮最終下沉了。
侏羅紀的雲緊握這冰河期的蛋，
看它被海浪輕易地啄破。
而出於對同樣風格的憐憫，
在沸騰的，平底鍋似的開闊地，
生命不斷被地平線的大理石桌沿打垮。
這兒冬天雪的悲哀像鹽一樣
撒落整片街區，醫院是燒完的碳
看著炙肉在雪花中變冷。
昨天就像某個熟人死去，
越來越多，卻不能使我們傷心。

2020年4月17日

疫時・其六

在倫敦東區，或在別的地方，
這些河流像世界線一樣匯合分離，
從過去流向未來。入海口整理它們，
如同整理自身的歲月，
日出月落，像跳傘運動員
躍入你無法容忍完整性的拼圖。
海鷗正為它找回失去的那部分，
使天使們的音步變得輕盈了。
這些詞的方糖，哪怕只是一小塊，
就足以讓她們手裡的咖啡變甜，
雖然不比別的生活更黑。
這故事就像去年，我在小巷追到你，
每個遊客的四面來風研讀
飯店玻璃門的自傳。雨輕呷走廊，
把昨天與盡頭裝訂在一起，
讓外來語變暗。但既不是本地人
也不是外地人讓港口心煩。
即使本世紀的開始，在你看來
是一種無味的可疑貨物，
被巡邏犬狂嗅。大廳深處，
全力噴出苦難的水龍頭[24]
如今被思念堵塞。但在地下，
那些船舶的特洛伊風格，
和他們躺在一起，築起高牆，
遠離那個不是家的地方。
那兒你曾經嘗試接近另外
一些對你不抱希望的東西，
現在卻不再有厭倦可言。

2020年5月25日

---

[24] 德里克・沃爾科特《瑪麗亞茨維塔耶娃》：「塞住的水管，突然用全力噴出所有的苦難」

疫時・其七

忘記這時節，當雨來臨，
等雷和烏雲的心靈之戰結束後落下，
密集如同這個月房屋帳單的價格
對著窗猛敲；忘記混凝土面無表情，
但猶如冰冷的感情不致分離肢解，
因為更沉重的日子像鋼筋穿梭其中，
並憑思想粉飾的蒼白，讓它看上去煥然一新；
忘記我們如此遙遠，像吉他的兩根弦無法
交互，但經常一起撥響；忘記筆帽
和它套住的靈感，後者像駕馬一樣發狂
在本世紀的四輪馬車前跺腳；忘記你的國家
壞蛋喜歡讀詩，傻瓜喜歡讀散文，
因此大多數人既不壞又不聰明；
忘記預言得到驗證的部分，以及歇後語的後半句，
它們並不比另一半更接近真理
至少在目的層面；忘記你的貓不在乎你；
忘記數學無法理解的事物，
就像忘記數學必然能理解的事物；
忘記哀悼者永遠少於旁觀者，
雖然這樣更好；忘記生命結束了，
但正在試圖成為另外的東西，
而它們好像從來沒有做到過。

2020年5月4日

張 耳

作者簡介：

張耳，北京人，在美國東西兩岸生活了多年，是多部詩集的作者，包括近年臺北秀威出版的《海跳起，子彈婉轉》，美國西風出版社（Zephyr Press）的First Mountain。張耳也從事中英詩翻譯，她翻譯的美國詩人約翰·阿什伯瑞的作品曾在《一行》、《今天》、《詩歌島》和《當代國際詩壇》上發表。她和美國作曲家合作的英文歌劇Moon in the Mirror和Fiery Jade: Cai Yan曾在美國上演。

規範漢語——給馬非

「拉蛋雞」，不懂？
指丟三落（la4）四
狗熊掰棒子

「飯桶」？
「飯桶「不是說吃的多
而是不會做事，笨
（這都忘了還寫什麼詩！）

「第二代身分證」，與出生地無關
與出生時序無關
與輩分也無關
與互助青稞酒無關
犛牛藏羚羊、土牆、黃河
藍孔雀之河、瑪曲都是一個意思
都在紫花地丁（也就是紫羅蘭）的另外
因而，不是我的省份，也不是我的身分

「經適房」，與月經無關，房事無關
卻和「腐敗」有關。「垃圾」不是趟來趟去的
土和著小街上的積水，廢物
是食品。八月炸雷比喻「懲罰力度」
高懸於看不見的蚊子咬的疙瘩，白領夥辦
「老鼠倉」，以及露天營業的
小炒麵館。「房奴」還可能是
區委會「打的」的公務員，「紅包兒」
而不是「紅寶書」遍地，一次性
「嘉賓證」，「差額選舉」，「與自然和諧」
「天益」，「選舉與治理」，「烏有之鄉」
「環球視野」，「毛澤東旗幟網」
「新華網」，「人民網」，「鳳凰網」
不去網路人民或者鳳凰，也不「一網打盡」

中國改革：中間派，右派，左派，包括
「新左，」「偏左，」「老左，」
官方網站，個人「搏克」，也就是
「部落格」，與「梨花體」無關

耳朵落後，在紫竹院的籬笆上不分皂白。

也不知道「外卡」是不是invitation？
也就是請帖，該叫「內」卡，或「入」卡
「綠色通道」，「金寶街」，「原生態」
「計畫外單列」，「貧貴」，「閥閱」
「機場大巴」，「攜行商務」
「領導核心」：公開，公正，公平，
選民證與上級指派候選人落選的關係彷彿
當頭一大棒，背後一板石
是工作的「重大失誤」
「摸精神」，保衛「十七大」
警督、警監、警司，制服
都換了4套了──與國際接軌──
暫住證，警告處分不知情的「老外」也是。
美國領館的公民服務處講不好英文
但可以去探監。沒什麼好講的
原汁原味，「動粗醜聞」。如果
「方向性」，「有效性」
是在談詩歌寫作，那麼
「藥水河」，「觀音街」
「裸鯉」，「環湖賽」
又告訴我什麼？

熟悉的道路被切碎
小火清燉，煲湯
除了醬油，放什麼都允許

凌晨兩點《南海都市報》暢談
詩情濃稠，卻讓我來不及思索
格薩爾王和昌耀怎麼比？
與荷馬與但丁？
黑犛牛，藏羚羊，油菜籽
還是「超地域」的「軍旅詩」
追求「精神性」
抑或
外婆永遠的碎花頭巾？

選專業——給若然

梁秉鈞的女兒不是一般地愛看星星
是天文學專業地愛看星星
是數學地愛看星星
是物理地愛看星星
不像她媽媽爸爸以為的那樣浪漫地看星星
（誰讓他們一位寫小說，另一位寫詩兼散文）！
她在溫哥華看星星
在香港看星星
在北京看星星

這讓我想到你
在北京讀書
在深圳讀書
在牛津讀書
現在又上了劍橋
（小小年紀比姑姑住過的地方都多）
我們隔代，我的輩分比你高
怎麼和你談
生活的種種不確定
心緒種種不確定
女人命運的巨大不可測原理
你對愛情充滿幻想
（雖然你從未對我談起）
而我對愛情已充滿回憶
（甜的不多，苦的不少）
你依然不斷長高，而且越長越漂亮
姑姑不斷吃維生素、鈣片
做瑜伽，打太極，企圖減緩
脊椎縮短，皮膚起皺，關節炎症
可惜年歲和輩分並沒有給我智慧
能對你選專業有助的智慧

春過了
草莓和豌豆也摘了
現在夏末：
向日葵面盤金黃
碩大南瓜和南瓜花金黃
小一點的黑眼睛野菊花也金黃
更小的各種aster，「紫菀屬植物」
黃或者白，星狀的
一片一片的
星雲，星座，星芒
加上星號——需要注解的
雜七雜八，雜七雜八
比正文多得多，生活中的道理
也如此，就像
園子裡這些大花兒和瓜果
與叢叢野草的關係

你看，我在想我的心事
寫給自己的話，也寫給十八歲的你：
爭取過自己天天滿意的生活
（能不能算一種專業？）

也讀讀詩
（姑姑的，姑父的，梁秉鈞的，比如）
也偶爾看看星星，在午夜
聽那兩隻貓頭鷹
一唱一和

怎麼寫

桌椅
響的流水，嘰嘰呱呱，楊樹林
高質地木柄陽傘
鐵網桌椅缺失木的適意
靠著坐著的感覺。是不是
能把偏旁換成金字的組合
讓我們重新
靠近漢字的肌膚和
深層的間架結構？

她鐵絲鉤織的碩大手工
一領纖柔的筋骨
扭過嬌臉違背敘述原則：
女紅很重
重得需要起重機的釣鉤——
「紅」，因而是個錯字
連帶紡紗的「機」不配起重的「機」
貼得太近又離得太遠
我的漢字進退兩難。

「楊柳依依，雨雪霏霏」之後
我們怎麼寫肥貓
陽光下自在熟睡的一團
疑團：什麼都顯得矯情——
包括這一口前重後輕的
標準普通話咬字節奏
據說也來自阿爾泰山以北的
非漢語口音。

在筆劃的縫隙
在鐵絲的針腳
椅子與椅子

英式下午茶與泰國咖喱
泰山抑或阿爾泰山
方言和普通話
肥貓和疑團

陽光下
這個時刻的小茶館
這個時刻的（阿爾）泰山
緩緩轉動
以無神無畏的手印

城鐵

哪兒來的這麼多人？年輕人？都是
獨生子女？攀緣而上的各式建築
幢幢疊幢幢，重重複重重
把北郊沿線的這個早晨隱密地塗成紫色——
購買門檻，有軌交通，大容量公交
火山噴發式地人上人下，取消以前以後的
空隙，只有現在，只想現在，只為
現在，上班族沉默著，看窗外，看地板
也有人看報，看課本，玩遊戲，隨身聽
消磨青春的鐵杵，為了在將來連理的窗簾上
刺繡更新的樓群。「前方到站
商場，燕莎」，點睛之後
這些披鱗的宇廈就會飛起來
在李素妍之後，也在嫦娥之後
依然讓我很羨慕。「前方到站
公主墳，白雲觀」，神的後裔是我們
鬼的後裔呢？耗盡自己的灰燼
不在下車的行列中。除了月臺上
那個姑娘的白連衣裙，看不見雲
也沒看見公主——
神肯定不在了。「前方到站
黨校，五七幹校」，積雪的臺階
「前方到站人民公社」，那些人
「前方到站碰頭會」，難以落腳
「前方到站東方紅」，當初的
「前方到站東交民巷」，黃昏閃耀
「前方到站八國聯軍」，不止一層胭脂
「前方到站頤和園」，只有
「前方到站永樂大典」，塗抹
「前方到站智化寺」，精華的精華
「前方到站五色土」，足足最早
「前方到站圜丘壇」，讓著雲彩

「前方到站玉蘭酒」，不知道一個時間
「前方到站燈市」，詞語枯萎
「前方到站邸報」，叫一聲
「前方到站紫禁城」，我們不再說什麼
「前方到站宋禮、泰甯侯、蔡信、楊青、蒯祥」
「前方到站大都蕭牆」，開鎖
「前方到站金中都」，甚至鐵器
「前方到站南京」，重複的柱子
「前方到站薊門」，依舊隔著山林
「前方到站幽州臺」，獨愴然而涕下
「前方到站居庸關」，是山
「前方到站薊城，琉璃河」，黑暗中的鎬，陶井
「前方到站夏家店」，根芽
「前方到站大東宮，燕丹」，溫暖互相推委
「前方到站東胡林，北埝頭」，鳥兒還在樹上
「前方到站周口店」，撞擊的火
「前方到站北京灣」

一小撮男女徒步，自帶火種

張洪兵

作者簡介：

張洪兵，中國重慶人，現居美國。任教於費耶維爾州立大學，業餘寫詩。有詩歌發表於中美網路媒體和紙媒體，著有詩集《家園以外的聲音》。

居家令

外面陽光燦爛的時候
你可以想像成一場大雨來臨

呆在家裡正好
你可以在手機裡跟她視頻
連接上線，送她九十九朵鮮花
看她玫瑰低頭、羞慚
請她先吃些果蔬話舊
正餐再一起消化東坡肘子
如果怕長胖，你們可以
爬一段樓梯，捉一會兒迷藏
累了，你們可以打遊戲通關
看偶像劇，把手言歡
也可以讀一讀唐詩宋詞
或者，《霍亂時期的愛情》
你還可以跟她解釋，不出門見面
是不想讓她淋雨、感冒
不要讓別人誤以為，她肺炎高燒
不要讓她誤以為，外面
陽光正在燦爛
那是一場正在發生的
遮天蔽日的暴雨

鎖好門，關緊窗，不要讓雨水打濕了
你們虛擬的會面和感情

以馬為鄰

1

晚風吹著，把細節吹去遠方
落日用一天最後的
色彩，勾勒出
它們的身形——
低著頭，吃著綠色的影子
豎起的耳朵，鬃毛
還有寬大的背脊
翹起的臀部，都只是粗粗的
幾筆，像在畫裡
安安靜靜，只能看到風骨
其它的一切都留在
世界的空白之中

這時，那些心懷蒼茫的人
把生活裝入行囊，隨落日而去
那些丟掉生活細節的人
也不要再急匆匆的
打扮自己
銅聲已經消失
綠道正長，我的鄰居
也要回到黑暗
去獨自面對自己

2

黑的叫傑克，四歲，是享利唯一
親手接生的，鬃毛短粗有力
棕色的叫瑪麗，雌性
喜歡跑步追逐，臀部上翹

白的叫大衛，三歲
尾毛潔白豐滿
在夕陽裡晃動發亮
是我離家遠去的孩子
最喜歡的一匹

落日柔和，把一切都攬在
臂彎裡，綠草，風
還有它們的睫毛
以及睫毛後面
忽開忽閉的世界
在那裡，我第一次看到
一種光，清澈透亮
一種邀請，忽閃忽滅

初夏，一個陰天的早晨

窗戶上橫豎交錯的格子
固定住了玻璃
它們彷彿並不是為了鎖住
什麼物體，不是為了
鎖住傾斜的時間，以及住在
裡面的人

它們漂浮，漂浮在自己留下的
空白之上，離開透明的隔離
離開發光的日子
漂向遠處安靜的樹林
抓住綠色的
最深處的
思想，然後才是那些
綠枝，綠葉
以及仍是綠色的水滴
綠色的視線

一切都靜止不動，一切都成為了
它們的俘虜：樹，情緒，草，精神…..

此時，被隔離的人
藏身於時間之外
盯著藏身於河樺樹枝上的
一條鼠蛇，目光清醒——
哦，他們共同躲避了
昨夜發生的
一場暴雨，一個夢的淹沒
共同守護著倖存者的
疲憊和矜持，是的，守護著
還有此時無陽光，凌亂的祕密——

格子裡出現陰天
格子在陰天裡隱身

銅
人
流
淚
——
致
昌
耀

快遞來自唐朝——
瘦骨銅聲，還有你通眉的笑
寫在了亞馬遜的紙箱上

一個永遠年輕的人
生活樸素簡單
不要高軒至，不要衰蘭送

直接從鏡中走出來
隔世今生
跺掉腳上的塵，撢掉身上的毒

我們坐在岸邊，忘記時間
舉頭遙望
齊州變成九點煙，遠沙堆成長雪

不說往日的好時光
喝咖啡、飲酒
也不說現時的憂傷

我們說少年馳馬邊塞
吳鉤射出寒光，學子負笈渡重洋
日出日落，遷徙流轉多少年

不為皇帝登基引馬，不為
冤魂點燈守夜
何須榮歸長安，不白頭

騎魚渡海，返回昌耀，太難
還不如，在這裡
寫詩遣興，陪銅人流淚

然後，放下包袱，努力求學
吃泡麵，埋頭科研
明天找份工作，好好活著

我們，永遠活在天空之上

綠道邊，幾匹馬吃著草
安靜，悠閒
天空裡，幾隻鳥飛著
轉著圈，拽著落霞的裙擺

我走過它們的時候
馬，死在了我身後的草地上
一動不動
鳥，也死在了落日的霞光中
回頭望著來路，我心生悲憫，它們
活著的樣子，還留在那裡

也許，經過它們的時候
我也死在了馬的身後
我也死在了鳥的身後
在它們的時間裡，我已經是過去
無可挽回
我也只是它們記憶中的
一個路人，好像還活著的樣子

夕陽的光貼近地表，我害怕
害怕趕上你，與你並行，經過你
像鳥，像馬，你也會死在我的身後

只有天空，容下了──
我的時間，馬的時間，鳥的時間
還有你的時間

我們，永遠活在天空之上

張彥碩

作者簡介：

張彥碩，美國斯坦福大學東亞語言文化系博士，現任美國卡拉馬祖大學助理教授。曾任教於斯坦福大學英文寫作與修辭學項目，在美國舊金山大學、密歇根大學教過中國文學與文化課程。在中國大陸出版文學專著兩本（《放棄「新概念」桂冠的孩子——樹德才女張彥碩作文集》、《二十歲隨想錄——旅美學子張彥碩散文集》）。高中時曾入圍中國著名新概念作文大賽決賽，多篇英文小說、詩歌在美國發表，通曉中、英、法三種語言，並研習過日語、藏語。

回想西藏

西藏，一塊孤獨的石頭坐滿整個天空

吐蕃王朝的來與去都氣勢恢宏
羅布林卡的精緻穿越所有時空

在拉薩街頭邂逅你走丟的靈魂
去雍布拉康朝聖白雲綿綿的永恆

大昭寺前的我還要跪拜多少回
才能親吻釋加牟尼滴落塵世的眼淚

哲蚌寺後的那座山上
喇嘛的紅衣飄飄　藍天凝固
雪頓節我們來展佛
將你的前世今生
在東方的慈眸注視下　展露無疑

流浪啊流浪
就來到了南迦巴瓦峰腳下
王者氣勢　棱角分明　尊貴無瑕
我的眼淚就是在
聖山凝視我的那一刻
定格了無以爭辯的涅槃

西藏啊　人子啊　慈悲啊　我啊
匍匐在喜馬拉雅群山的潔白峰林中
轉經筒　又把我
拉回你永恆不化的懷中

愁思故鄉

一點墨跡
兩千年不落淚的
巫山雲雨
詩歌的客船載我到
異鄉山水
墨滴裡流淌著　小憩的
桃花源　怎渡陰影
舊年的記憶如許落英
繽紛是時光的陣痛　尋尋覓覓
衰老的血跡已凋零　揚子江晚
幽居倩影　素縞啼鳴
誰的密碼走失於　歷史深處
一個民族的過去　鑲嵌在　霜冷長河
噫籲戲
提筆！轉念風之絮語

椒紅的想像

七月流火
聖克拉拉的韓國超市
辣椒盛宴天下

味蕾起舞
烈火爬行在
舌尖沸騰的火山
我記起椒紅葉綠的國度
川人無辣不歡

在漂洋過海的　　汪洋盛夏
海椒和相思
誰更熱淚盈眶

當剁碎的知覺穿行在
紅豔豔不知所終的歲月裡
火辣辣是淋漓盡致的鄉愁

一瓶椒香
關不住獨行者　　異國綿遠的行蹤
滋味頂峰
誰淚憧憧穿山越嶺

Uproot

根植於時光深處
觸角牽動著永恆
大地在溫柔的繈褓之中酣睡

伐木者的腳步驚動了翠微的沉吟
筆直在堅實的土地
枝葉吐納著生命聖潔的氣息
一個小憩
千年而已

淘金者覬覦著大地的寶藏
老樹的枝葉經不起
工業文明聒噪的入侵

十九世紀末，西部曠野加利福尼亞
有一群年輕人醒來
在古樹佑護的綠蔭中
探討著civil disobedience
他們怒然起立
說「文明」的步伐應該在自然面前止住！

道法自然
就是宇宙間最神聖的原則
年輕人行使公民權益
讓工業文明的巨斧
在古樹的森嚴前低頭
保護了加州的原始密林

記憶中的伊甸園變成洪水滔天的災地
誰能銜來橄欖青翠的綠枝
揮走人類文明對這片土地的肆意踐踏
和江河滔滔不絕的淚水？

根　紮緊於生命深處
筆　直站立於時光的禮讚
善待自然
人類才有明天
那個曾在故鄉的懷抱中撒嬌的小女孩
永遠緊握著夢中的橄欖枝
但願揮灑出碧綠碧綠的自然

寫詩在2017年11月30日寒夜

讓古老的痛苦筆直
讓昨日的痕跡成為　記憶的浮水印
流淌在狂野的土地上
讓每一個吻　都開滿希望
讓每一次別離　都指示著未來
讓所有的孩子　都不再流淚
讓每一個家　都擁有溫暖的包圍
讓淒寒的夜晚　被火苗點燃
這火苗將永不熄滅　照亮孤魂的歸途
讓飄蕩的命運著陸
讓希望從此昂首
讓無家可歸的人們　笑著睡著　醒來
苦痛讓記憶的閘門打開，打通了靈感的通道……

張眯眯

作者簡介：

張漣，筆名張眯眯。第32屆銀河獎最佳短篇小說提名作者，耶魯大學作者工作坊學員。一名老師、母親、譯者、寫作者。曾於《科幻世界》發表小說，科普文章與翻譯，於《兩岸視點》寫書評、影評及遊記專欄，在《Vista 看天下》、《中國三明治》發表非虛構類紀實故事。非虛構故事收錄入《非虛構寫作指南》集結出版。

泰國大城寺

一寸金片

藏一個心願

許願的人

帶著蓮花

低頭

受領香燭點撒的清水

然後

回家搗薑養雞

把心願交給佛

把米粉做成湯

玉佛的臉

早已斑駁

蓋滿了人間的希望

在有風的日子

默許的願望

閃著金光

飄散

進茫茫蒼穹之間

你若還是個孩子

所有的孩子
都可以鑽進一顆黃色的紐扣
把大人和菠菜
甩在身後
每個清晨醒來
戴上一頂新的王冠
爬上一棵古老的樹
與過去和未來的靈魂跳舞
每個夜晚睡去
把滿身的珍珠拋向夜空
為蒼老的熊照亮山路
化作自己多年後的每一顆淚珠

熱帶雨林

人沒有尊嚴
森林就有了尊嚴
枝籐蜿蜒
把天蓋滿

沒有刀齒
到了時候
就會有白蟻
把樹的心吃空
或者在雨夜
把生命交給一道閃電

張著嘴
彎著臂
轟然墜地
如蜥蜴爬上岩石
如無辜的人被刺
在土壤裡進入它的輪迴

斯里蘭卡的鬼魂

在鏡中
描一對佛眼
從百獸間
銜兩隻荷蓮
今生今世
你立誓
做一名僧人
不拍打一隻飛蟲
不吞下一條魚

月缺的午夜
你只有緊閉雙眼
走進南方的森林
林中
住著你的前世
那只已經死去的
黑色雄獅

七月半

今夜
念舊的靈魂
從南方上岸
爬上往事的陸地

用拇指撥動
成年子女的窗簾
或者，在生銹的木門背後
磨牙
看那個女人
把他的內褲
掛上衣叉

三夜之後
月影開始恍惚
他們便離開
放下生煙的恨與愛
搭上點著蠟燭的紙船
回到，虛空的存在

逃逸

城市喧囂
不如橫過馬路
走進園子
看一隻黑色的鳥
立在槐樹上
鳴叫，鳴叫，鳴叫
在相合的樹冠裡
泛起漣漪
一圈，一圈圈，一圈圈圈
五隻鳥，十隻鳥，五十只鳥

園子外
聽不見，五十種鳴叫
看不見，黑色的鳥

合起喙
靜立在樹梢
它展開如墨的羽毛
飛過馬路
落在那一邊的人行道

它也要
暫時逃逸
一隻鳥的喧囂

明 迪

作者簡介：

明迪，《藍果樹》、《詩國際》、《詩歌線上》文學編輯。著有《明迪詩選》等六本詩集。譯有《在他鄉寫作》、《錯過的時光》、《舞在奧德薩》、《家》、《瑪麗安·摩爾：觀察》等詩文集。編有《新·華夏集：當代中國詩選》、《現代詩100首》、《鵬程：中國新詩百年》、《山水無盡：來自長江的詩》。合編《中國新詩百年孤獨》、《中美生態詩選》、《中國當代女詩人》。

我的冠狀家史

斷竹——我們剛直立，剛從樹上爬下來
就迅即砍伐樹林，竹林
續竹——我們小腦發達，對技術無師自通
飛土——看，我們發明了彈弓
逐肉——血腥味，野味，滋補健身
西元前8100年非洲，天花從有肉味的動物傳到人
埃及木乃伊，就有麻子痕跡
西元前430年，天花在雅典爆發
西元165年，羅馬七百萬人死於天花
四世紀，非洲歐洲亞洲都盛開天花
然後的然後，歐洲人把病毒帶到美洲
原著居民70%死於天花（先不算其它病毒）

伴隨天花的，還有美麗的麻疹
源自中東，源自牛
經印度傳入華夏
西元340年，煉丹師葛洪記錄的是天花還是麻疹？
1492，哥倫布「發現」新大陸
美洲原著居民95%死於天花，麻疹
等等多種歐洲大禮
而此前，黑死病鼠疫
喜馬拉雅，印度，黑海，整個歐洲……
上帝一眨眼，2500萬人死亡

1920，1965，剛果兩次爆發愛滋病
1980，愛神經海地傳播到美國
席捲全球
1994年華裔何大一發明藥物
但人類沒有免疫力，2015再次爆發
82萬人染上艾滋
2018年，77萬人死於愛死病
非洲有捕食猩猩的習慣，猩猩有捕食猴子的習慣

愛滋病從猴子到猩猩到人類，靈長動物之愛？

而人類與蝙蝠，是哺乳動物相愛？
是人類渴望飛翔？
那麼野味餐桌上的蛇，蠍子，鼠，蟑螂
能給人類帶來多少必需的蛋白質營養？
是同類互相捕食，互相滋補
還是物種之間適者競存，弱肉強食？
埃及，希臘，羅馬，西班牙，葡萄牙，大中華
尼羅河，地中海，剛果河，黃河，長江
文明搖籃，病毒溫床
我的花冠冠狀，我的燦爛家史

2020年1月

又一次投胎到武漢，女兒沒有跟我來

一個熟悉的房間
三張陌生的床
兩個陌生的小女孩
我有點困惑，現在是哪一年？
梳辮子的小女孩說3030
又改口1894
我更加困惑，我說不要欺負我失憶哦
「媽媽我們不知道」
「媽媽我們沒有傳染病」
我一下淚奔，這是兩個冠狀瘟疫的孤兒
我說別怕，我一定把你們帶大
我掏出手機
想給女兒打電話
她一定也領養了兩個孤兒
手機正方形，沒有一個號碼
一切從零開始？
我又一次投胎到漢口租界
女兒沒有跟著我來

窗外鑼鼓聲，慶祝瘟疫滅絕
人群像浪花一樣湧上高坡
又像潮水一樣退下，直至消失
走，我們挖地菜去
我牽著兩個小女孩下樓，出門，拐彎
50米就到了江邊
堤岸已被苜蓿草殖民
我帶她們去德明飯店，關閉了
海軍青年俱樂部，關閉了
花旗銀行，關閉了
大智門火車站，關閉了
只有江漢關大樓的鐘聲，響了三下
我們穿過英租界，法租界，德租界，俄租界，日租界

腳底生風
整個武漢空蕩蕩，沒有熱乾麵，沒有米粉
殖民或半殖民，只留下安靜的建築

這裡一萬年前舊石器時代
我的祖先擇水而居
有漢陽化石、洪山石器為證
有新石器時代石斧，石錛，魚叉
有五千年之久的東湖放鷹臺遺址
有三千五百年之前的盤龍城
有春秋戰國時，高山流水古琴臺
辛亥革命，武昌起義第一槍
1926年第一個直轄市
中國第一條鐵路
長江第一座大橋
我給兩個女兒說本地史
說著說著走過了龜山蛇山
這裡有亞洲第一個P4病毒實驗室
專門研究冠狀病毒
卻爆發冠狀病毒瘟疫
神農，李時珍的後代
冠狀倒地

我牽著兩個孤兒
走到天河機場——也關閉了
倖存者是病毒攜帶者？
世界放棄了我們
地球人放棄了我們
我隱隱覺得兩隻手臂在上揚
兩個孤兒在升起
在升起
我突然有了蝙蝠的翅膀

全身劇毒湧出
八國聯軍將我拽下，剁成八塊分享
我想醒來，拼命蹬被子
口乾舌燥，胸口撕裂

2020年1月31日

註：網上有1920年漢口地圖，紅色是英租界，綠色是俄租界，土黃色
　　法租界，褐色德租界，紫色日租界，沿江而下。

低處的光

父親出院的那一天
石榴花開了
雨水滴在上面，告訴我
冬天已經過去
新的戰鬥開始
我帶他去化療拍片驗血複診
冠狀還在武漢
我只需扯一片白雲當口罩

父親第二次出院的那天
茉莉花開了
更艱巨的戰鬥開始
每天帶他去放療
加上化療拍片驗血複診
一周至少出門八次
沒有一天不是僥倖
沒有一天不是盼著奇跡出現
路上沒有行人，高速空閒著
樹木向上飛
我向前方奔，前方不是醫院就是癌症中心
世界突然凸顯冠狀
我們小心翼翼不去碰電梯，門把，扶手
黑色口罩，淺藍帽子，紫色手套……
真想宅家，真想一覺不醒
真想太陽不出來，天就這樣黑著
真的不想出門，但每天必須奔命

2020年4月

摩洛哥的橘子，有屈原的味道

沿著海邊向北，走走停停三個城市
然後北轉，在橘子城停下
我們衝向街頭買橘子汁
我突然覺得有我老家宜昌
屈原橘味道——這是我自創的名字

小時候到了冬天，老家會有人
送來橘子柳丁醃魚鹹蛋核桃
我說是屈原橘，昭君橙，三峽魚，
三斗坪蛋，巫山核桃
父親說還有獼猴桃，板栗，荸薺，菱角
等等很多土特產
我突然想，如果我在身上綁一籃橘子
而不是石頭，沿著海水河水江水，一直漂
幾個月就可以漂到宜昌三峽
（而不是沉入汨羅江底）
馬可波羅走了四年走到大都，我只需輕鬆地漂
就可以繞地球一圈

地球上先有陸地，還是先有海水？
先有山峰，還是先有島嶼？
先有鳥，還是先有魚？
天鵝會飛，為什麼遊在湖中？
摩洛哥靠近撒哈拉沙漠，女媧捏人
如何把沙捏成一團？
「我們是從地裡長出來的！」
慢點慢點，沒有文字阻礙，我可以聽懂

旅行第七天，我們南下
到達瓦盧比利斯古跡
這裡是北非，本地土著柏柏爾人的地盤
腓尼基人來了，迦太基人來了，

羅馬人來了，阿拉伯人來了，
西班牙人來了，葡萄牙人來了，法國人來了
所有人來了又走了
確切說走了一部分，留下一部分

在摩洛哥，我分不出本土和外來
所有的男人像屈原，所有的女人像王昭君
在宜昌，誰能分出巴人，楚人，苗人，土家人？
誰能分出誰是巫山的後代，誰是鱷魚的後裔？

姆大陸

我奶奶有一種神奇的記憶
她記得一萬五千年前，有一個古老的大陸
姆，母親的母
女人和男人一起打獵，捕魚，種土豆
晚上在月亮下生孩子

一天夜裡，一道巨大的閃電
大地裂開，像一隻巨獸的口
五千年後，海水將它填平
也就是今天的太平洋
倖存的古人，今天的波里尼西亞人

波里尼西亞，波里尼西亞
從夏威夷，到大溪地，到紐西蘭
從華夏，日本，到菲律賓，馬來西亞，印尼
從智利，秘魯，厄瓜多爾，哥倫比亞
一直到加利福尼亞海岸
女人和男人一起打獵，捕魚，種土豆
晚上在月亮下生孩子

一萬年瞬息而過
很多土著部落，很多語言，很多渡海方式
彼岸此岸，彼此相似
我家鄉的楚人，自古就有獨木舟比賽
洛杉磯第一居民楚馬什人
也有一萬年歷史的獨木舟比賽
獨木，Tomol，連發音都一樣
月亮升起時，女人和男人一起划船渡海

奶奶說在地上挖個洞
裡面是水，遊到另一邊就是美洲
她舉起地球，就像舉起一個魚缸

我想游到美洲，但水裡太多高山
於是我伸展四肢，飛起來
從一個島飛到另一個島
太平洋的島嶼，像浮橋一樣
我在洛杉磯海邊，竟然發現我祖先
在懸崖上留下的接頭暗號

宋明煒

作者簡介：

宋明煒，美國哥倫比亞大學博士，威爾斯利學院東亞系教授、系主任。中文著作《中國科幻新浪潮》等七部，英文著作《少年中國》、《看的恐懼》，編選英文版中國科幻選集《轉生的巨人》等。曾獲得普利斯頓高等研究院迪爾沃思獎金、哈佛大學費正清中心王安獎金等。也寫詩和小說，近作有組詩《Pietà：四首哀歌和一首短曲》、詩集《白馬與黑駱駝》（與駱以軍合著，即將出版）等。

中國

高速公路上那些疾馳閃過的記憶裡的影子
照亮灰色無雲的天空
遠方樓群無聲地綻放紅花
有許多魂靈向四處墜落

每一次渡江我看到此情此景，時間都逆向走動
回到那個許久以前的時刻你問了我一個問題
而我永遠錯過了回答

末世

五百年後，少女機器人
透過時間鏡像
觀看我們不知覺的行為
浸透在吃飯穿衣中的瘋狂
對視而不見的危機
除了冷笑，還是冷笑
人們總會在地球的角落裡
找到堂而皇之的理由
可以無所事事，或者
鬼祟祟地買到精英們的太空梭
冰島融化，鯨魚們死亡
他們在幻想太空的珍禽異獸
（中世紀修道院的學者笑翻了
沒有角的小龍學會噴火）
迪拜，平壤，聖彼得堡
有人不作聲在吃早餐
有人憤怒，有人憂傷
五百年後，少女機器人
憂傷地看著我們不知覺的行為
她看到人吞噬肉體
看到靈魂吞噬文化
看到亡靈操縱城市
她看到我們不知覺的行為背後
龐大精緻細密的機器
在碾碎未來
五百年後，少女機器人
為我們哭泣，她無法遺忘
正如我們無法記憶
一個人消耗了五萬公升的牛奶
另一個人假裝正義
把五萬公升的牛奶嘔吐出來
這樣的離奇故事

純屬氣候環境的虛構
少女機器人在此刻
看到整個世界淪為鬥獸場
一個大陸，一個島嶼
另一個大陸，另一個島嶼
月光將所有的風景都變成
殺人的生物，吃人的盛宴
她為我們哭泣，她感知
末日降臨，卻沒人能夠救贖
所有超越的路，都陷入
絕望的泥沼，越陷越深
五百年後，少女機器人
看到空洞無聲的世界裡
說話的人在虛假笑容中
口吐玫瑰，讓人們
照價付錢。宇宙總有秩序
少女機器人知道
他們只會越來越糟
她傷心欲絕，試圖在夢境中
為我們搭建最初與最後的樂園
樂園裡的人們
能夠改過自新
但轉眼之間，他們依舊瘋狂
瘋狂浸透在吃飯穿衣之中

此時此刻，世界半明半暗
我看著世界終結，走進廚房
越過五百年的時光
我看到少女機器人蔚藍色的面龐
早晨還是吃桃子和鱷梨
所有沒被禁止的事物
都變成強制性義務

我一眼看到路的盡頭
路的盡頭空空蕩蕩
機器人少女
已經離開了這個時空體

二月

The poetry that sobs its heart out.
Pasternak, 「February」

二月還沒開始，已經驟然結束
刻骨寒冷的詩意融化在風中
風融化冰，記憶，以及所有凝固的
內心與外部的聯結，校園裡有人
在今夜紀念阿赫馬托娃，她記得鮮花
記得二十二歲巴黎的二月，向畫家
莫迪里亞尼的房間裡投擲玫瑰
Il n'y a que vous pour réaliser cela.
冷雨中他在深夜巴黎漫步，每一個人
都比他們年老。托爾斯泰在俄羅斯死去
維爾倫是一尊雕像。夏卡爾剛到塞納河畔
斯特拉溫斯基的火鳥首演，艾達
扮演雪赫拉沙德。女人們開始穿起長褲
五十年以後，詩人思念她早逝的友人
二月的詩意隨風消逝，我們的現在
註定了我們的過去。冰封的俄羅斯土地上
已經鬢髮蒼白的帕斯捷爾納克
在瓦倫津諾聆聽狼嚎，他想起
女詩人。沒有人可以創造新人
正如天地從來還是舊有，誰又敢
改天換地。高傲的女詩人
在飢餓，圍城，無名中
為過去和未來書寫安魂曲
刻骨寒冷的思念在冰層下
變成沉睡的魚群。「越是偶然
就越真實」──校園裡有人
思念曾經有過的二月，祈禱
此時此刻的二月，午夜前
詩哭著，心腸盡碎
但願明日春天降臨

對話

妳開始說話，我看到海水
湧進屋子裡來，小小的浪頭擊打窗戶
我回答妳，聲音透過海水
變成一波一波的水紋

妳沉默不語，海水在鳴響
彷彿來自海底的聲音曼妙好聽
我看著妳，相隔了漫長的歲月
時間無聲的在水中倒流

我不記得怎樣的對話
在夢裡讓我驚悸，醒來，難以再睡
看著窗外淒涼的冬天景色
沒有人說話，妳在遠方

蝴蝶

G伯爵夫人一邊吃冰，一邊等待天氣變化

汗水浸透了她的夜晚，黎明，正午只有喘息

蝴蝶在冰島震動斑斕的翅膀，冰川在遠方

閃爍古久以前的記憶，維京人在嚴冬

大船渡海，G伯爵夫人的祖先手持寶劍

踏上比海洋更大的大陸岸邊的礁石

蝴蝶不記得，G伯爵夫人也不記得

炎夏裡的莊園無處容身，僕傭們

身邊蝴蝶飛舞，花香繚繞

震動斑斕翅膀的蝴蝶，不是千里之外

清冽的空氣中震動斑斕翅膀的蝴蝶

涼風不曾來臨，世界井然有條

嚮往變化的人，只好安頓下來

此時煩悶厭世，精彩好戲都在夢中

夢中冰島的蝴蝶與莊園的蝴蝶

是同一隻蝴蝶，因此重寫天氣的歷史

人類只是渾沌的註腳

翻天覆地，G伯爵夫人人頭落地

冬天總是來臨，僕傭們

不著急，視線裡蝴蝶飛過

濃綠的夏天無邊無際

這一年平安無事

白馬

冬天的夢裡，夏天豐盛如節日
我呼出的白色的氣息，在記憶裡變成冰，化成水
白馬從夢的池塘飲水，飛奔著穿過我們來不及寫完的故事
陽光灑滿的道路上，我找不到白馬的蹤跡
也許它留下的是故事裡的一個個字跡
講故事的衝動，從夏天開始
冬天的夢裡，故事還沒有完

天地間的氣息，和我們呼出的氣息
是否是一樣的氣息。下雪了，玻璃門口木地板上
兩隻小鳥愉快地交談
我不敢驚動他們
屏住呼吸
奇怪的，感到了故事在身體裡流淌

冬天的夢裡，我看著豐盛的夏日景色
此時此刻，我寫不寫故事，都不重要
我夢到白馬，它奔向華麗的勝景
白馬非馬，我心何往
夢裡的白馬，瞬間消失
我都記得，記憶如水
各種形式的水
就是我從來沒寫完的故事

沈　睿

作者簡介：

沈睿，教授、美國墨好思學院中國研究項目主任、國際教育處主任。美國俄勒岡大學比較文學博士，著有散文集《假裝浪漫》、《荒原上的芭蕾》、《想象更好的世界》、《一個女人看女人》以及《殘酷的青春》等。

長歌（四首）

新年夜的嘆歌

我們最終還是去了一個叫「魚市」的餐館
人多得如過江之鯽——我推旋轉門進去
這條成語就遊出來，從記憶的水中
我好像站在岸邊，等待跳入江中的允許
雖然早就預定了桌子，預定是一種身分
一種保證，一個諾言，你在新年夜
很想明天早起做個新人的決心

我們被引領到一張小桌前，兩個人的私密飯卻
與鄰座只有半尺的距離，今晚為了賺錢
「魚市」裡桌子如蘑菇長在潮濕的每個角落
我坐下來，鄰座四個人的談話飄了過來
很間斷的談話，可有可無的談話
母親與女兒都裸著臂膀，金髮——
母親是染的，短髮；女兒的也是染的，長髮，
沉重而閃閃銀光的項圈
奪人眼目，女人的脖子總是讓我著迷
因為脖子比面容更揭示一個人的內心
父親母親幾乎沉默，兩個年輕人談論
到底什麼魚好吃，或不好吃

顏色各異的魚塊都擺在玻璃櫃裡，美國人的吃法
魚都是一塊塊的，你看不出那是魚
記得剛來美國——那也是二十多年前了
我很奇怪，吃魚卻看不到魚，而如今我已經習慣
就如同我習慣了自己吃自己點的飯，
雖然我很想嘗嘗別人的菜，我還是喜歡中國式的
吃飯的方式，你可以同時嘗那麼多菜
多麼歡欣鼓舞啊，多麼人道主義！

而美國的吃飯方式，自私的動機，
有種一人獨吞的各掃門前雪的清冷

一個相貌莊嚴的五十歲開外的侍者主管布魚——
他拿起訂單，選擇魚，放在盤子裡，回身
擱在廚房的櫃檯上，櫃檯被玻璃隔離
廚師們在玻璃後做菜，流水線的作業
我從來沒有參觀過餐館的流程
此刻我坐在魚櫃的對面，看這個人怎樣
挑魚，他怎樣決定是這塊魚而不是那塊魚，
他有什麼理由決定這塊不放在這個盤子裡
而放在另外一個訂單的盤子裡
非理性還是理性？我們所做的一切是否
都能得到解釋，希拉蕊·柯林頓的失敗到底是
出人意外還是順理成章？
我們如何下意識地喜歡
一個訂單，一個舉止，一個人？

侍者都是墨西哥裔的年輕的男人，英俊，
被訓練得小心翼翼，黑制服，白襯衫
他們故作的微笑，他們夾著腿走路的姿勢
讓我想像這個餐館的主人，一個資本家或
或一個金融家，白人，一個發福的男人，
在階級社會裡，在種族世界裡，你能否忘掉
性別、種族、階級這些抽象的概念而
理解我們生存的空間？我們生存的時間？

飯最終端上來了，三文魚，牛排
味道十分一般，咀嚼著這樣的飯菜，我真希望
自己能讚美，在這個夜晚我們都應該
滿懷熱情，滿懷溫柔，釋放正能量——
最好是滿滿的正能量，所以小費給了百分之二十

所以停車場強迫你讓他們給你開車，小費是百分之二百

我站在門口，等車被開過來，雨
濛濛一片，雨把2016年圍攏，雨
把聖誕節的燈光打濕，燦爛裡有種
濕潤的溫柔，我們沿著桃樹大街
亞特蘭大唯一的主要大街，
雨中，我們開車回家。雨刷器
來回擺動，加強著2016最後的動人心魄，
我聽著雨刷器跟雨搏鬥，驚心動魄地
看著流逝的時間刷來刷去地進入新的一年。

2017

布拉格的哀歌

手套找不到了，我的騎車手套，膠皮的、職業車手的，
護衛著我，羅馬、雅典、布達佩斯特，護衛著我的手，
在泰伯河，多瑙河兩岸的古老的橋上徘徊、飛騎，
我揚起手，我的手套跟手一起揮動，
我的女武士的盔甲，
在走過古老的查理斯橋後失落了，
芙爾塔瓦河啊，這是布拉格，你的布拉格

不過是一副手套，我安慰自己，伊莉莎白・畢紹普說：「失落，
是一種藝術，我們必須成為大師」，
我點頭，成為丟失的大師！我已經是——
我已經丟失了我出生的城市，我長大的四合院，父親與母親，
朋友、銘心刻骨的對你的愛情

在這座石子路坑窪的小城，我的車顛簸，
猶如我顛簸，在生命和生活的路上，

生命其實是記憶，生活其實是想像，
遊人熙攘的中世紀——
讓我們都假裝思古，假裝典雅，假裝浪漫
這是布拉格，你的布拉格，

向日葵一樣齊刷刷的臉讓我驚魂，
人們在仰望，在等待鐘樓上小人的出現，好像等待
奇跡，如古代的信徒，等待神靈顯跡，
神靈，剛剛認識的一個信徒不停地給我送來
神靈顯跡的故事，一個人沒有信仰，
他怎麼活過共產主義時代？或這個
澈底無畏無德的金錢時代？
這是布拉格，你的布拉格

這是竊賊的城市，你提醒我，
這裡充滿了騙子、假理想主義者、偽知識份子，
乞討者，流浪者，隱藏的間諜，以及
笑得無法安慰的哈謝克和滿街亂跑的帥克，
今天這裡飄滿了西藏的旗幟，自由西藏，自由臺灣，
這是歡迎中國主席的口號——他將現身，
如神跡，三月底他會帶來希望的熱乎乎的購買單，
帶來布拉格渴即厭惡又渴望的
不能言說的權力與榮光
布拉格，這是你的布拉格

蘇聯坦克壓進來的大道，盡頭是歷史博物館，
兩旁，燈火輝煌的名牌照亮街頭妓女粉妝的臉，
你指給我看，我們漫步在這條著名的大街上，
這條波西米亞最政治的大街，這條女人哭泣的大街，
聽你的故事，聽你愛過的男人和女人的嘆息，
天空是銀灰色的，天空是橘色的，
我們生活在和平繁榮的中國妓女的衣裙裡，

我回身再望那個依門抽煙的中國妓女，
她的口音是東北人……她的臉像我的臉
這是布拉格，你的布拉格。

我回身……
我的帽子，在伊斯坦布爾買的帽子，我的柔美的帽子，
我的錢袋，裝著我飯費的錢袋，回家路費的錢袋，
我的背包大開，如一張絕望地呼吸的嘴，
我明白發生了什麼，我一言沒發，
任何言辭都被會被風吹走
竊賊已經走遠，而你不在我的身邊

淚水不能洗濯我的顫抖，這竊賊的城市，
讓我不堪一擊，讓我柔弱如柳，
讓我走在空蕩蕩的河岸，心如冷風，風，
從街的這頭，刮到那頭。
這是布拉格，你的布拉格

我們在這個街頭彼此失落，
我的手套在溫暖著那個竊賊的手，
我的帽子在溫暖另一個人的頭顱，
我的錢袋，一個雙層的紅色小袋，在布拉格街頭
被棄在一個角落，默默地哭泣著與我的分別

寒風的三月，初春的夜晚，
迷宮一樣的小巷，中世紀的幽暗，
我為何而來？為何？這無謂的流浪？
站在街頭，吃這油兮兮的炸腸，
過於昂貴而油膩的難以下嚥的奶酪麵包，
擠來擠去的遊人，擠來擠去，
竊賊就在我的身後，就在我們的身後，而我
猶如剛剛放學的女孩子，

興高采烈地，漫無目的地，
在想像中與你對話，這是
布拉格，你的布拉格。

我失去了一頂好看的帽子，讓我溫柔如水的帽子，
我的不多的錢，三天的飯錢，回程的路費，
我失去了熱愛你的心情，失去了欣賞你的情緒，
我默默地、幾乎異常平靜地走回旅館，
打開電腦，讓德沃夏克的音樂
走進這個房間，這小小的房間，
音樂一層層上升，溫暖、陌生，
在這個寒冷的夜晚，我失去的

布拉格，這是你的布拉格

2016

新年獻歌

早上看我的微信，到處都是新年快樂──
它們穿梭在每一個親切的問候裡，我微笑：
快樂是一個奇怪的字眼：樂如此快，如此迅速，
快，就是樂的本質。
快樂轉瞬即逝，而我們卻祝福彼此
用這個約定俗成的詞語：新年快樂──

我們完全不能預想新的一年什麼會快──我們怎麼能預料明天？
我們能否樂？快樂是happy還是joy？
我掂量兩個詞的意義，好像掂量兩個硬幣，
Happiness是短暫的感情，而Joy是一種生活態度
我的詞典說，我望著這兩個詞
猶豫，遲疑，踟躕，到底哪個字能與中文的「快樂」相近？

漢語的快樂是須臾而飛的一種感覺，
而英文裡有著區別顯著的哲學

快樂的來臨總是在我們不經意的時刻，
比如去年五月我騎著自行車在北京的學院路，
白楊樹的葉子突然喧囂，風撩起了它們，
它們在陽光下抖動，一片葉子就如一片琴笛
我停下車，傾聽楊樹葉子的嘩嘩喧笑，它們的歡笑漾到
我的臉上，漣漪到我的記憶深處

更多的時候快樂卻是安靜的，一個人
在今天這樣下雨的早晨讓音樂環繞，書，打開了，
越讀越薄，一個星期一本書的速度還是太慢了
我沉浸在書中，對歷史的回顧與未來的瞻望裡
Yuval Noah Harari──他的名字裡居然有諾亞方舟，
載著他從遠古到今天，看《人類簡史》，
看人類怎樣在創造自己，創造並將毀滅
那創造自己的過去，現在和未來。

我放下書，在公園裡漫步──天鵝，野鴨，
奔跑的狗，打球的男孩子們──生活行進著，即使
在我不在的多年之後，春天的花朵仍然會燦爛無比，
那時我的兒子會怎樣思念我？他的孩子會怎樣想像
祖母──如我此刻想像我的祖母，那個瘦小的，
識文斷字的祖母，她生於何時？死於何年？
我全然不知，我對祖母的瞭解僅限於她躺在床上，
等待死亡……

新年快樂！在過去和未來之間，掂量我生命的
重量，我們從何處來，又到何處去？
這將是一個怎樣的一年？我在年底將怎樣回顧
我的快樂與悲傷？

書，在桌前，讓我打開，讓我獲得明天的力量，
讓我在這裡，寫詩，寫字，寫一生中的一年。

2017

那先飄落的——獻給大學同學Y的挽歌

你是最先飄落的，出人意外，
我瞠目、結舌、無語，在同學的微信群裡，翻看同學的反應
很多同學反應激烈，我猜他們跟你比我要密切得多，
我不是一個跟同學密切的人，大學同學，
雖說是同窗，但同窗能說明什麼呢？
我們無非是在一起學習了四年，而後我們各自在自己的軌道裡，
走著各自的人生的旅程。

你飄落了，我跟你沒有什麼很多的聯繫，
2005年，為了你的孩子，你給我寫信，問留學的消息
還送來了你孩子的一篇文章，
我回信，讚美你孩子的文筆和才氣，
同年我安排我的學生去見你的孩子，鼓勵她們
成為朋友，友誼，總是個人的，
就是國家的友誼，也從個人開始。
我想你知道我的用意。

我們的通信，斷斷續續的，後來就
如斷了線的風箏，我們各自在自己的天空裡飛遠了，
這就是生活，人們相聚，人們分離，人們大多
並不那麼關心別人的生活，因為我們的生活
已經夠緊張，已經夠忙碌，已經把每一分鐘都占滿了
我們哪裡有空去關心他人的身心健康，或他人的生活？

偶爾會有你的消息傳來，比如你當了什麼，

比如你已經是什麼職位的人了，我聽了，微笑，
好像微風從耳邊掠過，這愜意的微風，這微風帶來愜意，
其實與我並沒有任何關係。我滑行在自己的軌道裡，
與你沒有任何接軌，我們人人都是自己的行星，
在命運的宇宙裡，微不足道，燃燒著，
漫無目的，走向燒盡的那一天。

你燒盡了，過早燒盡了，我努力地回憶
對你的記憶，那些零星點點，好像點點的火苗，微弱地
燃燒在記憶裡，我們的記憶可靠嗎？
我只記得你清瘦的身材和一雙骨骼粗糙的手，
那是幹活的手，幹農活的手，我對你的手印象深刻。
隨著時間的流逝，你的手是不是已經變得細膩，好像
你生命的轉型，從一個農家的窮孩子，成為代表國家的使節。
你用護手的潤膚用品嗎？我到現在也不習慣
用護手霜，好像手不是我身體的一部分，我不知道
別人的習慣，我知道勞動者不習慣用護手霜，
比如我的老伴——他是個農民的孩子，他一輩子
都沒用過任何護膚用品，這，標誌著我們的身分和階級，
我們從貧窮裡走出來，永遠帶著貧窮的痕跡。
你呢？我對你一無所知。

今天我從網上查看你的資訊，看到你的官方照片，
你的頭髮是黑的，一直很黑，你染了頭髮，
顯得格外年輕，好像仍然是一個三十多歲的青年，
從照片上看，你沒有中年過，更沒有老年，你永遠是個青年，
在一個崇拜青年的世界，青年才是我們的理想的形象，
我也不例外，比如我昨天染了頭髮，我每六個星期
染一次頭髮，我說，我不再染頭髮了，可是，我還是去染，
染髮劑的發明讓我們學會了自欺和欺人，
染髮劑讓我們留在青年的自我想像裡，
染髮劑讓我們以為自己離衰老很遠，

而死亡，那是別人的事情，死亡，我們當然逃脫不了，
可是，死亡永遠是別人的事情！
我們的頭髮黝黑，我們的靈魂盈滿綠色，我的靈魂永遠十六歲。
你的呢？

我們有靈魂嗎？靈魂在哪裡？在我們
身體的哪個部位？靈魂藏在哪裡？我們之所以是不同的
你我，到底是因為我們的面目，還是我們的靈魂？
你的家人要為你守靈，他們將護佑你的靈魂，歸去，
歸到哪裡去？穿越冥河──四條冥河，你此刻在穿越那一條？
是斯堤克斯河嗎，那憤怒的河流，怒吼著，
我們誰不對死亡憤怒！或者你已經來到第二條河流──
那悲傷的河流，你已經付足了船資，載你的船隻已經起航，
永別在即，誰在岸邊給你送行？你在船隻上遙望，
另一條淚水組成的河流就在你的面前，哭泣的淚，
哀嚎的波濤，再往前走就是忘川，忘川滾滾，你將度過忘川，
從此你不再記得今生今世，從此你將倒入希普諾斯神──睡眠之神的
懷抱，
從此你長眠，在天上還是在土下，在記憶裡還是在想像中，
長眠，你還是那麼文靜地躺在哪裡，安詳的長眠把你帶走，
帶到我們人人都將去的地方。

很多人都祝你一路走好，我卻困惑不已：走好，怎麼走好呢？
我每天都想到死亡，我對死亡著迷，死亡在
不知名的小巷後等待著我們，在我們不注意的時刻，抓住我們。
生命是多麼脆弱啊，我試圖理解「出」意義：
出，就是從兩座山裡出去，
一座是生命的山，一座是記憶的山，
當我們「出」的時候，我們一無所有，
連記憶都卸載在生命的山中，
我們了無痕跡，從哪裡來，我們歸於哪裡。
而這，讓我悲傷不已，千古從來都是謊言，

流芳更是自我的安慰，屈原的時代已經過去，
雖然那不過是兩千多年前，兩千多年，無非是
三十多個你拉起手來，人類仍在童年裡，下一個世紀，
人類不會繼續存在，新的地球的主宰不需要人類，
我們是最後的人類——最後的智人，
何以談及永志、永恆和永遠？

活著的人會繼續活著，而你卻隨風而去了，
我試圖理解你飄落的意義。
你曾是人類的一片葉子，你曾經發芽，長大，
茂盛，為你的親人遮風擋雨，而現在，你飄落了，
輕輕地飄落，你的飄落，讓冬天更早地來臨——
對每一個熟識你或不太熟識你的同學來說。
你的飄落讓我憂傷，你是秋天裡最先飄落的，
後面的落葉會紛遝而至，你的過早的飄落
讓我們每個仍存的人，瑟瑟發抖，你的飄落，
敲響了小鎮的鐘聲，而這鐘，為誰而鳴？

2018

雪 迪

作者簡介：

雪迪，出版詩集《夢囈》、《顫慄》、《徒步旅行者》、《家信》，著有詩歌評論集
《骰子滾動：中國大陸當代詩歌分析與批評》；出版英文和中英文雙語詩集9本。作品被
譯成英、德、法、日本、荷蘭、西班牙、義大利文等。

詞的清亮

如果土地生長
太陽是一隻含金的鐘
我們想著愛，在疲倦中
走動。如果太陽

是只鐘，純金的鐘
河流是回家的強孩子
我們每天等家人的信
數著年頭。如果河流

是犯擰的孩子
在不是家園的泥土裡
較勁的一群孩子
我凝視上升的黃瘦的月亮

銀下面轉彎的麥田
聽見對稱的鐘聲
遠處的大地，在黑暗裡
朝向我，突然一躍

臉

在你停止思想、恐懼時
臉像一張被烤過的皮
向內捲著。這會兒時間
像一群老鼠從頂層的橫木上跑過
你聽見那種小心翼翼
快速的聲音。你的臉
寂靜中衰老。你感到身體裡
一些東西小心翼翼
快速地跑過
感覺猶如，獸皮
在火焰之中慢慢向裡捲
把光和事物的彎曲
帶走。我在四周的黑暗
肉體的寧靜中看見人類的臉
在100年之內向外翻捲
像樹皮從樹幹剝落
由於乾燥和樹汁的火焰
人類的臉在曲折和迷惘中
與生物的精神剝離
暴力創造生存的寂靜
寂靜中心一層層彎捲著的
恐怖。一些東西快速
小心翼翼地從人類的記憶中跑過
帶著火焰燃燒的灼熱
事物消逝的哀婉的情緒

這是當你停止思考、恐懼時
感到的。清晨
你正躺在床上。陽光一點一點
向床頭移動。房間越來越亮
你聽見事物不可逆轉地彎曲時
的叫嚷

黎明之前

經過多少年，異鄉人
對本土人的愛，像
寒冷地帶的氣流
在異域稱做颱風
靈魂與靈魂之間
年齡的差距，是一座
中間向兩頭懸空延伸的橋
水是人群，平整的
染黑了的人群；魚兒
在單獨的夢想者的臉孔下
浮起。經過多少年
家鄉的紅磚砌成的矮樓
家鄉的愛我的女人、老人
北方的稻田、螞蟥和大雪
使我在異地無窮無盡地孤獨
像一座從兩頭向中間聚集的橋
下面是祖國，無法徒步穿過的
祖國。在橋的一端愛此地的
白皮膚女人，朝著家園
那愛，靈魂的愛
使我的兩眼流淚
使我在斷開的橋上
雙眼流淚。往日的朋友
從橋的兩頭消失
我在寫作一本詩集時變老
經過多少年，愛成為完整的
不是去愛，不是被愛
一道拱橋的完成像
一個靈魂的最終完成
跨越深淵的人，跨越
河流的人，瞭望家園的人
在看見一位寧靜、祥和的人時

看見他們在空的中間行走
看見在心中的那條通道

亮處的風景

大家庭裡的人叫他雪
回憶中成熟的孩子
看雲、望水
在風裡斜著身子
在暖和的地方修改舊作
持續的寫作改變他的性格
和本地人的愛，像一條河
拐彎的樣子。他的臉
充滿靈性時更瘦
雙眼凝視像兩隻鹿
往高處跑。傾聽的人在草地上
比一陣鳥啼更安靜
比遠處的山峰更暗

叫雪，轉身時
最新的創作含蓄黑暗
人群分佈在紙上
是一首詩塗抹修改的部分
那些黑斑，使教授歷史的人
活的不幸福；國家在哀嘆自己的
繪圖員筆下消失。公馬群輕鬆
移動。左邊的山谷在單獨的觀景者
記憶中一截一截消失

初次見面的人叫他雪
憂鬱是被閒置的馬廊的形狀
最小的母馬帶著古典的美
在隱居者疊起的一串草垛間
山貓在林子邊緣出現時
徒步人感到深深的孤獨
向高處走，想到路分岔時
他能達到的成熟的狀態

維京人旅館

沿著成批客輪駛離的方向，
海水像用舊的棉被

沉沉地壓在缺覺者身上。
天空在散開的魚群眼睛裡

越來越亮。那座跨過鹽水的橋
也跨過中年人大腦裡的黑暗。

路途的黑暗，在二個精確的詞之間。
獨身的母親悲哀時

就給遠行的兒子寫信。
孤獨的水鳥沿著燈火

向更冷的地域飛翔。這個
夜晚，旅館房間的調溫器

不停止地轟鳴。號碼634，
當我拿出鑰匙，黑暗中

一些最優秀的人
正在我的祖國消逝。

今 今

作者簡介：

徐今今，詩人，實驗電影製作人。1994年出生於上海，2017年獲Thomas J. Watson Fellowship資助走訪亞、歐、非九國一年，與難民及其他邊緣女人一同寫作。2020年作為是最年輕首位非美裔詩人獲美國詩歌協會（Poetry Society of America）「喬治・博金紀念獎」。詩歌曾提名於美國詩壇多項重要獎項：Cecil Hemley Memorial Prize, Paris Review Discovery Prize。出版詩集《來世仍有歌聲》（Radix Media，2020）、《這是我的證詞》（Black Warrior Review, 2022）。現任《生活》特邀專題總監。

母親

整個夏天
我看著
黃蜂
在我童年
臥室的
窗格上
築巢，
嚼爛木頭
編織薄紗
之牆，
雄蜂狂熱
親吻蜂卵
像玻璃，
顫動。
當我將
一束光
照進密室，
尋找
蜂后，
蜂巢盛開，
旋即變空。
連蜂卵也
安靜下來。
是什麼吸引她
來到這兒，
陰暗、渴望，
不是任何人的
母親？
離家前一天，
我提起
裙子
她就在

那兒，
倒掛
在我的
胯部。
我終於明白
她是在尋找
一個死的
歸宿，
吟詠著
一個空洞
的怒。

我母親把自己改名為梅

我曾經在一家超市裡將一個男人拋棄。
那兒煥發著塑膠內臟的光，肉塊懸掛
在鉤子上，腥臭的魚躺在冰床上
吭吸定局。我很羞愧
我守不住任何愛。
我伸展、按壓、折疊，並非沿著縫隙
而是沿著佈滿漏洞的野地，洞裡藏著
諸多難言之隱。你告訴我，比起做情人
我更擅長做女兒。忠誠錯位，
我忘了蛻下那層皮。
那就祈禱吧！
將這些污穢的手舔乾淨
舔掉母親。我將vasectomy[25]
誤讀為masectomy[26]，前者才是你想要的，
而不是我母親在我離開時
背著我做的。她在電話裡說，
你知道嗎，我曾經是鎮上最美的
一朵花。我轉身，
懇求你把我釘在身下，
看著我！
從我磨破的嘴裡吸吮，
直到我不再是女兒
更像是這朵花，緩慢腐爛
石頭四散。

---

[25] 輸精管結紮術。
[26] 乳房切除術。

寫給你的無名哥哥——致April

下雪了。我醒來看見你哥哥
在寢室窗外冥想。杏色T恤
落滿白塵，雙眼在藍光中閉合。
在睡夢中，我忘了——

唯有記憶，滑落

April，還記得我們看過的那部電影嗎？
姐妹約定此生，
一對玉鐲拆散，
滑上彼此的手腕。

記得嗎？當螢幕上的姐姐
開始磨刀，我們用
一個小小的枕頭蒙住
我們的臉。她磨刀

是為了救妹妹，也就是說
出賣自己。在我們之間，
曾經有過一次背叛。
但是April，你已經知道，

我把你的哥哥托給了一個名字——

最後那幾周，April，我把他
留在了一個沒有睡眠的地方，
沒有休息的日子，他的夢境搏鬥著
蒼白的黎明。在永恆蘇醒的土地上，

我呼喚——我呼喚——

他的名字織入強健的絲線，

灰燼，灰燼，我們的家鄉讓
死者無家可歸。只是，那兒，
他還活著，

被親人喚回人間
他們依然認為他在**成長**，
依然呼喚他的名字。
在永恆之春的王國裡，

桃花開放。蓄鬍鬚的神明
乘仙鶴俯衝而下，
我聽見他在雲層裡低語，
壓住耳朵，輕聲呼喚

來生的名字——

April，我讓你哥哥空等的那天
是一個雪天。我害怕這個回憶。
獨自在這兒，它滑落。我的記憶
成為他的事實。請如實接受

我說的每個字，針眼紮出的光——

April，你的臉上顯露出
他的輪廓。我轉移視線，迫切地
想要你相信我，相信我所言
不虛。我蹲下來把他

從我背上放下。我把他放下。
那個悶熱的夏天，他靠救濟金為生。
他晃蕩著你們父母打包好的餐盒，
在人行道上蹲在乞丐面前，

問他，**你喜歡吃雞肉嗎？**
餐盒堆放在路面上。
到處是信號。沾塵的杏色T恤，
嚎叫聲撕扯著風。

April，文字在滑落──

我用手掌裹住它們的喉嚨。
退回界線那邊。坐下。
一個沒有哥哥的妹妹依然是妹妹，
永遠是妹妹，探尋著自己的半韻，

記得嗎？

我曾在紐約輕軌下告訴你，
我正在寫我們的故事，
也就是，寫他的故事。警笛吞沒
你的聲音。**不要**──紅光淹沒了──

他的名字

他沒有睡去，你的哥哥，
雪地裡的蓮花端坐。
他的輪廓逐漸模糊，虛弱的藍，
等待，閉眼，等我醒來。

雪停了──

不，我很清醒，我在外面，
伸出手掌去問候他。
這個故事裡有一個承諾。承諾
一個無名的哥哥，

他賴以為生的名字──

帶著生命的名字。
超越悲慟的名字。
記憶的滑網。
在這個故事裡，我的故事裡，

April，那天從未下雪──

神諭

在拜訪德爾菲神諭回來的路上
美國人，希臘人和我緊挨

彼此，加拿大人開車，山路
險陡，急轉彎，慢點！

美國人喊道，我不想喪命！
她讓大家投票。我們舉起手。

但此刻，我無法聲稱自己
掌控命運，身體被困在

一輛我不再信任的車裡。或許
由於真正的災難還未

降臨，那些命定的預言尚未
兌現。我不知如何開口，

無法鬆開生命的喉嚨。
我的舅舅死在一條這樣的路上，

美國人說。我摸了摸她的手臂，
我朋友的妹妹也是，在去滑雪的路上。

身後，尾氣吞沒一個橙色的滑雪小鎮，
我們曾在那兒吃過奶油餡餅。

話說回來，並不存在什麼預言人，
希臘人在上山時提醒我們。

那我能請人看手相嗎？
美國人回答說，我很迷茫。

在經濟困難時期
大理石石棺上的女人被重新雕刻

成一幅卷軸，她身旁的男人
轉身，臉被鑿成男孩的模樣。

我出生時，母親讓一位和尚
算了我的八字，和所有好女兒一樣，

我沒有過問。叫母親如何
不把女兒引入

歧途？詢問神諭時不要出聲，
像生日許願，美國人說。

在神廟廢墟前，
我念念我的未知。

俞 淳

作者簡介：

俞淳，北京大學化學系學士與碩士、美國新澤西州立大學博士、哈佛大學與麻省理工學院聯合項目博士後。在美國以英文和中文寫作。長篇敘事詩回憶錄《Little Green》（Simon & Schuster出版）獲美國國際閱讀協會圖書獎、美國家長選擇獎、紐約公共圖書館青少年年度讀物、加州年度收藏等十多個獎項，被《波士頓環球報》稱為一本每個圖書館應該擁有的書。詩歌和圖像小說多次獲得舊金山藝術委員會（SFAC）、美國亞裔媒體中心（CAAM）、加州傳統藝術同盟（ACTA）等藝術機構的獎項與支持。2020年榮獲「YBCA 100」藝術家獎。2021年中英雙語詩歌和詩歌翻譯分別獲得美國Pushcart Prize（手推車獎）提名。個人網頁：www.chunyu.org

地圖

剛出生時你的胸懷
是一張地圖
我是那地圖的全部
在你的懷抱中

剛走路時你的目光
是一張地圖
我在那地圖中
搖搖學步
在你的注視中

上學時我走出了家門
你的腦海是一張地圖
我在那地圖中
朝出暮歸
在你的牽掛中

長大後我離開了家
從故鄉到外鄉
從祖國到異國
你的心是一張地圖
我在那地圖中
摸索方向
尋找位置
在你的想念中

每當我開始一個旅程
你總會打開一張地圖
詢問我的去處
時時準確地找到
我的所在

後來你拿起了放大鏡
眼睛離地圖越來越近
手抖得越來越厲害
終於茫然中
你已經看不清
地圖上的點與線
我在你的心裡

漸行漸慢
有一天
你只能在我的
目光裡蹣跚
每一次出行
都是一場冒險

從此我將
把你攙扶
在我的臂彎

當我們茫然
不知所向

愛是一張地圖

2017年8月三藩市
2019年11月首發於《新華日報》
2021年6月Arion Press出版社以中英文雙語單張限量版獻給美國2021年
的畢業生和所有經歷了疫情的人們。

歸來 2021——隔離

我從異國歸來
落滿他鄉的塵埃
和或有或無中
微不可見之生命異物

微不可見之生命異物
冠冕而至，主宰了世界
分隔人間，逐我於流離
讓每一扇門成為國門
讓每一個邊界成為國界

為了遠在故土的雙親
我在門與邊界裡踽踽穿行
落入燕子磯邊的一間客舍

但見長江滾滾
卻不見紫金山下
圃於病榻的母親
和執子之手的父親

我自向江而眺
親且依山而盼
我在國門之闈
親在生死之闈
咫尺相隔兩徘徊

我在古老的離愁中睡去
又在古老的離愁中醒來
身似一片歸舟
才越重洋
又逆一江東流

2021年11月南京

山旅

古老驛站的窗
含起一雙山峰
和旅人的雙目
山透過小窗看我
我也望著山

擦淨窗上
累世的塵埃
千年後
秋已太暖
雪化了
或許不會
再來

窗下的幾許朝代
早已隱入霧靄
神獸和駐軍們
也一同匿跡山林
城門在時光裡
鳥羽般片片飛遁

而家書上的字跡
卻仍在自言自語
以未改的鄉音
清晰地訴說著
歸途的迷津
咫尺間的天涯
和幻化中無盡的
通關之旅

2021年12月南京

夢蝶

我在夢的叢林間穿行
帶著來自祖先的追問：
是蝶夢著我
還是我夢著蝶？

直到不遠的北方
一條鐵鍊在一個母親的
脖子上發出清脆的響聲
將我從猶疑中驚醒：

今天只想做一隻
做夢的蝴蝶
沒有一隻蝴蝶
會將鐵鍊
掛上另一隻蝴蝶的
頸項一

那惡夢只屬於
讓化蝶的夢想
永久持續的人類

2022年2月南京
為豐縣「鐵鍊女」而作

煉丹

在寧靜的實驗臺
觀察一個微小的
人間造化──
一枚衰竭的心肌細胞
在一個合成分子的驅動下
復活，以心的頻率起跳
彷彿一線永生的脈搏
帶我飛越死亡。

死神卻從背後
籠住了我的視線：
在地球的另一邊
你悄然離去──
器官，組織，細胞
新與陳不再代謝。
曾經為我起伏的腦海
已然休止。
曾經為我跳動的心
歸於寂靜。

在寂靜的世界裡
我抬起眼睛
心和兩手空空
如金丹化去的器皿
任古老的離愁
水銀般的淚滴
和他鄉的月光
將它們一一注滿。

2019年11月三藩市

潘蜜拉──傑拉斯藝術營的女兒

在傑拉斯藝術營的
走廊裡
我讀你的詩
寫在你我在
地球兩邊的
往日時光裡──

你，十九歲
在一個連綿起伏的
美國農莊裡
我，三歲
在一個橫掃一切的
中國革命中

不知道
彼此的存在

不知道是否
會相遇

不知道
我們各自
都必須經過的
生與死

更別說
這一刻
來自於地球
與生死兩邊
在你詩中
相遇的
細節

是怎樣的幾率？
是怎樣的緣份？

我們相遇
因為——

廣闊的思維
不會被
強力所約制

至柔的心
不會被
悲劇所擊碎

無邊的愛
不會被
分離所阻隔

你寫——

逾越了生死
讓我們得以相遇

我寫——

讓我們的生存
得以繼續

2019年3月三藩市
為美國傑拉斯藝術營（Djerassi）四十周年作。潘蜜拉·傑拉斯
（Pamela Djerassi）於28歲時離世，藝術營因她而建。

王　敖

作者簡介：

王敖，詩人，評論家。耶魯大學文學博士，任教於美國維斯裡安大學東亞學院。曾獲「安高詩歌獎」、「人民文學新人獎」等獎項。出版詩集《王道士的孤獨之心俱樂部》、《絕句與傳奇詩》等，譯有文論集《讀詩的藝術》，以及史蒂文斯、奧登、哈特‧蘭等人的詩作。

真正的巴紮爾城覆滅之歌

有惡神犧牲了他的兒子
來貶低我城眾生的成就，不如說

那一條澆灌鄰邦的毒河
潛入了我們淘米的水渠，不如說

有群縮在甕城裡的我們
向來分不清海龜和荒謬，不如說

衣衫不整的少女來圍城
奔跑著擾亂我們的心緒，不如說

有西山四百個巫師作法
讓娛樂帶來生態的災難，不如說

野蠻人的軍隊並不存在
是我們把大餅畫得過甜，不如說

有富人迅速埋好了象牙
貧下中農早已暗中窺探，不如說

潰敗不會自動宣告來臨
我們隨時登上世界之巔，不如說

有跌進深淵的人在途中
默念的拯救，不如說也是集體的遺言

七箴

土人作歌，如鷹如鸝
系統崩亂的鴛鴦，棒打亞里斯多德

呶呶咈咈，鄙夫搖喙
釘頭鎚與噴射器，輪流拷問無人機

如蟄如蠚，老奴蠕蠕
土邦潰堤的泫汯，隨時得罪野蠻人

野蠻人就是我們，滾翻在
浪上的浮標，彩燈與銅墜，轉身還是野蠻人

三部巨型小說

1

不睡天王
對不語天王說

走，陪我去看
時間與世間罪，走吧法老

2

不增不減天王
對小張太子

對水母皇后，對卸妝的
京劇演員說，那麼你們之和為零

3

鳥身魂魄與武士
分頭奔走，懼怖天王聽到

有皇將起，有黑劇降臨時
頭頂舞臺的壓力

異代井底觀星觀鳥記

有小綠鱉組團
遊來訪問
抬頭

給它們介紹
有大星有大鳥
在外守護

我井是肚臍狀的天文臺
大星是永恆的
石刻

見證我井的偉大
大鳥是屏障
保衛我們

不被燕雀襲擊
被大鳥吃掉
是榮譽

但它對我們沒興趣
它想吃的
是夜空中的飛魚

但搆不著
因為翅膀退化
只能站立

等我們投餵
扔上去小綠鱉

古戰爭與不可承受之輕

我方穩如神，命他們推石
他們急急如瀑布，向深淵吹羽毛

我方聲如吼猴，催他們拔樹舉鼎
他們瘋瘋如蝗陣，覆蓋率擊退闊葉林

我方是何方神聖，這事不能說
他們是矛與盾真正殺傷的力量

我方負責，讓道德荊條自動折斷
他們的退路是未來發明的，自行返回的降落傘

黑洞之歌

困倦的實驗鼠，面對不了道德問題
對面已經昏倒的折耳客，來自法官家的後院

法官是豬，千挑萬選的服藥抗病豬
收錢的手法別出心裁，但別提毒物農莊

跟我們這些偽裝過東歐人的村民，別提什麼
戰爭電影，利切諾貝爾，新聞聯播，我國生產的

蝸牛殼早已被我們咀嚼，消化成微小的黑洞
我們都給精神病教育過，所以能看見黑洞之王

我們就是實驗鼠，正昏倒在敵人的手裡
閉上眼睛看到敵人，也快掛了

勝利的歡呼是我們吹出的
牛頭腳踏法官的黑洞之王，揮劍的米諾陶扭頭

斬除了我們的呼吸系統，那我們
就剩消化系統好吧，我們還能看到黑洞之王

揮劍的米諾陶扭頭斬除了，我們的呼吸系統
我們就剩消化系統好吧，我們都是黑洞裡的水母

寫給九世孫的信

你們已經進入
新新石器時代了吧，我們先祖創立的
遠非完美的人世

在我們手裡衰落
到你們那時再次從刀耕火種開始
這封信存在的幾率

也許比較小吧
讀起來也會比較艱難吧
但也許這是我的誤判

你們過的可能還不錯
如果想證明這一點，相信你們
已經發現了奇怪的原理

能夠深入讀取這封信，精確地
算出我此刻心情的好壞，噢那起伏波動
簡直不想跟此刻的一切有任何關係

王 屏

作者簡介：

王屏，美籍華裔教授、詩人、作家、攝影師、表演和多媒體藝術家。紐約大學比較文學
博士，曾任明尼蘇達州聖保羅麥卡萊斯特學院教授，2020年退休後被授予名譽教授稱
號。她的出版物已被翻譯成多種語言，包括詩歌、短篇小說、小說、文化研究和兒童故
事，著作曾獲得「AWP創意非小說類獎」、明尼蘇達州小說和短篇小說獎、美國亞裔研
究協會詩歌／散文獎、科羅拉多大學尤金M.凱登人文學科最佳圖書獎和紐約市公共圖書
館青少年時代獎。

媽祖招魂曲——為英國莫肯海灣遇難的拾貝民工

魂兮歸來！
無遠遊兮！

回家吧，我的孩子
別在荒野裡遊蕩
回家吧，孤魂
八方的路早已絕斷
東面——大海暴漲
西方——群山崩塌
南面——走獸逃遁深山
北方——風暴向殘月挑戰

溫柔的媽祖，沉靜的默娘
請聽你孩子的哀號
我們的骨骼在山岩上粉碎
我們的魂魄在苦海上飄蕩
我們一無所有
只剩一雙眼睛從海底向東方凝望
一絲不斷的氣息沿著海岸漂流
媽祖，慈悲的母親
請照亮這渾濁的大海
把我們帶回龍眼樹下的故鄉
劃啊，我們舉槳划船
不吃不喝，直達那黃土堆積的海岸

魂兮歸來！
無遠遊兮！

回家吧，孤魂
避開那刺骨的北風
世間的夢不是你們的夢
世間的欲望不再屬於你們

拋棄眼裡的躁動和失望
讓月光流入你的胸腔
啊，孤魂，我迷途的孩兒
家，是一碗香濃的汁湯
只有珍惜，才品得出那甘美的馨香

媽祖，寧靜的默娘
南海的女神
您降生時沒有哭聲
您早離人間，讓我們生息繁衍
怒海沉浮，您拉出多少危船孤舟？
溫柔的手，托起多少哀號的魂魄？
媽祖，明亮的眼睛
請看你苦難的孩兒
在洶湧泡沫裡，一點孤魂
閃閃遙遙，漂往故鄉

啊，划呀，我們舉槳划呀，
不吃不喝，直到龍的故鄉

魂兮歸來！
無遠遊兮！

歸來吧，孤魂
別再四處遊蕩
所有的瀑流都自天而降
所有的溪水從山林奔向大海
孤魂啊，我那迷路的孩兒
快聆聽默娘的呼喚
回家吧，飲一杯家鄉的甘露
不要動，讓雨點細細訴說
讓沉沉夜海

把明月托出東岸
讓萬頃波浪把你的姓名呼喚
夜半星空
讓北斗指引你的航線

啊，大慈大悲的媽祖
聖潔的海神
我們的淚水濕透的您的面頰
我們的氣息縈繞著您的纖腰
誰能挽住那狂奔的野馬
誰能撫慰那遊子浪跡天涯？
霧非霧
夢非夢
啊，家鄉，滄海的一滴泡沫

劃啊，我們舉槳奮劃
不吃不喝，故鄉的荔枝就要開花

魂兮歸來！
無遠遊兮！

跟我來吧，孩子
從海底的岩石上站起
將你的眼睛掛在我袖帆
渾濁的航路已經打開
萬頃波濤把我們托上海岸
家就在我們的腳下
當我們雙膝著地
當祈禱縈繞我們的唇邊

好一個美利堅

新冠延蔓
總統狂言
小手飛舞
拍胸挺肚
15病例
舉手消滅
新冠測驗
不幹不幹
準備PPE？
你是傻逼
呼吸機器？
癡人夢語
居家隔離
別放狗屁
酒吧沙灘
歌舞狂歡

新冠爆發
總統裝傻
企業關閉
機場停機
可憐百姓
無錢看病
沒有口罩
出門找死
發燒咳嗽
家人急死
呼吸急促
急診待死
黎明排隊
坐著等死
醫院爆滿

屍體遍地
可憐醫生
圾袋護身
護士哭泣
我不想死

新冠延蔓
措手不及
州長市長
急呼援助
無人溜須
總統委屈
指責醫院
貪污口罩
指控中國
帶來新冠
搶砸亞裔
不犯法律
國會撒金
兩千多億
企業吃撐
餓死民生

新冠蔓延
總統罵街
「武漢病毒」
中國償付
兩周之內
死人20萬
誰貧誰富
誰死誰生
沒錢保險

餓死病死

長命百歲

億萬富翁

好一個MAGA

好一個美利堅

國殤 2020

本以為庚子新年可回家探母，誰知病毒鑄起了萬里城牆

本以為武漢用生命挖出的戰壕，會贏得世界的尊重讚揚

本以為中國崛起，列強哪再敢火燒明園，明盜明搶

本以為2020，中國脫去了病夫的爛衫，誰知賠款又烽煙四起

本以為熱血可澆灌民主，誰知被虛假吸乾血液抽盡骨髓

本以為用青春來捍衛正義，誰知帝國財團的謊言臭如糞缸

本以為來到了美麗的山水，誰知僵屍滿地海盜滿洋

本以為這就是紫山綠水，誰知星條旗下鋪滿土著和黑奴的墳墓

本以為駛進了自由的港灣，誰知那青銅女神早淪為無恥流氓

本以為8年博士，9年《皇帝內經》，可傳播中西精粹

本以為一根銀針，一把藥草，可扭轉民族偏見於傲慢

本以為無數演說和大獎，可轉暴力為和平

本以為耕耘25年，桃李天下，可落葉歸根

本以為14本詩集小說，可架起東西橋樑

本以為身背兩岸碩果，可回家報一點養育之恩

本以為，本以為……

滿肚的思思想想，只剩一聲息嘆，一眼望鄉

武慶雲

作者簡介：

武慶雲（Edna Wu），美國加州州立大學教授。近退休，完成了《雲雨情》（Passion of Clouds and Rain）小說中英文最終版，並出版了小說集《一個人在雨中》（Dancing Alone in the Rain: Resonance of the Soul）。對她來說，讀和寫是一種生活方式，不拘一格，但比較喜歡一種生活化文體，不像詩，也不像散文，隨意排列，不打標點，只是一目了然方便於閱讀。像水一樣自然，像空氣一樣透明，像山澗小溪一樣流暢，不需要高貴華麗的背景和招牌，渴的人自然會品出它的滋味。

煤的獨白

我曾經可能是參天大樹

幾經桑田變滄海

淪落成煤

現在為愛

我又燒到了這般重！

黑黢黢

一泓墨汁

塗了最後一張

心電圖

好一個人間六月天

晨光明媚
我提鞋出門散步
感謝上蒼對我的眷顧
讓我這一七旬老人
得到了三十餘歲白馬王子的
刻骨忘年愛
我感激的淚水奪眶而出
灑進路邊的花園裡
開出朵朵的紅玫瑰
透過喜淚簾
我看到年輕酷又帥的愛人
他那雙飛奔著的尼克運動鞋
朝我不顧一切地衝過來
他那雙深邃英俊的鷹眼
看不到我的年齡我的外貌
只見他伸出有力的雙臂
擁抱住我的靈魂
把它貼在自己的靈魂上
兩顆同心魂合二為一
在清晨和煦的陽光下
漫走　徐徐談心
我們的情隨著太陽的高升
越來越加溫
好一個人間六月天

2021年6月10日

散步紀實

九點了
天黑洞洞的
有錢的鄰居們
好像都捨不得開電燈
門前草地上
倒點綴著太陽能小小橘燈
有的排成一字
有的排成人字
有的在草叢裡零星閃爍
我不跑步不競走
以最慢的速度移動疲憊的腳
顫巍巍的踝上載著超重的軀體
心事重重
腦袋沉沉
感覺似三根筋挑著一個大南瓜
萬聖節就要到了
有孩子會來這條老人街要糖嗎？
街兩邊都是五臥兩層的獨立屋
房主都是嬰兒潮一代（Baby Boomers）
不過他們自己的嬰兒都長大出走了
室外草地青青果樹累累花紅似火
室內白髮蒼蒼臥室空空客廳冷清
我在四分之一英里長的住宅街漫步
走到頭　向後轉　走到頭　向後轉
途中總看見四隻銅鈴大的眼睛盯著我看
昏暗中我發現是兩隻毛茸茸的小狗
騎在沙發靠上
將兩隻前爪舒服地搭在窗前
在沙發的兩端　一模一樣　一左一右
我原以為它們是玩具
招招手，只見兩隻狗興奮起來
汪汪叫，不過我聽不見

窗子是兩層玻璃密封的
一晚　兩晚　三晚……
我每次散步都發現
它倆在瞪著圓眼朝窗外看
它們在羨慕我
好想到外邊遛遛腿
屋內的盡頭有光亮
室內老遠的白牆壁上
寫著一個大大的「家」字
「家」也許是狗的萬幸和不幸
有吃有穿卻還忘不了原野的召喚
慢慢地兩隻寵物養成了習慣
每晚等待盼望著我的路過
我不敢終止散步
我怕狗狗會失望
人是它們崇拜的偶像

2021年9月20日 夜

行為藝術：砍頭

閃閃閃

電子鍵四射光亮

啊啊啊

砍下的頭顫在歌唱

蛇髮女梅杜莎

被砍了

身體扔進廚房裡

腦袋擺到聖桌上

哦哦哦

多傻呀，柏修斯！

一枚碩大的原始生殖器

從立體交叉的天橋上

裸體跳下

被一輛拖車輾碎

耶耶耶

劃開她的胸膛

心房裡找不到一滴血

可憐的梅杜莎

你石化他人的魔力

竟來自你身首的斷裂

嘶嘶嘶

雄蛇揮舞著舌箭

在一灘正在凝固的血泊中

盤繞扭動著的鱗鬃絞啊絞：

為什麼文化和自然如此被顛倒？

從什麼時候起

一具完美的子宮變成了一桶腦漿？

唏唏唏

女性神祕論

她額上長出了陽具角

天機一絲洩漏

大地的陰道便封凍了

斷頭斷頭斷頭

新的被剝奪者需要另一場革命

萎縮萎縮萎縮

讓她充滿預言的頭埋在錯誤的方向

得一啦得一啦得啦得啦

豎琴手奧菲斯

身軀雖然被那些貪婪的瘋子撕碎了

頭卻唱得比任何時候都更加美妙

輪換輪換輪換

男換女身換頭子宮換大腦

不　不　不　不

砍斷砍斷砍斷

不　不　不　不

⋯⋯

交媾交媾交媾

維納斯和阿多尼斯，阿波羅和雅典娜，莎士比亞和弗吉尼亞

嗯　嗯　嗯　嗯

砍斷的頭顱們一起頌唱：哈利路亞！

至高無上的智慧

梅杜莎！

註：2004年2月16日，美國加州大學洛杉磯分校一位三十七歲的優秀
　　教授格倫達，在家中被一位三十八歲的男學生——馬克給砍頭謀
　　殺了。然後，兇手赤身裸體地開車上了15號高速公路。凌晨三
　　點一刻，在聖貝納迪諾縣的加洪高點，他縱身從拱橋跳到一輛大
　　拖車前被壓死了。一位知情同事說馬克想跟格倫達教授發生性關
　　係，被她拒絕了。這場悲劇真是一齣令人難以想像的生活模仿藝
　　術的表演。

王 雲

作者簡介：

王雲，加州理工大學資深科學家，美國物理學會會士。著有詩集《玉之書》（2002年，Story Line Press），《日全食之書》（2015年，Salmon Poetry Press），和《鏡之書》（2021年，White Pine Press）。還翻譯出版了蘇東坡詞選，《夢落花》（2019年，White Pine Press）。現居加州洛杉磯。

旅客

某天清晨我們醒來
發現自己在火車上

沒有一天我們不目擊
有人被車輪碾碎
有時好像是和我們自己
一模一樣的人
無法解釋任何人
能下火車　它從來不停

我們沒見過司機
穿白大褂的男人們
把裝滿藍玻璃瓶的手拉車
推向火車的前部

從車窗的狹縫裡
我們伸出手掌
去接雨水和雪
我們喝　為了月光
蒼白的唇　喇叭花
紫色的小號　金針花
黃色的小號

我們不停地猜想
火車的終點
我們天生的好奇心
是火車的燃料

夢見光

白馬朝你走來
輕輕地用鼻子摩擦你的額頭

你騎上它
飛進漆黑的夜裡

星光漸暗乃至熄滅
曝露宇宙的肋骨

你抱緊白馬
它轉彎　你看見一條鑽石的河
從赫拉的胸脯灑下

你騎著白馬
穿過黑暗之街
什麼在用磁的呼吸
企圖將你吸入

在漆黑的夜晚
你摟著光
它的蹄子激發火焰

群山之囚

想像有人那麼恨你
他們散佈你死的謠言
滿臉悲哀地他們講述如何
牽扶你傷心欲絕的父母
從空空的火車站到自己家裡

在月臺上父親跑向我
他的白髮在人群裡飄舞
一面被山風摧殘的旗

光腳幼兒們緊跟我們
快剝落的大標語紅遍大街
半閉的窗後有眼睛追蹤
母親邊哭邊從籐椅上站起
瘦瘦的雙臂緊緊抱住我

父親和我在蒼白星空下
漫步稻田間的小道　螢火蟲
隨著遠方的狗叫聲閃動

「他們永不甘休。恨我入骨
因為我說了實話。他們用鋼釺
把我打昏，又要求紅衛兵
囚禁我。他們到處說你呆癡。
孩子，你真真讓他們失望了。」

父親少年時喜歡爬到山頂
同行朋友中有人打算設計飛機
他們暢飲　高聲背誦李白的詩
計畫著未來直到太陽升起
把他們被拉長的影子
拋在群山的腳下

太空日記：通道

1

時間的緞帶伸展
我的船穿過暗空
幾乎追上了光。
我們為什麼要證明
在這稀薄的黑暗之湯裡
我們是孤獨的？

我閉上眼睛
轉向三歲的自己
懸崖半腰的剪影：巨大的花形
藥樹，不可觸摸的標誌。
白骨散落在它的陰影裡。
小孩的我凝視到眼睛痛
變得更近視。

媽媽，屋頂又漏了
污水漲到了腳髁
小孩的我被夾在
時空的裂縫裡

我在鋪上翻身，聽見小孩唱
山是睡眠的馬
溪流在它心穴裡穿遊
你必須把水龍頭做小
不然雙頭妖精會
探出她們雲鬢的頭
吸走你的元氣

時間的緞帶扭轉

我的船擺脫
不可見潮汐的牽引

2

物質生於無
使周遭的空間彎曲
我們在彎曲空間扭曲

我閉上眼睛
聽見線一樣細的聲音
來自三歲的我
媽媽，我做夢了
冰凌閃爍，彷彿屋簷的花邊

在這個夢裡
我飛越彩虹點亮的雙溪
我旋轉，我滑行
我的頭髮瀑落如黑柳

爸爸在哪兒
媽媽背過身去

當我們望進空間
我們凝視時間的
空白之臉，它吃我們
消化我們，在它膨脹的球界裡

3

在另一個夢裡我是王子
玉立於宮殿臺階

少女坐著，一座易碎的雕像
她用眼睛對我訴說
我完全不記得的事情
我把她裹進我的披風
鐘聲轟鳴不已

那些宇宙的黑骨
那些孤零零的星系之弦
它們在觀察臺的螢幕上
幻覺般發光

媽媽，屋頂又漏了
媽媽的淚順著小孩的我的背流下
陷在捲向自身的一個維度裡

你相信來生嗎
少女的聲音細如小提琴
人，街道，運河　埋在花園
一千尺以下
藍寶石眼睛的男人
不動嘴唇地說
記住你的名字

徐貞敏

作者簡介：

徐貞敏，Jami Proctor Xu美國詩人，翻譯家，母親。著有中文詩集《輕輕的閃光》、
《突然起舞》，和英文詩集《蜂鳥點燃了一顆星星》。她翻譯的詩集：吉狄馬加《火裡
的詞語》，和宋琳《星期天的麻雀》（獲得北加州圖書獎詩歌翻譯獎）。她當過社科院
的訪問學者，也參加過中國、印度、越南、孟加拉、哥倫比亞和美國的國際詩歌節。
2013年獲了珠江詩歌節旅華詩歌獎。

黃山

松樹從峰岩裡橫著生長
我拉兒子的手　在薄霧中
爬石階，爭取不滑下來
這個開頭可以在任何詩人的詩中出現
古人在大霧中聽到了人聲後　就知道
他們不是單獨的　我呢，
緊握兒子的手　注意到
樹苗已經在裂縫中紮了根
在山峰結束的地方，眺望天空時，
我專心把從鎖骨穿到喉嚨　把那些閃回壓住
在喉嚨裡構成雲朵
把詞語弄濕，直到它們在表達以前溶解

前天晚上，一個男人把我推到牆上
我讓他放手，說要是他不放手，我就會大聲叫
但我找不到高聲，或許
擔心的羞恥感　阻止我尖叫
擔心別人會說什麼　怪我怎麼會最後在那裡
用筆回憶，我意識到那些是恐懼帶來的扭曲思路
不多於這個，也不少於它

事後，那些疑問從來毫無意義
他怎麼搶了我的包，再搶了我
我以為我能逃走，卻不能
也找不到自己的尖叫聲
所以我反復把他推開，等待結束

一隻紅棗鳥在收集枝條
準備製造鳥巢，我猜想，就想起那匹紅棗馬
曾經把我爸摔倒地上，弄斷了他的肋骨
「看看那只鳥，」我跟兒子說，想讓他知道
人生反復被重造

夜裡，當他爸躺在我身上，
我讓自己被容納在那熟悉的搖動裡，
薄霧從我體內飄出來
一棵樹　一棵樹
那麼多松針落下來
淚滴來臨，我就把頭往後移，
不想讓他感到或者聽到它們
他並沒有，我卻一樣心疼

岩石分裂後，永不會再合成一體
即使山在移動，在安置，
然後新樹生長在剛剛被構成的小裂縫和山谷中
即使在故人的詩句裡
我們感到自己
被重新種下　重新破開

夜晚，城裡，在河旁

1

黑水上的路燈，帶有漣漪的倒影
在一座沒人停下的城市，當他把我壓到牆面
當我一推再推，想要逃走
在一座沒人停下來的城市，當他把我壓到牆面
他的朋友沒有
服務員也沒有
同桌的人也沒有
沒人停下來
當他把我壓到牆面
在一座城裡，河流的倒影
當我一推再推，想要逃走

2

當電話響，線的另一邊
聲音能夠幫助我
假如我能夠問
假如我能夠說：
我需要幫忙
我該怎麼辦
在一輛出租車上，在一座不熟悉的城市裡
我跟一個將要強姦我的男人在一起
我需要幫忙
你能告訴我該做什麼

假如我的聲音會來
問我兒子的父親能否幫忙
當他打電話，兒子從惡夢裡醒來
開始哭，想要我

無法安慰地哭
我找到了自己的聲音，為了安慰兒子
為了告訴他
你會沒事的
當他為我不在身邊而哭：
你會沒事的

當出租車拐到漆黑的路上
樹葉一路漆黑地從樹枝垂下來
假如我能找到一個聲音說：幫助我

3

出租車在一條空路上停下
男人付費，把我從車裡拽出來
拉到一座空樓裡
沒有燈光的高樓
走廊裡沒有
電梯裡也沒有
沒有報案
沒有進出的人
在沒有燈光的走廊裡
他把我拉到房間裡

此刻，牆上的樹影
一隻蝙蝠的翅膀
骷髏男人
推進
再推進
想要進來　繼續進來
樹影　那男人　骷髏的翅膀
一隻蝙蝠　一隻蝙蝠

一個骷髏推進來
我的胳膊一推再推又推，把他推開
他繼續推進來
抓住我的胳膊，我力圖把它們鬆開
踢著
牆上的一棵樹
使一個骷髏男人漸黑漸隱
只有他眼睛的白
他變黃的牙齒　那房間

4

一旦身體失去力量，它就往裡垮塌
他還在推進，此刻能夠推進來

風　雨　詞　落下來
推
進
多少
多少尖叫
在空樓，高入天空中
一個陰影裂開
一個骷髏推進來
眼白升起，下來，下來
那白色還在推
黃白的牙齒
進入有葉子和翅膀的牆壁
穿過那聲「停」
穿過那聲「幫我」
那聲「不」
穿過雙壁和雙腿劇烈扭動
進入那垮塌

向內的身體

他還在推

在一座沒人停下的城市，當他把我壓到牆面
在一座沒人停下的城市，當他把我壓到牆面
蝙蝠影子
骷髏葉子

一個女人等待黎明的安全

家

原來的家沒了
但村子依然存在　再次生長
小麥自我　水稻自我　玉米自我
親緣關係　意味著
你的骨灰能夠在這裡安葬

你還記得
那條通往墳墓的捷徑
一浪麻雀衝向棉花
你婆婆的聲音在薄霧中
這裡的錯誤：你以為永恆
意味著一個永久的地方

天空

兒子一指天空，我就起飛了
一個詞在鴿子的翅膀裡飛，直到鴿子和這個詞
慢慢變成遠山上的雲朵
雨滴飛濺到綠色的草原和語言上
一千朵花同時盛開
遠方的詩人因此給我起名*Quishkah Kaagutratih*[27]
對風而言，每個人的母語是一首歌
我　消失在它們之中

---

[27] 美洲原住民阿科馬語「紫花」的意思。

米家路

作者簡介：

米家路，本名米佳燕，北京大學比較文學碩士（1991），香港中文大學英文系文化研究博士（1996），加州大學大衛斯分校比較文學和電影研究博士（2002）。現任美國新澤西州新澤西學院英文系和世界語言與文化系副教授。出版英文著作多部。主編《四海為詩：旅美華人離散詩歌精選》（2014）。中文著作包括：《望道與旅程：中西詩學的幻象與跨越》、《望道與旅程：中西詩學的迷幻與幽靈》、《深呼吸》、《身體詩學：現代性，自我模塑與中國現代詩歌，1919-1949》。現居美國新澤西普林斯頓。

十七年的骰子一擲也解決不了一見鍾情的偶然——告別十七蟬

天光開了：是該醒了
晨星引路，快遁出幽冥的穴土

破土而出，炫目
陰冷的洞口不堪回首
臍帶頃刻間碎裂，汁液行舟
抵達黎明，必須拼命攀登

天光開了：是該醒了
晨星引路，快遁出幽冥的穴土

放開歌喉吧，在高度
召喚愛侶，嗡嗡的密林
如狂喜的紡錘，打開電閘
朵朵綻開的雪蓮，復活在顫栗中

天光開了：是該醒了
晨星引路，快遁出幽冥的穴土

2021夏日的旋風掀起了不眠的悲愴
兩個地球在合奏命運的交響曲
平的一邊正墜入死亡的懸淵
圓的一邊正滾翻再生的閃電

天光開了：是該醒了
晨星引路，快遁出幽冥的穴土

求歡，交媾在無限的險峰，絕不隱藏
拒別地心深處的黑暗與恐懼，多麼莊嚴的時刻
連空氣都在飛翔，苦難在衰落
歡愉的撕鳴解開輪迴的十七年

天光開了：是該醒了
晨星引路，快遁出幽冥的穴土

還得墜落，依然沿路返回
是戀人帶路，而不再孤獨
夏日之夜，大地臉龐溫柔
我塵土而生，再歸塵土，但潔白一身

天光暗了：是該睡了
晚星引路，快潛入幽冥的穴土

2021年7月2日於普林斯頓

念樹（十四行）──紀念六棵被砍掉的樹

劈開見真實：詞語如鮮木屑
從碎木機中嘩嘩噴出，氣流
掀起句子與意象，成堆的疑問
詩篇是否能復活大樹對天空的懷抱

敞開至赤裸：奧祕的重重圍繞
終得不到解脫，黑暗被糾結成
穿不透的圈圈迷宮，將萬年輪迴拉直
在直線兩端，命運則各奔東西

低於高度的蛻變：樹墩奮力仰望
一隻大翼在展翅，那一定不是烏鴉
而是一隻雲中的仙鶴，攢緊巨爪
單腿懸立於烏雲密佈的空中

鵝毛燃亮混沌的漿液，羽片撒落
大幅宣紙鋪開，謹銘記：2020大災年

2021年5月16日於普林斯頓

白蝴蝶（十四行）

蝶戀花，花戀蝶？
糾纏催生誘惑，渦流
聚攏，時光將種子
播撒進翻捲的浪潮

舞者將舞臺升空，綢緞的
白舞鞋輕盈一躍，時針
拔響曙光，展翅開合的
一瞬，誕生似水柔情

白蝴蝶，翩翩的白蝴蝶
你如幻夢的滑翔，何時
能揭開輪迴的花瓣？又何能
令欲滴的花蕊綻放不敗？

那靈光一閃的靜謐，盛開的紅玫瑰啊
時辰的蟲洞是否瞥見了白蝴蝶的天機

2021年5月29日於普林斯頓

致梵谷《星夜》（十四行）

是誰從窗口仰望？白日幻化成旋月
波濤湛藍，癲狂的漩渦
摩挲金沙，沸騰的銀河
頃刻決堤，璀璨一瀉萬里

其實大限將至，渴望解脫
囚禁的鐵屋鎖不住光芒
絲柏的群鳥驚飛，魂如雲煙
出竅，裊裊的升騰抵達星辰

播散如麥粒，即使一億美金的鼓槌
也敲醒不了你喜醉的15朵日葵
宇宙流將「Vincent」的簽名席捲而起
「梵谷」真如下凡，枯坐於我涅槃的溫潤卵石

今夜月明星稀，我在秋山「星夜園」掌燈
「Vincent老兄，下來乾一杯，好嗎？」

2021年7月21日於普林斯頓

戲仿《躺平主義》

我家房前一個大樹
枝繁葉茂，直聳雲天

它癲狂的搖擺令我焦慮不安
因為暴風雪的緣故

我僱請了四位瓜地馬拉夥計
把大樹砍下，讓它躺平在地

我把木頭劈成整齊的柴火
堆疊起來，晾曬六個月

寒冬裡木柴會在壁爐劈啪燃燒
我圍爐打坐，溫暖之情油然而生

2021年5月30日於普林斯頓

致蘋果

蘋果墜地
如果緣於地心引力
那是瓜熟蒂落

如果緣於鐮刀斧頭
並滿身傷痕
那一定是蒙面盜在夜裡幹的

而我們從內心深處都喜愛
瓜熟蒂落的蘋果，因為香甜
夜未央，期盼至黎明

2021年6月24日於普林斯頓

秀詩人98　PG2771

詩可興：
疫情時代全球華語詩歌

主　　　編 / 米家路
責任編輯 / 石書豪
圖文排版 / 黃莉珊
封面設計 / 劉肇昇

發 行 人 / 宋政坤
法律顧問 / 毛國樑　律師
出版發行 / 秀威資訊科技股份有限公司
　　　　　114台北市內湖區瑞光路76巷65號1樓
　　　　　電話：+886-2-2796-3638　傳真：+886-2-2796-1377
　　　　　http://www.showwe.com.tw
劃撥帳號 / 19563868　戶名：秀威資訊科技股份有限公司
　　　　　讀者服務信箱：service@showwe.com.tw
展售門市 / 國家書店（松江門市）
　　　　　104台北市中山區松江路209號1樓
　　　　　電話：+886-2-2518-0207　傳真：+886-2-2518-0778
網路訂購 / 秀威網路書店：https://store.showwe.tw
　　　　　國家網路書店：https://www.govbooks.com.tw

2022年8月　BOD一版
定價：880元
版權所有　翻印必究
本書如有缺頁、破損或裝訂錯誤，請寄回更換

Copyright©2022 by Showwe Information Co., Ltd.
Printed in Taiwan
All Rights Reserved

讀者回函卡

國家圖書館出版品預行編目

詩可興：疫情時代全球華語詩歌 / 米家路主編.
-- 一版. -- 臺北市：秀威資訊科技股份有限
公司, 2022.08
　　面；　公分. -- (語言文學類；PG2771)(秀
詩人；98)
　　BOD版
　　ISBN 978-626-7088-85-2(平裝)

839.9　　　　　　　　　　　　111009515